O LIVRO DOS ESPELHOS

E.O. CHIROVICI

O LIVRO DOS ESPELHOS

Tradução de
Roberto Muggiati

3ª edição

EDITORA RECORD
RIO DE JANEIRO • SÃO PAULO
2019

CIP-BRASIL. CATALOGAÇÃO NA PUBLICAÇÃO
SINDICATO NACIONAL DOS EDITORES DE LIVROS, RJ

Chirovici, Eugen Ovidiu, 1964 -
C469L O livro dos espelhos / Eugen Ovidiu Chirovici; tradução de
3. ed. Roberto Muggiati. – 3. ed. – Rio de Janeiro: Record, 2019.
322 p.; 23 cm.

Tradução de: The Book of Mirrors
ISBN 978-85-01-10951-4

1. Romance romeno. I. Muggiati, Roberto. II. Título.

16-38798 CDD: 859
CDU: 821.133.1 (498)

TÍTULO EM INGLÊS:
THE BOOK OF MIRRORS

Publicado originalmente na Grã-Bretanha pela Century em 2017.

Texto revisado segundo o novo Acordo Ortográfico da Língua Portuguesa.

Capa adaptada da original de Jenny Carrow
Composição de miolo: Abreu's System

Direitos exclusivos de publicação em língua portuguesa somente para o Brasil adquiridos pela
EDITORA RECORD LTDA.
Rua Argentina, 171 – Rio de Janeiro, RJ – 20921-380 – Tel.: (21) 2585-2000,
que se reserva a propriedade literária desta tradução.

Impresso no Brasil

ISBN 978-85-01-10951-4

Seja um leitor preferencial Record.
Cadastre-se no site www.record.com.br e receba informações sobre nossos lançamentos e nossas promoções.

Atendimento e venda direta ao leitor:
sac@record.com.br

Para minha mulher, Mihaela, que nunca esqueceu quem realmente somos e de onde viemos.

A maioria das pessoas são outras pessoas.

Oscar Wilde

Parte Um

Peter Katz

Lembranças são como projéteis. Alguns passam rente e só nos assustam. Outros abrem um buraco em nós e nos deixam dilacerados.

Richard Kadrey, *Kill the Dead*

Recebi o original do livro em janeiro, quando todos na agência ainda tentavam se recuperar da ressaca das festas de fim de ano.

De alguma forma, o e-mail conseguiu driblar o filtro de spam e surgiu na minha caixa de entrada junto a dezenas de outros. Li a mensagem e fiquei intrigado, por isso a imprimi, junto com o arquivo anexo, que continha o manuscrito parcial, e coloquei tudo na gaveta. Ocupado com a fase final de uma negociação, não pensei mais no assunto até quase o fim do mês. Foi no fim de semana prolongado pelo Dia de Martin Luther King que redescobri os papéis, em meio a uma pilha de originais que eu pretendia ler no feriado.

O e-mail era assinado por "Richard Flynn" e dizia:

Caro Peter,

Meu nome é Richard Flynn e me formei em Literatura Inglesa, em Princeton, há vinte e sete anos. Meu sonho era ser escritor, publiquei alguns contos em revistas e cheguei até a escrever um romance de trezentas páginas, que deixei de lado após ter sido rejeitado por várias editoras (e que eu mesmo, agora, considero fraco e sem sal). Depois disso, consegui um emprego numa pequena agência de publicidade em Nova Jersey e continuo no ramo até hoje. No começo, eu me iludia dizendo que a publicidade podia ser comparada à literatura e que um dia eu retomaria a carreira de escritor. Obviamente, isso não aconteceu. Acho que, para a maioria das pessoas, crescer significa, infelizmente, adquirir a habilidade de enfiar os sonhos numa caixa, fechá-la a sete chaves e jogá-la no East River. Aparentemente, não fui exceção à regra.

Mas, há poucos meses, fiz uma descoberta importante, que trouxe de volta à minha memória uma série de acontecimentos trágicos do outono e do inverno de 1987, meu último ano em Princeton. Sabe como é: você acha que esqueceu algo — um fato, uma pessoa, uma situação — e então, de repente, percebe que a lembrança estava jogada em algum canto escondido da mente, e que ela sempre esteve ali, como se o episódio tivesse ocorrido ontem. É como abrir um armário velho, cheio de tralhas: é só tirar uma caixa do lugar que tudo cai em cima de você.

Aquela descoberta foi como um detonador. Uma hora depois de ouvir a notícia, eu ainda continuava refletindo sobre a sua importância. Então me sentei à minha escrivaninha e, inundado pelas memórias, escrevi. Quando parei, já passava muito da meia-noite e eu tinha escrito mais de cinco mil palavras. Era como se, de repente, eu tivesse redescoberto quem eu era depois de me esquecer totalmente de mim mesmo. Quando fui ao banheiro escovar os dentes, tive a impressão de que uma pessoa diferente me olhava no espelho.

Pela primeira vez em muitos anos caí no sono sem precisar tomar calmante e, no dia seguinte, depois de dizer a todo mundo na agência que eu estava doente e que ficaria de licença médica por duas semanas, continuei a escrever.

Os detalhes dos acontecimentos daqueles meses de 1987 voltaram à minha mente com tal força e clareza que logo se tornaram mais vívidos e poderosos que qualquer outra coisa na minha vida. Foi como se eu tivesse despertado de um sono profundo, durante o qual minha mente foi se preparando para o momento em que eu começaria a relatar os eventos protagonizados por Laura Baines, pelo professor Joseph Wieder e por mim.

Naturalmente, por causa de seu trágico desfecho, a história foi parar nos jornais da época — parte dela, pelo menos. Fui assediado por policiais e repórteres por um bom tempo. Esse foi um dos fatores que me levaram a sair de Princeton e fazer meu mestrado em Cornell, morando por dois longos e poeirentos anos em Ithaca. Mas ninguém jamais descobriu a verdade sobre a história toda, aquela que mudou a minha vida para sempre.

Como mencionei, eu me deparei com a verdade há três meses e me dei conta de que precisava compartilhá-

-la, ainda que a raiva e a frustração que senti, e ainda sinto, sejam insuportáveis. Mas, às vezes, o ódio e a dor podem ser combustíveis tão poderosos quanto o amor. O resultado dessa necessidade é o livro que acabei de escrever, após um esforço que me deixou física e mentalmente exaurido. Estou anexando a este e-mail uma amostra, de acordo com as instruções que encontrei em seu site. O texto está completo e pronto para ser submetido à sua apreciação — se tiver interesse em ler o original todo, enviarei o manuscrito integral, que tem 248 páginas. O título provisório que dei para ele foi *O livro dos espelhos*.

Vou parar por aqui, pois meu laptop diz que já excedi o limite de 500 palavras para uma carta de apresentação. De qualquer forma, não há muito mais o que falar sobre mim.

Sou nascido e criado no Brooklyn, nunca me casei, nem tive filhos; em parte, acho, por nunca ter esquecido Laura de verdade. Tenho um irmão, Eddie, que mora na Filadélfia e que vejo muito raramente. Minha carreira na publicidade tem sido neutra, sem conquistas excepcionais nem incidentes desagradáveis — uma vida cinzenta, escondida entre as sombras da Babel. Hoje, trabalho como redator sênior numa agência de porte mediano com sede em Manhattan, bem perto de Chelsea, onde moro há mais de duas décadas. Não tenho um Porsche e não me hospedo em hotéis cinco estrelas, mas também não preciso me preocupar com o dia de amanhã, pelo menos não no que se refere a dinheiro.

Agradeço pelo seu tempo e peço que, por favor, me avise caso queira ler o manuscrito completo. Meu endereço e número de telefone podem ser encontrados abaixo.

Atenciosamente,
Richard Flynn

E lá estava um endereço perto da Penn Station. Eu conhecia bem aquela área, pois morei ali por um tempo.

Aquela era uma carta de apresentação bastante incomum.

Já havia lido centenas, senão milhares, de cartas dessas durante meus cinco anos como agente literário na Bronson & Matters.

A agência, onde comecei como assistente júnior, sempre manteve uma política de abertura em relação ao recebimento de originais. Quase todas as apresentações eram estranhas, sem vida, desprovidas de um certo elemento que sugerisse que o candidato a autor estivesse falando especialmente com você, não apenas com mais um dentre as centenas de agentes literários cujos nomes e endereços podem ser encontrados no Literary Market Place. Algumas eram longas demais e cheias de detalhes inúteis. Mas a carta de Richard Flynn não se encaixava em nenhuma dessas categorias. Era concisa, bem escrita e, acima de tudo, transmitia calor humano. Ele não disse que havia entrado em contato apenas comigo, mas eu tinha quase certeza de que este era o caso, não sei bem por quê. Por algum motivo, ele não achou apropriado declarar isso em sua curta missiva: ele havia escolhido *a mim*.

Eu esperava gostar tanto do livro quanto havia gostado da carta de apresentação e, com isso, poder dar uma resposta positiva ao homem que a havia enviado, um homem por quem eu já nutria, de uma forma quase inexplicável, certa simpatia.

Deixei de lado os outros manuscritos em que planejava dar uma olhada, fiz café, me acomodei no sofá da sala e comecei a ler a amostra.

Um

Para a maioria dos americanos, 1987 foi o ano em que o mercado de ações teve uma alta estratosférica para depois despencar de uma vez; o caso Irã–Contras continuou a sacudir a cadeira de Ronald Reagan na Casa Branca; e o seriado *Belas e intrépidas* começou a invadir nossas casas. Para mim, foi o ano em que me apaixonei, e descobri que o diabo existe.

Fazia um pouco mais de três anos que eu estudava em Princeton e, na época, morava numa casa velha e feia na Bayard Lane, entre o Museu de Arte e a Biblioteca do Seminário Teológico. A casa tinha uma sala de estar com cozinha integrada no andar de baixo, e, no de cima, dois quartos, cada um com seu próprio banheiro. Ficava a apenas dez minutos a pé do McCosh Hall, onde aconteciam quase todas as minhas aulas.

Numa tarde de outubro, quando voltei para casa e entrei na cozinha, fiquei surpreso ao me deparar com uma jovem alta e magra, com longos cabelos loiros partidos ao meio. Ela me lançou um olhar amigável detrás de seus óculos de aros grossos, o que lhe emprestou um ar ao mesmo tempo sério e sexy. Ela tentava extrair mostarda de um tubo sem saber que, antes, era preciso tirar o lacre de alumínio. Desatarraxei a tampa, removi o lacre e devolvi a ela o tubo. Ela me agradeceu, espalhando o molho amarelo denso sobre o enorme cachorro-quente que acabara de preparar.

— Ei, obrigada — disse ela, com um sotaque que trouxera do Meio Oeste e que não parecia disposta a abandonar simplesmente para ser igual aos outros. — Quer um pedaço?

— Não, obrigado. A propósito, meu nome é Richard Flynn. Você é a nova inquilina?

Ela fez que sim com a cabeça. Tinha acabado de dar uma mordida generosa no cachorro-quente e tentava engolir rapidamente antes de responder.

— Laura Baines. Muito prazer. O inquilino anterior tinha um gambá de estimação ou coisa parecida? Está um fedor horrível lá em cima, de fazer cair todos os pelos do meu nariz. De qualquer jeito, vou ter de pintar as paredes. E tem alguma coisa errada com o aquecedor? Tive de esperar meia hora para a água esquentar.

— Soltava fumaça pelas ventas — expliquei. — Quer dizer, o cara, não o aquecedor, e ele não fumava só cigarro, se é que você me entende. Mas, fora isso, era um sujeito legal. De uma hora para outra decidiu tirar um ano sabático, então voltou para a casa dele. Teve sorte de a proprietária não ter feito com que ele pagasse o aluguel pelo resto do ano. Quanto ao aquecedor, três encanadores diferentes já vieram aqui para consertar. Não tiveram sorte, mas ainda não perdi a esperança.

— *Bon voyage* — disse Laura entre uma mordida e outra, referindo-se ao antigo inquilino. Em seguida, apontou para o micro-ondas na bancada. — Estou fazendo pipoca, depois vou ver um pouco de TV. Estão mostrando a Jessica ao vivo na CNN.

— Que Jessica? — perguntei.

O micro-ondas apitou, indicando que a pipoca já estava pronta para ser despejada na imensa tigela de vidro que Laura havia extraído das profundezas do armário acima da pia.

— Jessica McClure é uma garotinha — *garotchinha*, foi sua pronúncia — que caiu num poço no Texas — explicou ela. — A CNN está transmitindo a operação de resgate ao vivo. Como assim você não sabe de nada disso? Todo mundo só fala nesse assunto.

Ela colocou a pipoca na tigela e sinalizou para que eu a seguisse até a sala.

Nós nos sentamos no sofá e ela ligou a televisão. Não dissemos uma palavra por algum tempo, enquanto assistíamos aos acontecimentos que se desenrolavam na tela. Era um outubro ameno aquele, desprovido quase por completo da chuva habitual, e o crepúsculo se espalhava sorrateiramente pelas portas de vidro. Do lado de fora estava o parque que rodeava a Trinity Church, sombrio e misterioso.

Laura terminou de comer o cachorro-quente e encheu a mão de pipoca. Parecia ter esquecido totalmente que eu existia. Na tela, um técnico explicava a um repórter o andamento do trabalho num poço paralelo, projetado para permitir que o grupo de resgate tivesse acesso à criança presa debaixo da terra. Laura chutou os chinelos para longe e sentou em cima das pernas cruzadas. Reparei que as unhas dos pés dela estavam pintadas com esmalte roxo.

— Você faz faculdade de quê? — perguntei, finalmente.

— Estou fazendo mestrado em Psicologia — respondeu ela, sem tirar os olhos da TV. — É meu segundo. Já tenho um em Matemática pela Universidade de Chicago. Sou de Evanston, Illinois. Já foi lá alguma vez? Onde as pessoas mascam tabaco e botam fogo em crucifixos?

Deduzi que ela devia ser uns dois ou três anos mais velha que eu, e aquilo me intimidou um pouco. Nessa idade, três anos parecem uma diferença muito grande.

— Achei que isso fosse no Mississippi — falei. — Não, nunca fui a Illinois. Sou do Brooklyn. Só estive no Meio-Oeste uma vez, num verão, quando tinha uns quinze anos, acho, e meu pai e eu fomos pescar nas Montanhas Ozark, no Missouri. Também visitamos Saint Louis, se não me falha a memória. Psicologia, depois de Matemática?

— Bem, eu era vista como uma espécie de gênio na escola — respondeu ela. — No ensino médio, venci todo tipo de competição internacional de Matemática, e aos vinte e um já tinha acabado o mestrado e estava pronta para fazer doutorado. Mas recusei todas as bolsas que me ofereceram e vim para cá estudar Psicologia. Meu grau de mestre me ajudou a entrar num programa de pesquisa.

— Tá. Mas você ainda não respondeu à minha pergunta.

— Tenha um pouco de paciência.

Ela espanou os restos de pipoca de cima da camisa.

Eu me lembro muito bem.

Ela estava de calças jeans desbotadas, daquelas com vários zíperes, que começavam a ficar na moda na época, e uma camisa de malha branca.

Laura foi à geladeira buscar uma Coca-Cola, e perguntou se eu queria também. Ela abriu as latas, enfiou um canudo em cada, e voltou para o sofá, dando uma para mim.

— No verão depois da minha formatura, eu me apaixonei por um garoto — ela pronunciou *garouto* — de Evanston. Ele tinha voltado para casa para passar as férias lá. Ele fazia mestrado em Engenharia Eletrônica no MIT, alguma coisa a ver com computadores. Um cara bonito e aparentemente inteligente chamado John R. Findley. Era dois anos mais velho que eu, e a gente se conhecia vagamente dos tempos do ensino médio. Mas, um mês depois, ele foi roubado de mim por Julia Craig, uma das criaturas mais burras que já conheci na vida, uma espécie de hominídeo que tinha conseguido aprender a articular umas dez palavras, mais ou menos, a depilar as pernas e a usar garfo e faca. Foi aí que me dei conta de que eu era boa em equações e integrais, mas não tinha a menor ideia de como as pessoas pensavam, principalmente os homens. Percebi que, se não tivesse cuidado, acabaria passando a vida cercada de gatos, porquinhos-da-índia e papagaios. Então foi por isso que eu vim para cá no outono seguinte. Minha mãe ficou preocupada e tentou me fazer mudar de ideia, mas ela me conhecia o suficiente para saber que seria mais fácil me ensinar a voar num cabo de vassoura. Estou no último ano e nunca me arrependi da minha decisão.

— Esse também é meu último ano. E você conseguiu o que queria? — perguntei. — Quer dizer, aprender sobre como os homens pensam?

Ela me olhou diretamente nos olhos pela primeira vez.

— Não tenho certeza, mas acho que fiz algum progresso. John terminou com a Godzilla após algumas semanas. Quando ele me ligou depois disso, não atendi o telefone, mesmo ele tendo tentado entrar em contato comigo várias vezes. Talvez eu seja só exigente, sabe?

Ela terminou a Coca-Cola e colocou a lata vazia na mesa.

Continuamos a assistir ao resgate da *garotchinha* do Texas na televisão, e batemos papo até quase meia-noite, tomando café e saindo da casa de tempos em tempos para fumar os Marlboros que ela havia pegado no quarto. Numa dessas saídas, eu a ajudei a carregar para dentro o restante das coisas dela, que estavam no porta-malas de seu velho Hyundai estacionado na garagem.

Laura era legal, tinha um ótimo senso de humor e deu para ver que era bastante culta. Como qualquer jovem adulto, eu era uma massa fervilhante de hormônios. Na época, não tinha namorada e estava desesperado para fazer sexo, mas lembro claramente que, no início, nem pensei na possibilidade de transar com ela. Estava certo de que devia ter namorado, embora jamais tenhamos conversado sobre isso. Mas eu estava inquieto, no bom sentido, ante a perspectiva de dividir a casa com uma mulher, algo que eu nunca tinha feito até então. Era como se, de repente, eu fosse passar a ter acesso a mistérios antes totalmente inacessíveis.

* * *

A verdade é que eu não gostava da faculdade e não via a hora de acabar meu último ano e dar o fora dali.

Eu tinha morado a vida inteira no Brooklyn, em Williamsburg, perto da Grand Street, onde as casas eram muito mais baratas do que são hoje. Minha mãe era professora de História no Boys and Girls High School, em Bed-Stuy, e meu pai, enfermeiro no Kings County Hospital. Resumindo, eu não fazia parte de uma família operária, mas me sentia como se fizesse, já que todos os outros moradores do bairro pertenciam a essa classe de trabalhadores.

Nunca passei por grandes problemas materiais, mas, ao mesmo tempo, meus pais não podiam comprar uma série de coisas que a gente gostaria de ter. Eu achava os habitantes do Brooklyn interessantes, e me sentia como um peixe do cardume naquela Babel de diferentes raças e costumes. Os anos setenta foram difíceis para a cidade de Nova York, e eu me lembro que um monte de gente era muito pobre e que a violência estava por toda parte.

Quando cheguei a Princeton, entrei para algumas sociedades acadêmicas, me tornei membro de um daqueles famosos "clubes de refeições" na Street, e fiz amizade com os atores amadores do Triangle Club.

Diante de um círculo literário com um nome exótico, li vários contos que eu havia escrito no fim do ensino médio. O grupo era liderado por um autor relativamente famoso que dava aulas como professor visitante, e seus integrantes rivalizavam entre si torturando a língua inglesa para produzir poemas sem sentido. Quando eles viram que meus contos seguiam o estilo "clássico" e que eu vinha buscando inspiração nos romances de Hemingway e Steinbeck, começaram a me considerar uma aberração. Um ano depois disso, eu passava meu tempo livre na biblioteca ou em casa.

A maioria dos alunos era de classe média e da Costa Leste, que passou por um grande susto nos anos sessenta, quando seu mundo pareceu desabar, e os pais educaram seus filhos de um jeito a evitar que aquela loucura se repetisse algum dia. Os anos sessenta tiveram música, marchas, o verão do amor, experimentações com drogas, Woodstock e contraceptivos. Os anos setenta viram o fim do pesadelo do Vietnã e o início da música de discoteca, calças boca-de-sino e a emancipação racial.

Assim, minha sensação era de que não havia nada de especial nos anos oitenta e que nossa geração tinha perdido o trem da História. O Sr. Ronald Reagan, como um velho xamã ardiloso, evocara os espíritos dos anos cinquenta para perturbar o juízo dos cidadãos. Um a um, o dinheiro demolia os altares de todos os outros deuses, preparando-se para executar sua dança da vitória, enquanto anjos gorduchos com chapéus Stetson aninhados sobre cachos loiros entoavam cânticos à livre iniciativa. *Go, Ronnie, go!*

Eu via os outros alunos como conformistas esnobes, apesar de suas posturas rebeldes, sem dúvida acreditando que aquilo era o que se esperava de alunos das faculdades da Ivy League, como uma espécie de reminiscência das décadas anteriores. As tradições eram importantes em Princeton, mas, para mim, não passavam de encenação — o tempo havia esvaziado todas elas de qualquer significado.

Quanto aos professores, eu via a maioria deles como pessoas medíocres agarradas com unhas e dentes a um emprego de prestígio.

Os alunos que brincavam de ser marxistas e revolucionários com o dinheiro dos pais ricos nunca se cansavam de ler calhamaços como *Das Kapital*, ao passo que aqueles que se viam como conservadores agiam como se fossem os descendentes diretos do peregrino do *Mayflower* que, empoleirado no alto do mastro com a mão apoiada na testa para proteger os olhos do sol, gritou: *Terra à vista!* Para os primeiros, eu era um pequeno-burguês cuja classe devia ser desprezada e cujos valores deviam ser pisoteados; para os últimos, eu era só um branquelo do Brooklyn que conseguiu de alguma forma se infiltrar em seu magnífico campus com objetivos duvidosos e indiscutivelmente execráveis. Para mim, Princeton parecia uma invasão de robôs arrogantes com sotaque de Boston.

Mas é possível que todas essas coisas existissem apenas na minha cabeça. Depois que decidi me tornar escritor no fim do ensino médio, gradualmente fui construindo uma visão pessimista e cética do mundo, com o inestimável auxílio dos Senhores Cormac McCarthy, Philip Roth e Don DeLillo. Eu me convenci de que um escritor de verdade tinha de ser triste e solitário, enquanto recebia polpudos cheques de direitos autorais e passava férias em resorts europeus da alta sociedade. Falava para mim mesmo que se o diabo não tivesse deixado Jó pobre e exausto, sentado num monte de bosta, ele nunca teria ficado conhecido, e a humanidade teria sido privada de uma obra-prima literária.

Eu tentava evitar passar mais tempo do que o necessário no campus, por isso costumava voltar a Nova York nos fins de semana. Perambulava pelos sebos do Upper East Side, assistia a peças em teatros obscuros em Chelsea e ia a concertos de Bill Frisell, Cecil Taylor e Sonic Youth na Knitting Factory, que acabara de ser aberta na Houston Street. Frequentava os cafés da Myrtle Avenue, ou atravessava a ponte até o Lower East Side e jantava com meus pais e meu irmão mais novo, Eddie, que ainda estava no ensino médio, num daqueles restaurantes de gestão familiar onde todos se conhecem pelo nome.

Passei em todas as matérias sem grandes esforços, ficando na zona de conforto da "média" para não ter problemas e ainda ter tempo para escrever. Criei dezenas de contos e comecei um romance, que não passou de alguns poucos capítulos. Usava uma velha máquina de escrever Remington que meu pai havia encontrado no sótão de uma casa, consertado, e dado para mim de presente quando fui para a faculdade. Depois de reler meus textos e revisá-los várias vezes, eles acabavam na lata de lixo. Sempre que descobria um autor novo, eu o imitava sem perceber, como um chimpanzé embasbacado ante a visão de uma mulher de vermelho.

Por algum motivo, eu não curtia drogas. Fumei maconha pela primeira vez aos quatorze anos, durante uma excursão ao Jardim Botânico. Um garoto chamado Martin levou dois baseados, compartilhados por cinco ou seis de nós num local escondido, com a sensação de que as águas lodosas da criminalidade estavam nos arrastando para as profundezas num caminho sem volta. Voltei a fumar algumas vezes no ensino médio, e também me embebedei com cerveja barata em uma ou outra festa em apartamentos escusos na Driggs Avenue. Mas não sentia nenhum tipo de prazer em ficar doidão nem bêbado, para alívio dos meus pais. Naquela época, se você tivesse alguma propensão a sair da linha, era mais provável que fosse acabar sendo esfaqueado ou que fosse morrer por causa de uma overdose do que encontrar um trabalho decente. Estudei que nem um condenado na escola, consegui tirar notas altas e recebi convites tanto de Cornell quanto de Princeton, escolhendo a segunda, considerada mais progressiva na época.

A televisão ainda não havia se transformado num desfile interminável de programas nos quais vários "perdedores" são forçados a cantar, a ser insultados por apresentadores vulgares, ou a entrar em piscinas cheias de cobras. Os programas de televisão americanos ainda não tinham virado piada, uma confusão de barulhos e gargalhadas sem nenhum significado. Mas eu também não via nada de interessante nos debates políticos hipócritas daqueles tempos, nem nas piadas de mau gosto ou nos filmes B sobre adolescentes que pareciam feitos de plástico. Os poucos produtores e jornalistas decentes dos anos sessenta e setenta que ainda estavam no comando dos estúdios de televisão pareciam constrangidos e tão inquietos quanto dinossauros vendo o meteorito que proclamou o fim de sua era se aproximar.

Mas, como eu viria a descobrir, Laura precisava de uma dose noturna de lixo televisivo, alegando que aquele era o único jeito de seu cérebro atingir uma espécie de inércia, possibilitando que ele classificasse, sistematizasse e armazenasse o que havia acumulado durante o dia. E, assim, no outono do Ano de Nosso Senhor de 1987, eu vi televisão como nunca antes, sentindo uma espécie de prazer masoquista em ficar largado no sofá ao lado dela, fazendo comentários sobre todos os programas de entrevista, noticiários e novelas, como os dois velhos rabugentos dos *Muppets*.

Laura não me contou logo sobre o professor Joseph Wieder. Foi só no Halloween que ela comentou que o conhecia. Ele era um dos professores mais importantes de Princeton na época. Era visto como uma espécie de Prometeu, que descera para a companhia dos reles mortais a fim de compartilhar com eles o fogo dos deuses.

Estávamos assistindo ao *Larry King Live*, ao qual Wieder havia sido convidado para falar sobre o vício em drogas — três rapazes haviam morrido de overdose no dia anterior, numa cabana perto de Eugene, Oregon. Aparentemente, Laura e o professor eram "bons amigos", segundo me disse.

Àquela altura do campeonato, eu já devia estar apaixonado por ela, mesmo que ainda não tivesse consciência disso.

Dois

As semanas seguintes foram provavelmente as mais felizes de toda a minha vida.

A maioria das aulas do curso de Psicologia era ministrada no Green Hall, que ficava a poucos minutos a pé do McCosh Hall e do Dickinson Hall, onde eu tinha minhas aulas do curso de Literatura Inglesa, e por isso estávamos quase sempre juntos. Íamos à Biblioteca Firestone, passávamos pelo estádio de Princeton a caminho de casa, parávamos no Museu de Arte e em um dos cafés dos arredores, ou então pegávamos o trem para Nova York, onde víamos filmes como *Dirty dancing*, *Tem um louco solto no espaço* e *Os intocáveis*.

Laura tinha um monte de amigos, a maioria deles colegas do curso de Psicologia. Ela me apresentou a alguns deles, mas preferia passar seu tempo comigo. No que dizia respeito a música, não tínhamos os mesmos gostos. Ela curtia o que estava nas paradas de sucesso das rádios, que naquela época era Lionel Richie, George Michael ou Fleetwood Mac, mas mesmo assim ouvia comigo quando eu tocava minhas fitas e meus CDs de jazz e rock alternativo.

Às vezes ficávamos conversando até o sol raiar, cheios de nicotina e cafeína nas ideias, e então saíamos grogues para as aulas depois de umas duas ou três horas de sono. Mesmo ela tendo carro, raramente saía com ele — nós preferíamos circular a pé ou de bicicleta. Nas noites em que ela não tinha vontade de ver televisão, Laura conjurava o espírito escondido num Nintendo e então atirávamos em patos ou controlávamos Bubbles, o peixe, em *Clu Clu Land*.

Um dia, depois de duas horas jogando videogames como aqueles, ela me falou: "Richard", ela nunca abreviava meu nome para Richie ou Dick, "você sabia que nós, e com isso quero dizer nossos *cérebros*, não conseguimos diferenciar ficção de realidade a maior parte do tempo? É por isso que somos capazes de chorar em um filme e gargalhar em outro, por mais que a gente *saiba* que o que estamos vendo é só encenação e que a história foi idealizada por um escritor. Sem este 'defeito' nosso, não seríamos nada além de R.O.B.s".

R.O.B. era a sigla de Robotic Operating Buddy, um gadget inventado pelos japoneses para adolescentes solitários. Laura sonhava em comprar um dispositivo desses, batizá-lo de Armand e ensiná-lo a levar café na cama e a dar flores para ela quando estivesse se sentindo para baixo. O que ela não sabia era que eu teria feito feliz estas e muitas outras coisas por ela sem precisar de qualquer treinamento.

* * *

A gente não sabe o que é dor até sofrer um corte tão profundo que nos permita perceber que as feridas passadas não foram nada mais que arranhões. No começo da primavera, meus problemas de adaptação à vida em Princeton se agravaram após um trágico evento — eu perdi meu pai.

Um infarto quase fulminante matou meu pai no trabalho. Nem a rápida intervenção dos colegas foi capaz de salvá-lo, e ele foi declarado morto menos de uma hora depois de cair no corredor da ala cirúrgica no terceiro andar do hospital. Meu irmão me deu a notícia pelo telefone, enquanto minha mãe cuidava das formalidades.

Peguei o primeiro trem e fui para casa. Quando cheguei, nosso apartamento já estava tomado de parentes, vizinhos e amigos da família. Meu pai foi enterrado em Evergreen e, pouco depois, no início do verão, minha mãe resolveu ir de mudança para a Filadélfia, levando Eddie junto. Uma irmã mais nova dela, chamada Cornelia, morava lá. Foi um choque perceber, nas semanas seguintes, que tudo o que me ligava à minha infância estava prestes a desaparecer, e que eu nunca mais entraria no apartamento de dois quartos onde havia passado toda a minha vida.

Sempre achei que minha mãe detestava o Brooklyn e que o único motivo de ter ficado lá foi meu pai. Ela era uma pessoa estudiosa e melancólica, graças à sua criação. Seu pai era um pastor luterano de origem alemã chamado Reinhardt Knopf. Tenho uma breve lembrança das visitas que fazíamos uma vez por ano, no aniversário dele. Era um homem alto e sério e morava no Queens, numa casa impecavelmente limpa, com um quintalzinho nos fundos. Até o pequeno gramado dava a impressão de que cada folha de grama havia sido polida. Sua mulher morreu durante o parto, quando minha tia nasceu, e ele nunca voltou a se casar, criando as filhas sozinho.

Meu avô morreu de câncer de pulmão quando eu tinha dez anos, mas, de tempos em tempos, quando ele ainda era vivo, minha mãe costumava insistir para que nos mudássemos para o Queens — *um lugar limpo e decente*, dizia ela — alegando que queria ficar mais perto do pai. No fim, porém, acabou desistindo, percebendo que aquela era uma causa perdida: Michael Flynn, meu pai, irlandês do Brooklyn, era teimoso e não tinha a menor intenção de se mudar para lugar nenhum.

Assim, minha ida a Princeton para o início do novo ano letivo coincidiu com a mudança da minha mãe e do meu irmão para a Filadélfia. Quando conheci Laura, a percepção de que eu só poderia voltar ao Brooklyn como hóspede de alguém começava a tomar forma. Eu sentia como se tudo o que eu possuía tivesse sido tirado de mim. As coisas que não levei comigo para Princeton acabaram num apartamento de dois quartos na Jefferson Avenue, na Filadélfia, perto da Central Station. Eu visitei minha mãe e meu irmão logo após a mudança, sentindo logo de cara que o lugar nunca seria um *lar* para mim. E, para piorar, a renda da família havia diminuído. Minhas notas não eram boas o suficiente para eu pleitear uma bolsa de estudos, então tive de correr atrás de um trabalho de meio expediente para poder pagar a faculdade até a formatura.

A morte do meu pai foi repentina, por isso foi difícil me acostumar com o fato de ele não estar mais entre nós. Em boa parte do tempo, eu pensava nele como se ainda estivesse. Às vezes, a presença daqueles que se vão é mais forte do que quando estavam vivos. A lembrança deles — ou o que achamos que lembramos deles — nos força a tentar agradar-lhes de um jeito que nunca teríamos feito quando estavam vivos. A morte do meu pai me fez sentir mais responsável e menos inclinado a pairar a esmo sobre as coisas. Os vivos estão sempre cometendo erros, mas os mortos são logo envoltos, pelos que ficam, numa aura de infalibilidade.

Assim, minha nova amizade com Laura estava desabrochando numa época da minha vida em que eu me sentia mais sozinho do que nunca, e por isso sua presença se tornou ainda mais importante para mim.

Faltavam duas semanas para o Dia de Ação de Graças e o tempo já começava a adquirir uma aura sombria quando Laura sugeriu me apresentar ao professor Joseph Wieder. Ela vinha trabalhando sob a supervisão dele num projeto de pesquisa que ela usaria para a dissertação de mestrado.

Laura tinha se especializado em Psicologia Cognitiva, uma área pioneira naqueles dias, quando o termo "inteligência artificial" passou a habitar os lábios de todo mundo depois que os computadores fizeram sua entrada triunfal em nossos lares e vidas. Muitas pessoas tinham certeza de que em dez anos nós conversaríamos com nossas torradeiras e pediríamos conselhos sobre nossas carreiras à maquina de lavar.

Laura me falava com frequência do trabalho que fazia, mas eu não conseguia entender muito bem, e, com o egocentrismo característico dos jovens do sexo masculino, não me esforcei para entender. O que retive de informação foi que o professor Wieder — que havia estudado na Europa e tinha doutorado em Psiquiatria por Cambridge — se aproximava do fim de um projeto de pesquisa monumental que, segundo Laura, mudaria as regras do jogo no que se referia à compreensão do funcionamento da mente humana e à conexão entre estímulo mental e reação. Pelo que Laura disse, eu entendi que aquilo tinha a ver com memória e com o modo como as lembranças são formadas. Laura afirmou que seu conhecimento matemático havia sido uma verdadeira mina de ouro para Wieder, pois as ciências exatas sempre foram seu calcanhar de aquiles, e sua pesquisa envolvia o uso de fórmulas matemáticas para quantificar variáveis.

A noite em que conheci Wieder se tornaria memorável para mim, mas por uma razão diferente da que eu poderia imaginar.

Numa tarde de sábado, em meados de novembro, fomos generosos e compramos uma garrafa de Côtes du Rhône Rouge, que o balconista da delicatessen havia nos recomendado, e partimos para a casa do professor. Ele morava em West Windsor, por isso Laura decidiu que deveríamos ir de carro.

Cerca de vinte minutos depois, estacionamos diante da casa de estilo Queen Anne, perto de um laguinho que cintilava misteriosamente à luz do crepúsculo, e a propriedade era rodeada por um muro baixo de pedra. O portão estava aberto e nós seguimos por um caminho de cascalho que atravessava um gramado bem cuidado, ladeado por roseiras e amoreiras. À esquerda havia um enorme carvalho e sua copa desfolhada se estendia acima do telhado da casa.

Laura tocou a campainha e um homem alto e robusto abriu a porta. Ele era quase totalmente careca e tinha uma barba grisalha que chegava até o peito. Estava de calças jeans, tênis e uma camisa de malha verde da Timberland com as mangas dobradas. Parecia um técnico de futebol americano — em vez de um famoso professor universitário prestes a causar um turbilhão no mundo da ciência com uma revelação estarrecedora —, e possuía a aura de autoconfiança que as pessoas exibem quando tudo dá certo para elas.

Ele me cumprimentou com um aperto de mão firme e em seguida beijou Laura em ambas as bochechas.

— É um prazer conhecê-lo, Richard — disse ele com uma voz inesperadamente jovial. — Laura me falou bastante de você. Em geral, ela é sarcástica e maliciosa com relação a todos os que cruzam seu caminho — continuou ele, enquanto entrávamos num saguão de pé-direito alto, com paredes repletas de quadros, e pendurávamos nossos casacos no cabideiro. — Mas só tem boas coisas a dizer sobre você. Eu estava bastante curioso para conhecê-lo. Sigam-me, por favor.

Entramos numa enorme sala de estar dividida em dois níveis. Em um canto havia uma cozinha com uma bancada imensa no meio e todo tipo de panelas e frigideiras de latão penduradas acima.

Junto à parede da esquerda existia uma velha escrivaninha com dobradiças de bronze e cadeira de couro, coberta de papéis, livros e lápis.

Um odor agradável de comida pairava no ar, misturado ao cheiro de tabaco. Nós nos sentamos num sofá coberto por uma lona adornada com motivos orientais e ele nos serviu gim-‑tônica, declarando que guardaria para o jantar o vinho que havíamos levado.

O interior da casa me intimidou um pouco. Era cheio de peças de arte — estátuas de bronze, quadros e antiguidades —, como um museu.

Sobre o piso polido, havia tapetes feitos à mão, dispostos aqui e ali. Era a primeira vez que eu entrava numa casa como aquela.

Ele se serviu de uísque escocês com club soda e se sentou na poltrona à nossa frente, acendendo um cigarro.

— Richard, eu comprei esta casa quatro anos atrás e trabalhei nela por dois anos para que tivesse a aparência que tem hoje. O lago nada mais era que um lamaçal fedorento e cheio de mosquitos. Mas acho que valeu a pena, ainda que seja um pouco isolada. Pelo que me disse um cidadão que conhece essas coisas, o valor dela quase dobrou nesse meio-tempo.

— É realmente fantástica — afirmei.

— Mais tarde vou te mostrar a biblioteca lá em cima. Ela é meu maior orgulho; todo o resto é ninharia. Espero que volte mais vezes. Às vezes dou festas aos sábados. Nada de mais, só alguns amigos e colegas de trabalho. E, na última sexta-feira do mês à noite, jogo pôquer com alguns camaradas. Jogamos por mixaria, não se preocupe.

A conversa prosseguiu tranquilamente e, meia hora depois, quando nos sentamos à mesa para comer (ele tinha feito espaguete à bolonhesa com a receita de um colega de profissão da

Itália), parecia que já nos conhecíamos há tempos, e minha sensação inicial de desconforto desapareceu por completo.

Laura quase não participou da conversa enquanto bancava a anfitriã. Serviu a comida e, ao término da refeição, levou embora os pratos e os talheres, colocando-os no lava-louças. Ela não chamava Wieder de "professor", nem de "senhor", mas de "Joe". Parecia à vontade, e era óbvio que já havia representado esse papel antes, enquanto o professor discursava sobre vários assuntos, acendendo um cigarro atrás do outro e acompanhando suas palavras com gestos largos das mãos.

A certa altura me perguntei a que ponto chegaria a intimidade dos dois, mas depois me convenci de que não era da minha conta, pois, na época, eu não suspeitava de que eles pudessem ser mais que apenas bons amigos.

Wieder elogiou o vinho que levamos e se embrenhou numa longa divagação sobre as vinícolas francesas, me explicando as diferentes regras para se servir vinho de acordo com a variedade de uva. De alguma forma, ele conseguiu fazer isso sem parecer esnobe.

Depois me contou que havia morado em Paris por uns dois anos quando jovem. Ele tinha feito mestrado em Psiquiatria na Sorbonne e depois foi para a Inglaterra, onde fez doutorado e publicou seu primeiro livro.

Passado um tempo, ele se levantou e, de algum lugar das profundezas da casa, buscou outra garrafa de vinho francês, que nós bebemos. Laura ainda estava na primeira taça — explicou ao professor que teria de voltar dirigindo para casa. Ela parecia encantada por estarmos nos entendendo tão bem, e nos observava como uma babá, feliz em ver que os meninos de quem tomava conta não estavam quebrando seus brinquedos nem brigando.

Pelo que me lembro, a conversa com ele foi um tanto caótica.

Wieder falou sem parar, pulando de um assunto para outro com a destreza de um feiticeiro. Ele tinha opinião sobre tudo, da última temporada do New York Giants à literatura russa do século XIX. É verdade, eu estava impressionado com o nível de conhecimento de Wieder sobre tudo, e era óbvio que ele tinha lido bastante e que a idade não havia atenuado em nada sua curiosidade intelectual. (Para alguém mal saído da adolescência, um adulto com cinquenta e muitos anos já era considerado velho.) Mas, ao mesmo tempo, ele dava a impressão de ser um missionário meticuloso, que via como seu dever educar pacientemente os selvagens, em cujas capacidades mentais não botava muita fé. Ele se engajava em questionamentos socráticos e, em seguida, dava ele mesmo a resposta, antes que eu pudesse abrir a boca para dizer qualquer coisa, e depois apresentava contra-argumentos, só para desbancá-los alguns minutos depois.

Na verdade, pelo que eu me lembro, a conversa não foi nada além de um longo monólogo. Depois de umas duas horas, eu fiquei convencido de que ele provavelmente continuaria falando mesmo depois que fôssemos embora.

Durante a noite, o telefone, que ficava no saguão, tocou algumas vezes e ele o atendeu, pedindo desculpas para nós e encerrando as ligações apressadamente. Em determinado ponto, porém, ele teve uma longa conversa, falando baixinho para não ser ouvido da sala. Não consegui entender o que ele dizia, mas sua voz transparecia certa contrariedade.

Ele voltou com uma expressão aborrecida.

— Esses caras enlouqueceram — disse ele a Laura, enfurecido. — Como podem pedir a um cientista como eu que faça algo assim? Você dá a mão e eles querem o braço. Essa foi a coisa mais idiota que já fiz na vida, me misturar com esses imbecis.

Laura não fez nenhum comentário e desapareceu em algum lugar da casa. Fiquei me perguntando de quem Wieder estaria falando, mas ele saiu e voltou com outra garrafa de vinho. Depois que a bebemos, ele pareceu esquecer a ligação desagradável e, brincando, declarou que homens de verdade bebiam uísque. Saiu outra vez e voltou com uma garrafa de Lagavulin e uma tigela com gelo. A garrafa já estava pela metade quando ele mudou de ideia. Falou que vodca era a melhor bebida para celebrar o início de uma bela amizade.

Só me dei conta do quanto estava bêbado quando me levantei para ir ao banheiro — vinha resistindo heroicamente até aquele ponto. Minhas pernas não me obedeceram e eu quase caí de cabeça no chão. Eu não era abstêmio, mas nunca havia bebido tanto. Wieder me observou atentamente, como se eu fosse um cachorrinho fofo.

No banheiro, olhei para o espelho acima da pia e vi dois rostos familiares olhando para mim, o que me fez cair na gargalhada. No saguão, lembrei que não tinha lavado as mãos e então voltei. A água estava quente demais e me queimei.

Laura voltou, lançou um olhar demorado e severo em nossa direção e em seguida preparou café para nós dois. Fiquei observando o professor para ver se também estava bêbado, mas parecia sóbrio para mim, como se eu tivesse bebido sozinho. Eu me senti como se fosse a vítima de uma pegadinha, notando minha dificuldade em articular as palavras. Tinha fumado demais e meu peito doía. Nuvens cinza de fumaça pairavam pelo ambiente como fantasmas, ainda que ambas as janelas estivessem bem abertas.

Continuamos a bater papo por aproximadamente uma hora, mais ou menos, bebendo apenas café e água e nada mais, até que Laura fez um sinal para mim, indicando que era hora de irmos embora. Wieder nos acompanhou até o carro, se despediu e me disse que esperava sinceramente que eu o visitasse de novo.

Enquanto Laura dirigia pela Colonial Avenue, que estava quase deserta àquela hora, eu disse a ela:

— Sujeito bacana, não é mesmo? Nunca conheci alguém que pudesse beber tanto. Nossa! Tem ideia do quanto bebemos?

— Talvez ele tenha tomado algo antes. Tipo um comprimido ou algo assim. Ele não costuma beber tanto. E você não é psicólogo, então não percebeu que Wieder estava te bombardeando de perguntas para extrair informações suas, sem revelar nada dele.

— Wieder me contou um monte de coisas sobre ele — falei, em desafio, e tentando decidir se deveríamos parar o carro para que eu pudesse vomitar atrás de alguma árvore no acostamento. Minha cabeça girava e meu cheiro devia estar fazendo parecer que eu tinha tomado um banho de álcool.

— Ele não contou nada — disse ela, bruscamente. — A não ser o que já é de conhecimento geral, coisas que você podia descobrir lendo os textos das orelhas de qualquer um dos livros dele. Já você, por outro lado, contou que tem medo de cobra e que, aos quatro anos e meio, quase foi estuprado por um vizinho maluco, a quem seu pai quase espancou até a morte. Informações importantes sobre você.

— Eu contei isso a ele? Não consigo me lembrar...

— O jogo preferido de Wieder é vasculhar a mente dos outros, como exploraria uma casa. Com ele, é mais que um hábito decorrente da profissão. É quase uma curiosidade patológica, que ele raramente consegue controlar. Foi por isso que concordou em supervisionar aquele programa, aquele em que...

Ela parou no meio da frase, como se tivesse se dado conta, de repente, de que estava prestes a falar demais.

Não perguntei o que ela estava para dizer. Abri a janela e senti a cabeça começar a clarear. Uma meia-lua pálida pairava no céu.

Aquela foi a noite em que nos tornamos amantes.

Aconteceu de maneira simples, sem conversas prévias e hipócritas do tipo "não quero estragar nossa amizade". Depois de estacionar o carro na garagem, ficamos alguns minutos parados no quintal banhado pelo brilho amarelado da luz do poste da rua, e fumamos um cigarro, sem dizer nada. Entramos, e, quando tentei acender a luz da sala, ela me impediu, me pegando pela mão e me levando para seu quarto.

O dia seguinte era um domingo. Ficamos em casa o dia todo, fazendo amor e explorando um ao outro. Lembro que mal falamos. No fim da tarde, fomos ao Peacock Inn, onde comemos, e depois passeamos pelo Community Park North por um tempo, até escurecer. Eu já havia contado a ela sobre minha intenção de procurar emprego e, quando voltei a tocar no assunto, ela me perguntou logo de cara se eu gostaria de trabalhar com Wieder. Ele estava à procura de alguém para organizar os livros na biblioteca que havia mencionado, mas que não chegou a me mostrar na noite anterior. Fiquei surpreso.

— Você acha que Wieder concordaria com essa ideia?

— Já falei com ele sobre isso. Foi por esse motivo que ele quis conhecer você. Mas, como típicos homens que são, vocês não chegaram a tocar no assunto. Acho que ele gostou de você, então não haverá nenhuma dificuldade.

Perguntei a mim mesmo se eu havia gostado dele.

— Já que é assim... por mim, tudo bem.

Ela se inclinou e me deu um beijo. Sob a clavícula esquerda, acima do peito, Laura tinha um sinal do tamanho de uma moeda de vinte e cinco centavos. Estudei cada detalhe seu naquele dia, como se quisesse me certificar de que nunca esqueceria nenhuma parte do corpo dela. Seus tornozelos eram excepcionalmente finos, e os dedos dos pés, muito compridos — ela os chamava de seu "time de basquete". Descobri cada sinal e pinta em sua pele, que ainda exibia um resquício do bronzeado de verão.

Naqueles dias, o *fast love* já havia se tornado tão comum quanto a *fast food,* e eu não fugi da norma. Perdi minha virgindade aos quinze anos, numa cama onde, acima, havia um pôster enorme do Michael Jackson. A cama pertencia a uma garota chamada Joelle, dois anos mais velha do que eu, e que morava na Fulton Street. Nos anos que se seguiram, tive muitas namoradas e, em duas ou três ocasiões, cheguei a pensar que estava apaixonado.

Mas naquela noite percebi que estivera errado. Talvez em alguns casos o que eu senti tenha sido atração, paixão ou apego. Mas com Laura foi completamente diferente, foram todas aquelas coisas e algo mais: o forte desejo de estar com ela a cada minuto e a cada segundo. Talvez eu tenha pressentido que o tempo que passaríamos juntos seria curto, por isso tinha pressa em acumular lembranças suficientes dela para carregar comigo pelo resto da vida.

Três

Comecei a trabalhar na biblioteca de Wieder no fim de semana seguinte, pegando um ônibus na Trinity Station, visitando-o sozinho. Bebemos uma cerveja juntos num banco próximo ao lago e ele me explicou como queria que seus milhares de livros fossem organizados.

O professor tinha comprado um computador novo, que montou num quarto no andar de cima. O lugar não tinha janelas e as paredes eram cobertas de longas prateleiras de madeira. Ele queria que eu bolasse um registro codificado, de modo que uma ferramenta de busca pudesse indicar a localização de cada livro. Isso significava digitar os dados — títulos, autores, editoras, números de controle da Biblioteca do Congresso, e assim por diante — e separar os livros em categorias. Fizemos um cálculo aproximado e chegamos à conclusão de que a empreitada ocuparia todos os meus fins de semana pelos próximos seis meses, a não ser que eu conseguisse passar uns dias adicionais por semana trabalhando nisso. Eu já havia começado a escrever meu texto final de pesquisa, mas ainda tinha esperança de arrumar uma ou outra tarde livre durante a semana que me permitisse finalizar logo a catalogação da biblioteca de Wieder.

Ele se propôs a me pagar semanalmente. A quantia era mais que generosa e ele me deu um cheque cobrindo antecipadamente as três primeiras semanas. Percebi que, quando Laura não estava por perto, Wieder era menos loquaz e mais direto ao ponto.

Ele me disse que iria se exercitar no porão, onde tinha uma pequena academia, e me deixou sozinho na biblioteca.

Passei duas ou três horas me familiarizando com o computador e com o software, período durante o qual Wieder não voltou. Quando, por fim, saí da biblioteca, encontrei-o na cozinha, preparando sanduíches. Comemos juntos, conversando sobre política. Para mim foi uma surpresa descobrir que ele tinha opiniões bem conservadoras e via nos "liberais" um risco tão grande quanto nos comunistas. Wieder achava que Reagan estava fazendo a coisa certa ao esfregar o punho na cara de Moscou, ao passo que seu predecessor, Jimmy Carter, não havia feito nada além de puxar o saco dos russos.

Estávamos fumando na sala de estar e a cafeteira resmungava na cozinha, quando Wieder me perguntou:

— Você e Laura são apenas amigos?

A pergunta dele me pegou de surpresa e achei muito difícil formular uma resposta. Eu estava prestes a dizer que meu relacionamento com Laura não era da conta dele. Mas sabia que Laura dava um enorme valor à amizade entre eles, por isso tentei manter a calma.

— Só amigos — menti. — Ela se mudou para a mesma casa que eu e nos tornamos amigos, embora não tenhamos muito em comum.

— Você tem namorada?

— No momento estou solteiro.

— Bem, então? Ela é bonita, inteligente e atraente em todos os sentidos. Vocês passam um bom tempo juntos, pelo que ela me contou.

— Não sei o que dizer... às vezes acontece, outras não.

Ele pegou duas xícaras de café e me passou uma. Em seguida, acendeu outro cigarro e me olhou de um jeito sério e inquisitório.

— Ela já falou de mim para você?

A conversa ia me deixando cada vez mais desconfortável.

— Ela tem o senhor em alta estima e fica feliz com essa convivência. Pelo que sei, vocês dois estão trabalhando num projeto especial, que vai mudar profundamente o modo como nós compreendemos a mente humana, algo ligado à memória. Só isso.

— Ela contou algum detalhe sobre o que exatamente este projeto envolve? — perguntou ele.

— Não. Infelizmente, eu pertenço a um campo completamente diferente, e Laura desistiu de tentar me iniciar nos mistérios da Psicologia — respondi, me esforçando para parecer relaxado. — A ideia de vasculhar a mente das pessoas não me anima. Sem querer ofender.

— Mas você quer ser escritor, não quer? — perguntou ele, irritado. — Como vai desenvolver seus personagens sem ter a menor ideia de como as pessoas pensam?

— Isso é como dizer que é preciso ser geólogo para poder gostar de escaladas — falei. — Joe, acho que você não me entendeu. — Ele havia insistido que eu o chamasse pelo nome, em vez de pelo sobrenome, embora aquilo fosse estranho para mim. — Às vezes eu me sento num café só para poder observar as pessoas, estudar seus gestos e expressões. Às vezes tento imaginar o que há por trás daqueles gestos e expressões. Mas isso é o que elas *querem* revelar, seja conscientemente ou não, e...

Ele não me deixou terminar a frase.

— Então você acha que eu sou uma espécie de *voyeur*, espiando pelo buraco da fechadura? Nada disso. Às vezes as pessoas precisam de ajuda para se entenderem melhor, por isso é preciso saber como dar a elas esta ajuda, sem a qual suas personalidades começariam a se desintegrar. De qualquer forma, o objetivo é completamente diferente. Você entende que uma pesquisa como esta... ou talvez não entenda, mas terá de acreditar na minha palavra... uma pesquisa como esta precisa ser abordada com o máximo de discrição, até o momento em que eu divulgar os resultados. Já assinei um contrato com uma editora, mas não com a nossa editora universitária, então isso vem causando um burburinho entre os docentes. Acho que não preciso lhe falar sobre a inveja no mundo acadêmico. Você já estuda aqui há tempo suficiente para saber como funciona. E existe outra razão pela qual é preciso ser bastante discreto no momento, mas não posso revelar a você. Como estão indo as coisas na biblioteca?

Era característico dele mudar de assunto repentinamente, como se quisesse sempre tentar me pegar desprevenido. Disse a ele que havia me familiarizado com o computador e com o software e que tudo parecia em ordem.

Quinze minutos depois, quando eu estava prestes a ir embora, ele me parou na porta da casa e me disse que havia outro assunto sobre o qual precisávamos conversar.

— Depois que você me visitou na semana passada, alguém o abordou e tentou fazer perguntas sobre o trabalho que ando fazendo? Um colega de turma? Um amigo? Talvez até mesmo um estranho?

— Não, principalmente porque eu não disse a ninguém que estive aqui. Só Laura sabe.

— Ótimo, então. Também não conte a ninguém no futuro. O trabalho na biblioteca fica só entre nós. A propósito, por que Laura não veio hoje?

— Ela está em Nova York com uma amiga. Tinha prometido a ela que a acompanharia num musical e as duas vão passar a noite na casa dos pais da amiga. Voltam amanhã de manhã.

Ele me encarou longamente.

— Excelente. Estou curioso para saber o que ela achou do musical. Qual é o nome da amiga dela?

— Dharma, se não me engano.

— Nomes como Daisy e Nancy não faziam a cabeça daqueles hippies de vinte anos atrás, não é mesmo? Até logo, Richard. Vejo você depois do Dia de Ação de Graças. Eu o convidaria para celebrar a data comigo, mas viajo para Chicago amanhã e só volto na sexta. Laura tem uma chave sobressalente, se você quiser usar. Já sabe o que tem que fazer, e, se conseguir tempo, pode vir aqui enquanto eu estiver fora. Cuide-se.

* * *

Em vez de ir direto para o ponto de ônibus, perambulei pelas ruas em volta da casa dele, fumando e pensando na nossa conversa.

Então Laura possuía a chave da casa de Wieder. Aquilo me pareceu estranho, pois até aquele ponto eu não tinha me dado conta de que os dois eram tão íntimos assim. Se entendi bem, Wieder havia insinuado que Laura tinha mentido para mim quando disse que iria ao teatro com a amiga. E ele foi bastante cauteloso quando me questionou sobre a natureza do meu relacionamento com ela.

Cheguei em casa de mau humor, guardando o cheque numa gaveta do armário do meu quarto com a sensação desagradável de que aquele era o pagamento por alguma transação duvidosa que não captei. Pela primeira vez desde que conheci Laura, eu passaria a noite de sábado sozinho e a casa parecia assombrada e hostil.

Tomei um banho, pedi uma pizza e assisti a um episódio de *Um amor de família*, sem achar nada de engraçado nas proezas da família Bundy. Dava para sentir o cheiro de Laura, como se estivesse sentada ao meu lado no sofá. Fazia apenas algumas semanas desde que eu a conhecera, mas a impressão que eu tinha era de que já nos conhecíamos há anos — ela já fazia parte da minha vida.

Ouvi uma fita do B.B. King, folheei um romance de Norman Mailer e pensei nela e no professor Wieder.

Ele havia me tratado bem e me oferecido um emprego, pelo qual eu deveria me sentir grato. Wieder era uma figura importante no meio acadêmico, então tive sorte só pelo fato de ele ter me notado, mesmo que por sugestão de sua pupila. Mas, apesar das aparências, eu sentia a presença de algo nebuloso e estranho no comportamento dele, algo que eu ainda não conseguia nomear, mas que estava ali, escondido por baixo de sua amabilidade e do fluxo quase constante de palavras.

E, o pior de tudo: eu já tinha começado a me perguntar se Laura estava me dizendo a verdade. Imaginei todo tipo de cenário em que eu poderia verificar a veracidade do que ela havia me dito, mas, àquela altura, já era tarde demais para pegar o trem para Nova York. E, além disso, eu teria me sentido ridículo espionando-a de longe, como num filme B de quinta categoria.

Com esses pensamentos ocupando minha mente, caí no sono no sofá, depois acordei no meio da noite e subi para a cama. Sonhei que estava ao lado de um enorme lago cuja margem era coberta de junco. Olhei para dentro da água escura e, de repente, tive uma forte sensação de perigo. Vi de relance a forma cheia de escamas e enlameada de um imenso jacaré, que me espreitava em meio à vegetação. Mas, quando o réptil abriu os olhos e os fixou em mim, vi que eram da mesma cor azul-piscina dos do professor Wieder.

Laura voltou na tarde seguinte. Eu havia passado o dia inteiro perambulando pelo campus com dois conhecidos, e, na hora do almoço, fui à casa deles, na Nassau Street, para comer pizza e ouvir música. Quando ouvi o carro dela estacionar, estava preparando uma caneca de café para mim.

Parecia cansada e estava com olheiras. Ela me deu um beijo de um modo que pareceu um tanto contido e subiu correndo para o quarto para trocar de roupa e tomar banho. Enquanto esperava por ela, despejei o café em duas canecas e me esparramei no sofá. Quando ela desceu, me agradeceu pelo café, pegou o controle remoto e começou a zapear pelos canais. Não parecia estar com vontade de conversar, por isso a deixei em paz. Em determinado momento, ela sugeriu que saíssemos para fumar.

— O musical era uma bobagem só — disse ela, dando uma boa tragada no cigarro. — Os pais da Dharma reclamaram de tudo a noite inteira. E na volta havia um acidente no túnel, por isso tive que esperar, presa no trânsito por meia hora. Aquela porcaria do meu carro começou a fazer um barulho estranho. Acho melhor chamar alguém para dar uma olhada.

Chuviscava do lado de fora e as gotas de água do banho no cabelo dela reluziam como diamantes.

— Qual era o nome do musical? — perguntei. — Se alguém pedir minha opinião, posso fazer com que economizem trinta pratas.

— *Starlight Express* — respondeu ela de pronto. — As críticas são boas, mas eu não estava no clima.

Ela sabia que eu tinha ido me encontrar com Wieder, por isso me perguntou como tinha sido e se havíamos chegado a um acordo sobre a biblioteca. Falei que ele havia me dado um cheque, que eu usaria para pagar o aluguel, e que eu já tinha trabalhado algumas horas.

Depois que voltamos para dentro e nos sentamos no sofá, ela perguntou:

— Tem alguma coisa errada, Richard. Você quer falar sobre isso?

Concluí que seria inútil tentar esconder, por isso falei:

— Wieder fez perguntas sobre a nossa relação. E...

— Que tipo de perguntas?

— Perguntas estranhas... E também quis saber se alguém tinha me abordado para saber sobre ele, e o que você me contou sobre a pesquisa que vocês dois estão fazendo.

— Arrá.

Esperei que ela continuasse, mas parou por ali.

— E tem mais: ele insinuou que você poderia estar mentindo para mim e que foi a Nova York por outro motivo.

Ela ficou em silêncio por alguns segundos e então perguntou:

— E você acredita nele?

Dei de ombros.

— Não sei mais o que pensar. Não sei se tenho o direito de questionar você sobre o que faz ou deixa de fazer. Você não é minha propriedade e não me considero um cara desconfiado.

Ela segurava a caneca entre as palmas como se fosse um pássaro que estava prestes a libertar.

— Tudo bem, então você quer esclarecer as coisas?

— Claro.

Ela colocou a caneca na mesa e desligou a televisão. Tínhamos concordado em não fumar dentro de casa, mas ela acendeu um cigarro. Considerei aquela uma circunstância fora do normal, por isso as regras estavam momentaneamente suspensas.

— Certo, vamos por partes, uma coisa de cada vez. Quando me mudei para cá, nunca nem passou pela minha cabeça embarcar num relacionamento, seja com você ou qualquer outra pessoa. No fim do meu primeiro ano na universidade, comecei a sair com um cara que estudava Economia. Passamos o verão separados; cada um foi para sua casa. Retomamos a relação no outono e por um tempo tudo pareceu estar bem. Eu estava apaixonada por ele, ou pelo menos era o que eu achava, mesmo sabendo que o sentimento não era mútuo. Ele era volúvel, não se comprometia emocionalmente. Desconfiei de que estivesse saindo com outras garotas, então fiquei zangada comigo mesma por tolerar aquilo. Foi durante esse período que comecei a trabalhar para Wieder. No começo eu era só uma voluntária, o mesmo que faziam outros vinte ou trinta alunos, mas logo começamos a conversar sobre o trabalho dele e acho que Wieder gostou de mim. Eu me envolvi num nível mais profundo. Acabei virando uma espécie de assistente para ele, se preferir chamar assim. O namorado que mencionei ficou com ciúmes. Começou a me seguir e a me fazer perguntas sobre minha relação com Wieder. O reitor recebeu uma carta anônima acusando a mim e ao professor de sermos amantes.

— Qual era o nome do cara?

— Tem certeza de que quer saber?

— Tenho.

— O nome dele é Timothy Sanders. Ainda estuda aqui, está fazendo mestrado. Você se lembra de quando fomos ao Robert's Bar, na Lincoln, logo que nos conhecemos?

— Lembro.

— Ele estava lá com uma garota.

— Tá, continue.

— Depois daquela carta ao reitor, Wieder ficou furioso. Eu estava louca para continuar trabalhando com ele, pois já havia me envolvido na pesquisa. Era minha chance de fazer meu nome na área. E eu não deixaria Timothy estragar essa oportunidade. Confessei a Wieder que tinha uma suspeita quanto a quem seria o remetente da carta. Ele me fez prometer que eu terminaria meu relacionamento com Timothy, o que eu já vinha pretendendo fazer de qualquer jeito. Timothy e eu conversamos e eu disse a ele que não queria continuar o namoro. Ironicamente, foi só aí que ele pareceu se apaixonar por mim de verdade. Ele me seguia aonde quer que eu fosse, e me mandava cartas compridas e chorosas, avisando que estava seriamente pensando em se matar e que eu teria de viver com aquela culpa. Ele me mandava flores em casa e na universidade, e implorava para que eu o encontrasse pelo menos por alguns minutos. Fiz pé firme e me recusei a falar com ele. Wieder me perguntou uma ou duas vezes se o sujeito ainda fazia parte da minha vida e pareceu satisfeito quando respondi que havia terminado de vez com Timothy e que, o que quer que acontecesse, eu não tinha a menor intenção de mudar de ideia. Timothy então adotou uma tática diferente e começou a fazer ameaças veladas e insinuações maldosas. Parecia estar totalmente obcecado. Uma vez eu o vi esperando do lado de fora da casa de Wieder, sentado em seu carro, estacionado sob a lâmpada do poste da esquina. Timothy foi a razão de eu ter me mudado da minha antiga casa para cá. Ele desapareceu por um tempo e depois voltei a vê-lo, como já falei, naquela noite, no Robert's. Depois disso, ele me abordou no campus e eu cometi o erro de concordar em sair para tomar um café com ele. Eu estava certa de que Timothy havia superado o término do nosso namoro, já que havia parado de me perseguir.

— Peraí, deixa eu te interromper só um segundo — falei. — Por que você não chamou a polícia?

— Eu não queria confusão. Timothy não era violento. Nunca tentou me bater, por isso não achei que estivesse correndo nenhum risco físico. E duvido de que os policiais fossem dar importância a um cara apaixonado que tinha perdido a cabeça por causa de uma estudante da faculdade, se não tivesse infringido alguma lei. Mas, depois que tomamos aquele café, ele começou tudo de novo. Falou que tinha certeza de que eu ainda o amava e que eu não queria aceitar esse fato, mas que, cedo ou tarde, eu cairia em mim. Contou que tinha ficado tão chateado quando nós terminamos que estava fazendo terapia em Nova York. Fiquei com medo de que ele pudesse vir até aqui e fazer uma cena, e deixar você com raiva. Resumindo, eu concordei em ir com ele a uma das sessões de terapia para demonstrar ao psicólogo que eu era uma pessoa de carne e osso e não fruto da imaginação dele, uma espécie de namorada inventada, como ele suspeitava que o psicólogo começava a acreditar. Foi por isso que viajei a Nova York. Ele já havia descoberto meu endereço novo. Depois da visita ao psicólogo, eu me encontrei com Dharma e passei a noite na casa dos pais dela, como falei. E isso é tudo. Timothy prometeu nunca mais tentar me encontrar.

— Por que você não me contou a verdade? Não teria sido mais fácil?

— Porque eu teria que contar tudo o que acabei de dizer, e não queria fazer isso. Esse cara não é nada mais que uma sombra do meu passado e é lá que eu quero que ele fique, com as outras sombras. Richard, todos temos coisas que preferíamos esquecer e não há nada que a gente possa fazer. E essas coisas do passado não devem ficar expostas em público para que todos vejam, porque às vezes o significado delas é muito complicado e outras vezes é bem doloroso. Na maioria dos casos, a melhor coisa a fazer é deixá-las escondidas.

— E foi só isso? Você foi à sessão, falou com o psicólogo e depois cada um foi para o seu lado?

Ela olhou para mim, perplexa.

— Sim, eu já disse, foi só isso.

— E o que o psicólogo falou?

— Ele estava convencido de que Timothy havia inventado a história toda sobre o nosso relacionamento. Que sua ex-namorada era uma espécie de projeção que ele havia criado para si mesmo e que provavelmente não tinha nenhuma conexão com uma pessoa real chamada Laura. Tudo tinha a ver com ele ter sido criado por uma madrasta que não o amava e por ele não conseguir suportar a ideia de ser rejeitado. Mas por que você está interessado nessa droga toda?

Estava escurecendo, mas nem eu nem ela nos levantamos para acender a luz. Estávamos sentados na escuridão, como uma tela de Rembrandt chamada *Laura implorando pelo perdão de Richard.*

Eu queria Laura — não via a hora de tirar suas roupas e sentir seu corpo colado ao meu — mas ao mesmo tempo sentia como se ela tivesse mentido para mim e me traído. Estava num beco sem saída e não sabia como seguir em frente.

— Wieder sabia disso tudo? — perguntei. — Ele sabia o real motivo pelo qual você estava indo a Nova York?

Ela me disse que sim.

— E por que ele achou que precisava me alertar quanto a isso?

— Porque é o que ele faz — declarou ela, irritada. — Porque ele não deve gostar do fato de nós dois estarmos num relacionamento. Ele pode estar com ciúme e não resistiu à tentação de jogar lenha na fogueira, pois isso é o que ele faz de melhor: manipular, brincar com a mente dos outros. Você não sabe como ele é de verdade.

— Mas você descreveu Wieder como um gênio, uma espécie de semideus, e falou que eram bons amigos. Agora...

— Bem, aparentemente, até um gênio pode ser um verdadeiro babaca às vezes.

Eu sabia que estava correndo um enorme risco ao fazer a pergunta, mas fui em frente mesmo assim.

— Laura, você já teve alguma coisa com Wieder?

— Não.

Fiquei feliz por ela ter me dado uma resposta direta, sem uma reação indignada hipócrita ou o (quase) inevitável *como você pôde pensar uma coisa dessas?*

No entanto, alguns instantes depois, ela acrescentou:

— Sinto muito que uma coisa dessas tenha passado pela sua cabeça, Richard. Mas, dadas as circunstâncias, eu compreendo.

— Fiquei um tanto surpreso ao saber que você tem a chave da casa dele. Wieder me contou.

— Se você tivesse me perguntado, eu também teria contado. Não é segredo. Ele mora sozinho, não tem uma companheira. Uma moça vai lá toda sexta-feira para fazer a faxina e um ex-

-paciente dele, que mora ali perto, aparece quando ele precisa de alguém para consertar as coisas. Ele me deu a chave, caso precisasse um dia, mas nunca usei. Jamais fui lá quando ele não estava em casa.

Mal dava para ver o rosto dela na escuridão da sala, e então me perguntei quem realmente era Laura Baines, a Laura Baines que conheci poucas semanas antes e sobre quem eu basicamente não sabia nada. Então respondi à minha própria pergunta: ela era a mulher por quem eu estava apaixonado, e isso era tudo que de fato importava.

Naquela noite, depois de concordarmos em nunca mais falar sobre aquele incidente — eu era jovem o bastante para fazer promessas impossíveis de serem cumpridas —, Laura me contou sobre os experimentos que Wieder vinha fazendo. Nem ela sabia de todos os detalhes.

A ligação do professor com as autoridades da lei começaram sete anos antes, quando ele foi chamado pela primeira vez para testemunhar como especialista num caso de assassinato. O advogado do réu alegara que seu cliente não podia ser julgado por motivo de insanidade. Neste tipo de caso, explicou Laura, uma equipe de três especialistas é convocada e, juntos, elaboram um relatório sobre a saúde mental do acusado, e em seguida o tribunal decide se o pedido da defesa é justificado ou não. Quando os especialistas confirmam que o acusado sofre de alguma doença mental que o torna incapaz de compreender a natureza das acusações feitas contra a sua pessoa, ele é levado a um hospital psiquiátrico forense. Posteriormente, a pedido do advogado, o paciente pode ser transferido para um hospital psiquiátrico normal ou até mesmo solto, se a decisão do juiz lhe for favorável.

Wieder, que na época dava aula em Cornell, tinha afirmado que um certo John Tiburon, de quarenta e oito anos de idade, acusado de assassinar um vizinho, estava fingindo sofrer de amnésia, embora os outros dois especialistas acreditassem que ele fosse psicótico, sofresse de esquizofrenia paranoide e que sua suposta perda de memória era real.

No fim, ficou provado que Wieder estava certo. Os investigadores descobriram um diário no qual Tiburon descrevia suas ações detalhadamente. O vizinho não fora sua única vítima. Além disso, ele vinha reunindo informações sobre os sintomas de várias psicoses que poderiam dar embasamento a uma absolvição. Em outras palavras, ele fez questão de se certificar de que, caso fosse apanhado, conseguiria atuar de maneira eficaz para convencer os especialistas de que era doente mental.

Depois deste caso, Wieder continuou a ser chamado como consultor e foi ficando cada vez mais interessado em estudar a memória e analisar lembranças reprimidas, que se tornaram moda após a publicação de *Michelle remembers*, um livro escrito por um psiquiatra e suposta vítima de abuso em rituais satânicos durante a infância. Wieder examinou centenas de casos semelhantes, chegando a usar a hipnose para aprofundar a pesquisa. Visitou prisões e hospitais psiquiátricos forenses para conversar com criminosos perigosos e estudou vários casos de amnésia.

No fim, chegou à conclusão de que certos casos de lembranças reprimidas, especialmente quando o paciente sofre algum trauma psicológico grave, ocorrem quando uma espécie de sistema autoimune entra em ação — o paciente simplesmente apaga as lembranças traumáticas ou as "higieniza" para que se tornem suportáveis, do mesmo jeito que um glóbulo branco ataca um vírus que invade o corpo. Dessa forma, o cérebro é equipado com um cesto de lixo.

Mas, se tais processos ocorrem espontaneamente, será que seu mecanismo poderia ser decifrado de modo a permitir que um psiquiatra o ativasse e o controlasse? Como na maioria das vezes a ativação espontânea do mecanismo causa danos irreversíveis, e lembranças benignas podem ser apagadas junto com as traumáticas, a tentativa de um paciente de fugir do trauma pode resultar em um novo trauma, em alguns casos maior que o original. Como acabar com o problema de uma cicatriz ou queimadura horrendas cortando o braço inteiro fora.

Wieder seguiu com sua pesquisa, transferindo-se nesse meio-tempo para Princeton. Foi lá que os representantes de uma agência o abordaram, como ele confidenciou a Laura numa conversa, convidando-o para se tornar supervisor de um programa desenvolvido por aquela instituição. Laura não sabia muito mais que isso, mas desconfiava de que o projeto envolvesse apagar ou "reorganizar" memórias traumáticas sofridas por soldados ou agentes secretos. Wieder relutava em falar sobre o assunto. As coisas não vinham fluindo bem e a relação entre os caras da agência e o professor se tornara tensa.

O que Laura estava me contando me deu calafrios. Pareceu estranho, para mim, descobrir que o que eu julgava serem peças inquestionáveis da realidade poderiam ter sido, na verdade, apenas produtos da minha visão subjetiva sobre algo ou uma situação. Como Laura disse, nossas memórias não eram nada além de uma espécie de rolo de filme que um editor de imagens habilidoso podia montar a seu bel-prazer, ou uma espécie de gelatina que podia ser moldada em qualquer formato.

Eu falei para Laura que, para mim, era difícil concordar com aquela teoria, mas ela me desafiou.

— Você nunca teve a sensação de que já viveu algo ou esteve em determinado lugar, e depois descobriu que jamais esteve ali, que apenas ouviu histórias sobre o local quando era criança, por exemplo? Sua memória simplesmente apagou a lembrança da história que lhe foi contada e a substituiu por uma vivência.

Lembrei que, por um bom tempo, achei que tinha visto o Super Bowl de 1970 na televisão, que tinha visto os Kansas City Chiefs derrotarem os Minnesota Vikings. Mas, na verdade, eu tinha apenas quatro anos na época e só *achei* que tinha visto porque ouvi meu pai contar histórias sobre aquele jogo várias vezes.

— Viu? Um exemplo típico é a dificuldade que os investigadores enfrentam com os relatos de testemunhas oculares. Na maioria das vezes elas oferecem informações que se contradizem, até em detalhes que deveriam ser óbvios: a cor do carro envolvido num acidente em que o motorista fugiu, por exemplo. Algumas dizem que era vermelho, outras podem jurar que era azul e no fim se descobre que era amarelo. Nossa memória não é uma filmadora que grava tudo o que se passa diante da lente, Richard. É mais como um roteirista e um diretor, os dois ao mesmo tempo, que criam seus filmes a partir de fragmentos da realidade.

* * *

Não sei por quê, mas prestei mais atenção que o habitual ao que ela me falou naquela noite. No fim das contas, eu não dava a mínima para o que Wieder estava aprontando. Mas fiquei me perguntando se ela havia me contado a verdade sobre Timothy Sanders.

Laura tinha razão sobre o poder dos nomes, e é por isso que ainda consigo lembrar o dele quase trinta anos depois. Naquela noite, também voltei a me perguntar se o relacionamento dela com o professor era estritamente profissional. O assédio sexual se tornou um tema bastante discutido nos anos oitenta, e as universidades não eram imunes a escândalos. Uma simples acusação às vezes era suficiente para destruir uma carreira de um professor, ou ao menos levantar suspeitas sobre ele. Por isso, tive dificuldade em acreditar que uma figura da importância de Wieder seria capaz de arriscar tudo só pelo prazer de um caso sórdido com uma aluna, não importando o quanto pudesse se sentir atraído por ela.

Naquela noite, nós dormimos no sofá da sala. Continuei acordado ainda por muito tempo depois que ela caiu no sono, olhando para seu corpo nu, suas pernas compridas, as curvas das coxas, os ombros retos. Laura dormia como um bebê, com os punhos fechados. Decidi acreditar nela: às vezes, nós pura e simplesmente precisamos acreditar que um elefante pode ser tirado de uma cartola.

Quatro

Na quinta-feira seguinte, passamos o Dia de Ação de Graças juntos. Compramos um peru assado num pequeno restaurante da Irving Street e convidamos alguns colegas, amigos de Laura. Meu irmão Eddie estava doente — ele havia pegado uma gripe forte e minha mãe tomou um baita susto quando o encontrou de manhã com uma febre altíssima —, então conversei com eles ao telefone por mais de uma hora, contando que havia arrumado um trabalho de meio expediente. Nem Laura, nem eu falamos em Timothy Sanders ou em Wieder. Ficamos acordados até quase a manhã seguinte, nos divertindo, e depois fomos a Nova York, onde passamos o fim de semana numa pequena pousada em Brooklyn Heights.

Na semana seguinte, fui à casa de Wieder duas vezes, usando a chave que ele havia deixado com Laura, enquanto ele estava na universidade.

Eu gostava daquele ambiente tranquilo e espaçoso, quase mágico para alguém como eu, que passou a vida inteira em buracos escuros e barulhentos. O silêncio dentro da casa parecia quase sobrenatural e as janelas da sala davam vista para o lago. Eu poderia passar horas ali, olhando para os contornos dos salgueiros inclinados sobre a água, como uma pintura pontilhista.

Fiz uma inspeção discreta na casa.

No andar de baixo, havia uma sala de estar, uma cozinha, um banheiro e uma despensa. No de cima, ficavam a biblioteca, dois quartos, outro banheiro e um closet tão grande que podia ser usado como um quarto extra, se fosse necessário. No porão, havia uma pequena adega e uma academia, com pesos espalhados pelo chão. Pendurado no teto, havia um saco de pancadas Everlast vermelho, e de um prego na parede pendia um par de luvas de boxe. A academia fedia a suor e desodorante masculino.

Sempre fui de ler muito, então organizar a biblioteca de Wieder era mais um privilégio que um trabalho. As prateleiras estavam lotadas de edições raras e títulos dos quais eu nunca nem tinha ouvido falar. Quase metade deles eram livros técnicos sobre Medicina, Psicologia e Psiquiatria, mas o restante era formado por romances, livros de Arte e História. Calculei meu tempo de um jeito que metade dele fosse dedicada à leitura, já que duvidava de que o professor estivesse disposto a me emprestar qualquer um de seus preciosos livros.

Eu estava na casa pela segunda vez naquela semana, e fiz uma breve pausa para o almoço.

Enquanto comia o sanduíche que eu havia levado, e olhava para o lago pela janela, percebi que a casa tinha um efeito estranho sobre mim, assim como seu proprietário. Eu sentia ao mesmo tempo atração e repulsa por ela.

Ela me atraía por ser o tipo de casa onde eu teria gostado de morar caso fosse um escritor de sucesso e este sucesso colocasse um pote de ouro no meu bolso. À medida que meu tempo em Princeton se aproximava do fim, e eu começava a pensar seriamente no que iria fazer em seguida, fui ficando cada vez mais com medo de que as coisas acabassem não saindo do jeito que eu queria. Os contos que eu havia enviado para revistas literárias até então só receberam respostas negativas, embora alguns voltassem acompanhados de umas poucas palavras de encorajamento por parte dos editores. Eu vinha trabalhando também num romance, mas para mim não estava nem um pouco claro se realmente valia a pena insistir nele.

A alternativa seria uma vida entediante como professor de Literatura Inglesa, pobre e misantropo, em alguma cidade de interior, cercado de alunos debochados. Eu acabaria usando um blazer de tweed com retalhos de couro nos cotovelos, levando dentro de uma pasta um projeto de livro que nunca seria finalizado, como se carregasse um fardo.

Aquela casa era o símbolo universal do sucesso e, por alguns poucos minutos, fiz de conta que era minha e que eu morava ali com a mulher que eu amava, que àquela altura já era minha esposa. Eu estava dando uma pausa entre um *best-seller* e outro, esperando tranquilo e relaxado pela chegada de Laura para que pudéssemos sair e jantar no Tavern on the Green ou no Four Seasons, onde eu seria reconhecido e observado com curiosidade e admiração.

Mas aquela visão de faz-de-conta logo começou a se dissolver, como se tivesse entrado em contato com alguma substância química corrosiva, quando lembrei que a casa pertencia a um homem em quem eu não confiava. Embora eu estivesse inclinado a acreditar que Laura vinha me dizendo a verdade e que a relação entre os dois era estritamente profissional, sempre que eu ficava lá dentro, não conseguia impedir que minha imaginação alçasse voo. Era como se eu pudesse ver os dois transando bem ali no sofá da sala, ou então subindo para o quarto, já nus e se tocando antes mesmo de se deitarem na cama. Imaginei todos os jogos perversos aos quais Laura se submetia para excitar o velho, engatinhando sob a escrivaninha dele com um sorriso malicioso, enquanto ele desabotoava a calça e fazia insinuações libidinosas.

Mesmo quando não estava ali, Wieder era capaz de marcar seu território, como se todos os objetos fossem parte do seu santuário particular.

Naquela manhã, eu havia combinado de me encontrar com Laura junto ao Battle Monument às três da tarde, para que pudéssemos pegar o trem para Nova York. Às duas, tranquei a porta da biblioteca e desci para me preparar para sair. Quase desmaiei quando vi um sujeito alto sentado no meio da sala. Ele estava segurando um objeto, que no instante seguinte identifiquei como sendo um martelo.

Aquele não era um bairro perigoso, mas os jornais viviam cheios de histórias de arrombamentos de casas e até assassinatos naquela época.

O sujeito, que estava de parca, suéter de algodão e calças jeans, parou e olhou para mim. Minha garganta ficou seca e, quando tentei falar, quase não reconheci minha voz.

— Quem diabos é você, cara?

O sujeito ficou paralisado por alguns instantes, como se não soubesse o que dizer. Seu rosto era grande, redondo e extremamente pálido, seus cabelos estavam despenteados e ele exibia uma barba de alguns dias por fazer.

— Eu sou o Derek — respondeu, como se imaginasse que eu já devia ter ouvido falar dele. — O Joe... quer dizer, o professor Wieder... me pediu para consertar o suporte da cortina.

Ele apontou o martelo para uma das janelas e eu reparei na caixa de ferramentas no chão.

— Como foi que você entrou aqui? — perguntei.

— Eu tenho a chave — respondeu ele, apontando para a mesa de centro junto ao sofá, onde estava o item em questão. — Você é o cara da biblioteca, não é?

Deduzi que ele era o ex-paciente que Laura havia mencionado, o que cuidava dos reparos na casa de Wieder.

Eu estava com pressa, por isso não fiquei ali para fazer mais perguntas, nem telefonei para Wieder para confirmar a história de Derek.

Quando me encontrei com Laura uma hora depois, contei para ela do encontro que quase me fez ter um ataque cardíaco.

— O nome do sujeito é Derek Simmons — disse Laura. — Ele trabalha com o professor há alguns anos. Na verdade, Wieder cuida dele.

A caminho de Princeton Junction, onde íamos pegar o trem para Nova York, Laura me contou a história de Derek.

* * *

Quatro anos antes, ele tinha sido acusado de assassinar sua mulher. Eles moravam em Princeton, estavam casados havia cinco anos, e não tinham filhos. Derek trabalhava como técnico de manutenção e sua mulher, Anne, como garçonete num café na Nassau Street. Como vizinhos e amigos da família declarariam posteriormente, os dois nunca discutiam e pareciam felizes no casamento.

Num dia de manhã bem cedo, em casa, Derek chamou uma ambulância, dizendo à atendente que sua mulher se encontrava em estado grave. Os paramédicos a acharam no saguão de entrada, deitada sem vida sobre uma poça de sangue, depois de ter sido esfaqueada repetidas vezes no pescoço e no peito. Um médico legista a declarou morta no local e os peritos foram chamados.

Eis a versão de Derek para a tragédia:

Ele voltou para casa por volta das sete da noite, após fazer compras numa loja perto de onde moravam. Comeu, viu televisão e depois foi para a cama, sabendo que Anne estaria trabalhando no turno da noite e só voltaria mais tarde.

Ele acordou às seis da manhã, como sempre, e viu que a mulher não estava ao seu lado na cama. Saindo do quarto, ele a encontrou deitada no saguão, coberta de sangue. Derek não sabia se ela estava viva ou morta, por isso chamou a ambulância.

Num primeiro momento, os investigadores acharam possível que o homem estivesse dizendo a verdade. A porta tinha sido aberta com chave, não havia sinais de arrombamento, então era provável que alguém a tivesse seguido, e que a tivesse atacado enquanto entrava no apartamento. Naquele momento, é possível que o autor do crime tenha percebido que havia outra pessoa na casa e por isso fugiu sem roubar nada. (A bolsa da vítima, ainda contendo aproximadamente quarenta dólares, foi encontrada junto ao corpo.) O médico legista determinou que ela morreu por volta das três da manhã. Não havia motivos para Simmons ter assassinado a mulher e ele parecia devastado pela perda. Ele não tinha nenhuma dívida, não estava tendo um caso extraconjugal e não se metia na vida dos outros no trabalho. Normalmente era visto como um homem trabalhador e "na dele".

Laura soube de todos estes detalhes por Wieder, um dos três especialistas convocados para determinar a capacidade mental de Derek quando este acabou sendo acusado de matar a mulher — seu advogado pleiteou que ele fosse declarado inocente por motivo de insanidade. Por alguma razão, Wieder considerou este um caso de extrema importância.

A questão é que, posteriormente, os investigadores descobriram uma série de coisas que colocavam Derek em maus lençóis.

Em primeiro lugar, Anne Simmons tinha se envolvido num romance extraconjugal alguns meses antes de ser assassinada. A identidade do amante nunca foi descoberta — ou pelo menos não divulgada — mas o relacionamento parece ter sido sério, já que os dois vinham planejando se casar depois que Anne pedisse o divórcio. Na noite do assassinato, Anne encerrou seu turno e fechou o café por volta das dez. Os amantes foram então para um apartamento barato de um cômodo na mesma rua do café, alugado por Anne dois meses antes, onde ficaram até por volta de meia-noite, quando ela então pegou um táxi para voltar para casa. Segundo o motorista do táxi, e pela informação registrada no taxímetro, Anne Simmons foi deixada na frente do seu prédio à 1h12 da madrugada.

Derek alegou que não fazia a menor ideia de que a mulher estivesse tendo um caso, mas os investigadores acharam isso bastante improvável. Sendo assim, agora tinham um motivo — ciúme — e o assassinato poderia muito bem ter sido um crime passional.

Em segundo lugar, a mulher tinha ferimentos nos braços, chamados de "ferimentos de defesa" pelos investigadores. Em outras palavras, ela levantou os braços na tentativa de se defender do criminoso, que provavelmente usou uma faca grande. Mesmo que Derek estivesse dormindo no andar de cima enquanto a mulher lutava por sua vida, seria improvável que ele não tivesse ouvido nada. Anne teria quase com certeza gritado por socorro. (Dois vizinhos declararam posteriormente que a ouviram gritar, mas não chegaram a ligar para a polícia porque os gritos pararam antes que eles despertassem por completo.)

Terceiro: uma amiga da vítima confirmou que uma faca desaparecera da cozinha dos Simmons, faca esta da qual ela se lembrava pois, apenas algumas semanas antes, ela ajudara Anne a preparar a comida para uma festa de aniversário. Quando perguntado sobre a faca em questão, cuja descrição apontava como sendo a arma do crime, Derek só conseguiu dar de ombros. Sim, tal faca de fato existia, mas ele não sabia do seu paradeiro, pois era sua mulher quem cuidava da cozinha.

Por fim, os detetives também descobriram que muitos anos antes, Derek, ainda adolescente, sofrera um grave colapso nervoso. Por causa disso, foi internado no Hospital Psiquiátrico

Marlboro e mantido lá por dois meses, perdendo o último ano do ensino médio. Derek foi diagnosticado como esquizofrênico e vinha tomando remédios desde o dia em que recebeu alta. Embora tenha sido um aluno muito bom até aquele ponto, acabou desistindo da ideia de fazer faculdade e fez um curso técnico de eletricista, conseguindo um trabalho de baixa remuneração na Siemens.

Os investigadores elaboraram, então, uma teoria condenatória e concluíram que os fatos se sucederam da seguinte forma:

Anne chegou em casa à 1h12 da manhã e os dois começaram a discutir. O marido a acusou de estar tendo um caso, e ela provavelmente falou para ele de sua intenção de pedir o divórcio. Duas horas depois, Derek pegou uma faca na cozinha e a matou. Em seguida, se livrou da arma do crime e chamou a ambulância, como se tivesse acabado de encontrar o cadáver da mulher. Ele podia estar sofrendo algum surto psicótico ou de um episódio esquizofrênico, mas somente os médicos podiam chegar a uma conclusão sobre isso.

Depois que Simmons foi preso sob acusação de homicídio, seu advogado se agarrou à teoria do surto psicótico e pleiteou que seu cliente fosse declarado inocente por motivo de insanidade. Enquanto isso, o acusado continuava a garantir, veementemente, que era inocente, recusando-se a fazer qualquer tipo de acordo.

Após examiná-lo algumas vezes, Joseph Wieder chegou à conclusão de que Derek Simmons sofria de uma forma rara de transtorno dissociativo e que tinha sido erroneamente diagnosticado como esquizofrênico quando jovem. O transtorno em questão envolvia a ocorrência periódica das chamadas fugas dissociativas, durante as quais o paciente perde toda a consciência de si mesmo, a memória e o senso de identidade. Em casos extremos, essas pessoas podem desaparecer de casa e ser encontradas anos mais tarde em outra cidade ou estado, vivendo com uma nova identidade, sem lembrar nada da antiga vida. Algumas voltavam à velha identidade, mas se esqueciam totalmente das outras que haviam construído nesse meio-tempo; já outras permaneciam presas à nova vida.

Se o diagnóstico de Wieder estivesse correto, era possível que Simmons não se lembrasse de nada do que fizera naquela noite, quando, por causa do estresse e do estado de consciência alterado pela transição repentina entre sono e vigília, reagiu como se fosse uma pessoa completamente diferente.

O relato de Wieder convenceu o tribunal, e o juiz decretou que Simmons fosse internado no Hospital Psiquiátrico de Trenton, junto a outros pacientes com problemas mentais potencialmente perigosos.

Com o consentimento da instituição e do advogado do paciente, Wieder continuou a tratar Simmons, usando hipnose e um tratamento revolucionário envolvendo uma mistura de remédios anticonvulsivos.

Infelizmente, após alguns meses no hospital, Simmons foi atacado por outro paciente e sofreu uma grave lesão na cabeça, o que causou uma piora substancial em sua condição. Derek Simmons perdeu completamente a memória e nunca mais a recuperou. Seu cérebro era capaz de formar e armazenar novas lembranças, mas parecia impossível recuperar as antigas. Laura me explicou que este tipo de trauma era chamado de amnésia retrógrada.

Um ano depois, por insistência de Wieder, Derek foi transferido para o Hospital Psiquiátrico Marlboro, onde o sistema era menos rígido. Ali o professor o ajudou a reconstruir sua personalidade. Na verdade, disse Laura, essa era uma meia-verdade: o paciente voltou a ser Derek Simmons só no que dizia respeito ao nome e à aparência física. Ele sabia escrever, mas não fazia ideia de onde aprendera essa habilidade, uma vez que não tinha lembrança alguma de ter frequentado a escola. Ainda era capaz de trabalhar como eletricista, mas, novamente, não fazia ideia de onde havia aprendido seu ofício. Todas as suas lembranças até o momento em que foi atacado no hospital ficaram trancadas em algum lugar nas sinapses do cérebro.

Na primavera de 1985, um juiz aprovou a solicitação de seu advogado para que Simmons recebesse alta do hospital psiquiátrico, dada a complexidade do caso e a falta de qualquer inclinação à violência do paciente. No entanto, contou Laura, estava claro que Derek Simmons não seria capaz de se manter por conta própria. Ele não tinha qualquer perspectiva de arrumar um emprego, e cedo ou tarde acabaria no manicômio. Derek era filho único e sua mãe morrera de câncer enquanto ele ainda dava os primeiros passos. O pai, de quem Derek nunca foi muito íntimo, mudou de cidade depois da tragédia sem deixar endereço e não parecia interessado no destino do filho.

Assim, Wieder alugou um pequeno apartamento para Derek, não muito longe de onde morava, e passou a lhe pagar um salário mensal para que cuidasse da casa. Derek morava sozinho e os vizinhos o viam como uma aberração. Vez ou outra ele se trancava em casa e não saía por vários dias ou semanas. Durante estes períodos, era Wieder quem levava comida para ele e se certificava de que estivesse tomando seus remédios.

A história de Derek Simmons mexeu comigo, assim como a atitude de Wieder em relação a ele. Era com a ajuda de Wieder que este sujeito, fosse ele assassino ou não, podia levar uma vida decente. E estava livre, ainda que sua liberdade fosse limitada por sua doença. Sem Wieder, Derek teria acabado num hospício, cercado por guardas brutais e pacientes violentos. Laura me disse que ela havia visitado o hospital em Trenton algumas vezes com o professor para fazer trabalho de campo; na sua opinião, um hospital psiquiátrico era o lugar mais sinistro da face da Terra.

Na semana seguinte, quando a primeira neve começou a cair, fui à casa de Wieder três vezes. Em todas elas, Derek estava lá, fazendo pequenos reparos. Batemos papo e fumamos juntos, olhando para o lago, que parecia esmagado sob o peso do céu carregado. Se eu não soubesse do problema dele, acharia que se tratava de uma pessoa normal, ainda que tímida, reclusa e não muito inteligente. De qualquer forma, ele parecia gentil e incapaz de fazer mal a alguém. Ele falava de Wieder com veneração e tinha consciência do quanto o professor fizera por ele.

Derek me contou que recentemente adotara um cãozinho de um abrigo. Dera a ele o nome de Jack e todas as noites o levava para passear no parque que ficava perto de sua casa.

Menciono Derek e sua história aqui porque ele acabou tendo um papel importante na tragédia que se sucedeu.

Cinco

Era início de dezembro quando recebi uma das notícias mais importantes da minha vida até então.

Uma das bibliotecárias da Firestone, uma amiga minha chamada Lisa Wheeler, me contou que um editor da *Signature*, uma revista literária de Nova York, faria uma palestra no Nassau Hall. A revista, hoje extinta, era bastante conceituada na época, apesar da circulação limitada.

Sabendo do meu desejo de ser publicado, Lisa conseguiu um convite para mim, e me aconselhou a conversar com o editor após a palestra e a pedir a ele que lesse minhas histórias.

Eu não era tímido, mas também não era saidinho; por isso, nos três dias seguintes, fiquei indeciso sobre o que fazer.

No fim das contas, em grande parte por insistência de Laura, selecionei três contos, coloquei-os num envelope junto a um currículo e apareci na palestra com o pacote enfiado debaixo do braço.

* * *

Cheguei muito cedo lá, por isso esperei na frente do prédio, fumando um cigarro. Do lado de fora do auditório, o céu estava cinzento como chumbo e tomado pelos gritos dos corvos que se aninhavam em árvores próximas.

Estava nevando de novo, e os dois tigres de bronze que guardavam a entrada do prédio pareciam estatuetas de marzipã sobre um enorme bolo polvilhado com açúcar de confeiteiro. Um homem magro, com uma daquelas jaquetas de veludo cotelê com retalhos nos cotovelos e gravata combinando, se aproximou de mim e perguntou se eu tinha isqueiro. Ele enrolou os próprios cigarros e os fumou numa longa piteira de osso ou marfim, que segurava entre o polegar e o indicador como um almofadinha eduardiano.

Começamos a conversar e ele me perguntou o que eu achava do tema da palestra. Confessei que na verdade não sabia bem do que se tratava, mas esperava dar alguns dos meus contos ao palestrante, um editor da revista *Signature*.

— Esplêndido — disse ele, soltando uma nuvem de fumaça azulada no ar. Tinha um bigode fino, estilo *ragtime*. — E do que tratam seus contos?

— É difícil dizer... prefiro que sejam lidos em vez de falar sobre eles — expliquei, dando de ombros.

— Sabia que William Faulkner disse a mesma coisa? Que um bom livro só pode ser lido, não discutido. Muito bem, passe-os para cá. Aposto que estão nesse envelope.

Fiquei de boca aberta, sem acreditar.

— John M. Hartley — disse o homem, passando a piteira para a mão esquerda e estendendo a direita.

Apertei sua mão, com a sensação de que havia começado mal. Ele percebeu meu constrangimento e abriu um sorriso de encorajamento, revelando duas fileiras de dentes amarelados pelo tabaco.

Entreguei a ele o envelope contendo meus contos e meu currículo. Ele o pegou e o jogou na pasta de couro surrada, apoiada na haste de metal do cinzeiro que havia entre nós. Terminamos nossos cigarros e entramos no auditório sem dizer nem mais uma palavra.

No fim da palestra, depois que todas as perguntas do público foram respondidas, ele acenou discretamente para mim e, quando me aproximei, ele me entregou um cartão de visita e disse que entraria em contato comigo dali a uma semana.

Contei a Laura o que aconteceu.

— É um sinal — disse ela, triunfante, e totalmente convencida daquilo.

Ela estava sentada, nua, empoleirada na escrivaninha improvisada que eu havia colocado num canto da sala. Balançava as pernas para a frente e para trás para secar o esmalte das unhas dos pés, ao mesmo tempo que limpava as lentes dos óculos com um paninho.

— É isso que acontece quando algo está escrito nas estrelas — prosseguiu ela. — Tudo se encaixa e flui de maneira natural, como uma boa prosa. Bem-vindo ao mundo dos escritores, Sr. Richard Flynn.

— Vamos esperar e ver o que acontece — falei, cético. — Fico me perguntando se fiz uma boa seleção dos contos, e se ele vai se dar ao trabalho de ler. Talvez já estejam no lixo.

Laura era míope e, quando estava sem óculos, tinha de apertar os olhos para conseguir enxergar, o que a fazia parecer zangada. Ela me lançou um olhar destes, com as sobrancelhas franzidas, e mostrou a língua para mim.

— Não seja sempre tão pessimista! Gente pessimista me tira do sério, especialmente quando é jovem. Sempre que eu tentava fazer algo novo quando era criança, meu pai falava sem parar sobre as muitas dificuldades intransponíveis que me separavam do meu sonho. Acho que foi por isso que parei de pintar aos quinze anos, por mais que meu professor tivesse dito que eu era muito talentosa. Quando participei da minha primeira competição internacional de Matemática, na França, ele falou que o júri seria parcial e favoreceria os competidores franceses, por isso era melhor eu não ter grandes esperanças.

— E ele estava certo? Eles foram mesmo a favor dos comedores de queijo?

— Nem um pouco. Fiquei em primeiro lugar e um garoto de Maryland acabou em segundo.

Ela botou o paninho na mesa, ajeitou os óculos sobre o nariz e levou os joelhos ao peito, envolvendo-os com os braços, como se de repente sentisse frio.

— Tenho um pressentimento de que tudo vai correr bem, Richard. Você nasceu para ser escritor, sei disso e você também sabe. Mas nada é dado de bandeja. Depois que meu pai morreu, quando eu tinha dezesseis anos, dei uma olhada nas coisas que ele mantinha trancadas nas gavetas de sua escrivaninha, a escrivaninha que eu sempre quis vasculhar. Entre seus papéis, encontrei uma pequena foto em preto e branco de uma garota da minha idade, de arco no cabelo. Não era muito bonita, tinha uma aparência normal, mas seus olhos eram lindos. Mostrei a foto para minha mãe e ela me disse rispidamente que aquela tinha sido uma namorada do meu pai no ensino médio. Por algum motivo, ele guardou a foto por todos aqueles anos. Está entendendo o que eu quero dizer? Era como se ele não tivesse tido coragem de ficar com aquela garota, sabe lá Deus por quê, e acabou acumulando tanta infelicidade dentro de si que acabou espalhando isso à sua volta, como uma lula soltando tinta para se esconder. Agora trate de tirar essas calças, capitão. Não está vendo que tem uma donzela nua esperando por você?

No fim das contas, Laura acertou.

Uma semana depois, estávamos comendo pizza num restaurante italiano na Nassau Street quando subitamente me veio à cabeça a ideia de telefonar para o escritório da *Signature*, naquele exato momento. Fui à cabine telefônica junto à porta do banheiro, inseri algumas moedas no aparelho e disquei o número no cartão de visita que vinha carregando desde a palestra. Uma jovem atendeu e eu pedi para falar com o Sr. Hartley, dizendo quem eu era. Alguns segundos depois, ouvi a voz do editor do outro lado da linha.

Relembrei a ele quem eu era e ele foi direto ao ponto.

— Tenho boas notícias, Richard. Vou colocar você na próxima edição, que sai em janeiro. Será uma edição importante. Depois das festas de fim de ano, sempre temos um aumento no número de leitores. Não mudei nem uma vírgula.

Fiquei em êxtase.

— Que conto você escolheu?

— Como são bem curtos, decidi publicar os três. Vou reservar cinco páginas para você. A propósito, precisamos de uma foto sua, em preto e branco, estilo três por quatro. E precisamos também de uma pequena biografia.

— Que incrível... — falei, e depois gaguejei minha gratidão.

— Você escreveu uns contos muito bons, então é natural que devam ser lidos. Gostaria de marcar um encontro depois do Ano Novo, para que possamos nos conhecer melhor. Se continuar assim, terá um belo futuro pela frente, Richard. Boas festas. Fico feliz em ter podido te dar boas notícias.

Desejei a ele boas festas também e desliguei.

— Você está radiante — disse Laura quando voltei para a mesa. — Boas notícias?

— Eles vão publicar os três contos em janeiro — falei. — Os três, dá para imaginar?! Na *Signature*!

Não celebramos com champanhe. Também não fomos a um restaurante chique. Passamos a noite em casa, só nós dois, fazendo planos para o futuro. Parecia que as estrelas estavam tão perto que poderíamos esticar o braço e tocá-las. Palavras como "revista *Signature*", "três contos", "foto em preto e branco" e "autor publicado" giravam na minha cabeça feito um carrossel, formando uma auréola invisível de glória e imortalidade.

Hoje, percebo que fiquei deslumbrado pela mudança repentina que ocorreu na minha vida naquele momento, e que eu estava aumentando a importância disso, em todos os aspectos — a *Signature* não era exatamente uma *New Yorker* e seus colaboradores eram pagos com edições grátis, não com um cheque. O que não percebi na época foi que algo em Laura também havia mudado nos dias anteriores. Pensando retrospectivamente, ela parecia distante, estava sempre preocupada com alguma coisa, e começou a falar cada vez menos comigo. Em duas ou três ocasiões, eu a flagrei falando ao telefone com a voz baixa, e em todas essas vezes ela desligou assim que percebeu que eu estava por perto.

Continuei a ir à casa de Wieder quase todos os dias, trabalhando por três ou quatro horas seguidas na biblioteca, que aos poucos começava a tomar uma forma organizada, e passava as noites com Laura, deixando de lado qualquer outra atividade. Mas, na maior parte do tempo, ela levava trabalho para casa, e ficava sentada no chão, cercada de livros, pilhas de papéis e canetas, como um xamã praticando algum ritual secreto. Se bem me lembro, não fazíamos mais amor. Embora eu levantasse cedo todas as manhãs, na maioria das vezes descobria que ela já havia saído sem me acordar.

Até que um dia deparei com o manuscrito na biblioteca de Wieder.

Na parte de baixo das estantes que ficavam de frente para a porta, havia um pequeno armário, que eu ainda não tinha tido curiosidade de abrir até então. Eu estava procurando uma folha de papel para desenhar o esboço do arranjo final para as estantes junto à porta, que foi por onde comecei meu trabalho, e, em vez de descer para pegar algumas folhas na escrivaninha do professor, resolvi procurar no armário. Ao abri-lo, encontrei uma resma de papel, algumas revistas velhas e um monte de lápis, canetas esferográficas e marcadores de texto.

Quando eu estava puxando um papel do armário, derrubei tudo e as folhas se espalharam pelo chão. Ao me ajoelhar para recolhê-las, percebi que a ponta de um dos lápis no armário parecia estar enfiada na parede, adentrando o ponto onde duas das laterais deveriam se unir. Inclinei o corpo à frente para ver melhor, tirei os outros objetos da frente e descobri que o lado esquerdo do armário tinha um fundo falso, que se abria para revelar um espaço do tamanho de uma lista telefônica. E neste nicho encontrei um maço de papéis dentro de uma pasta de papelão.

Tirei a pasta lá de dentro e vi que não havia qualquer inscrição na capa que pudesse identificar o manuscrito. Folheando as páginas, reparei que era um trabalho de Psiquiatria ou Psicologia, mas em nenhuma página havia o título ou o nome do autor.

O texto parecia ter sido escrito por pelo menos duas mãos diferentes. Algumas páginas eram datilografadas, outras cobertas por uma caligrafia minúscula, em tinta preta, e outras mostravam uma escrita diferente, com letras grandes e rabiscadas inclinadas para a esquerda, feitas com caneta esferográfica azul. Tanto as páginas escritas à mão quanto as datilografadas estavam cheias de correções e, em alguns lugares, um ou dois parágrafos tinham sido colados à folha com fita adesiva transparente.

Fiquei me perguntando se aquele podia ser um rascunho (ou um dos rascunhos) do livro do professor Wieder sobre o qual Laura me falou, ou se era o manuscrito de alguma obra mais antiga, já publicada.

Li rapidamente as primeiras páginas, que abundavam em termos científicos que não me eram familiares, e em seguida coloquei o manuscrito de volta no lugar, tomando o cuidado de arrumar os objetos mais ou menos do jeito que os havia encontrado. Não queria que Wieder percebesse que eu havia descoberto seu esconderijo ou que andava vasculhando sua casa.

Certa tarde, perdi a noção do tempo e, ao descer, esbarrei com o professor, que estava conversando com Derek. Derek foi embora e Wieder me convidou para ficar para o jantar. Ele estava cansado e parecia melancólico e preocupado. Por alto, me deu os parabéns por meus contos terem sido aceitos para publicação, o que provavelmente ficou sabendo por Laura, mas não pediu mais detalhes, que eu ficaria mais do que feliz em dar. Começara a nevar fortemente e pensei com os meus botões que seria melhor eu ir embora, já que as ruas podiam acabar bloqueadas, mas fui incapaz de recusar seu convite.

— Por que não convida Laura para vir até aqui? — ele sugeriu. — Vamos, eu insisto. Se eu soubesse que você estava aqui, eu mesmo a teria chamado. Estávamos trabalhando juntos hoje.

Enquanto ele procurava alguns bifes na geladeira, fui ao saguão e liguei para casa. Laura atendeu quase de imediato e falei que eu estava na casa de Wieder e que ele nos tinha convidado para jantar.

— Foi ele quem sugeriu que você ligasse para mim? — perguntou ela, o tom de voz irritado. — Onde está ele neste exato momento?

— Na cozinha. Por quê?

— Não estou me sentindo bem, Richard. O tempo está péssimo e eu o aconselho a vir para casa o quanto antes.

Não insisti. Falei para ela que voltaria o mais rápido que conseguisse e desliguei.

Wieder me lançou um olhar inquisitório quando voltei à sala. Ele havia tirado o casaco e colocado um avental branco; no peito, bordado em letras vermelhas, lia-se: "Eu não sei o que estou fazendo." Fiquei com a impressão de que ele havia perdido peso e suas olheiras estavam mais escuras que nunca. Banhado pela luz crua da lâmpada fluorescente da cozinha, seu rosto parecia dez anos mais velho, e a atitude confiante demonstrada na noite em que nos conhecemos parecia ter dado lugar a uma aparência quase amedrontada.

— E, então, o que ela disse?

— Disse que não estava com vontade de sair com este tempo. E...

Ele me interrompeu com um gesto.

— Ela podia pelo menos ter inventado uma desculpa melhor.

Ele pegou um dos bifes e o jogou de volta na geladeira, batendo a porta.

— As mulheres podem dizer que estão *indispostas*, não podem, sem ter que entrar em detalhes? É uma das maiores vantagens que elas têm na vida. Você poderia ir à adega e escolher uma garrafa de vinho tinto, por favor? Estamos prestes a encarar um triste e solitário jantar de solteiros. Não somos fãs de futebol americano, mas podíamos assistir a uma partida depois, tomar uma cerveja, arrotar, fazer o que fazem os homens felizes e despreocupados.

Quando voltei da adega com o vinho, os bifes estavam fritando numa frigideira grande e Wieder preparava um purê de batata instantâneo. Uma das janelas estava bem aberta e o vento soprava imensos flocos de neve para dentro, que derretiam de imediato no ar quente. Abri a garrafa de vinho e o despejei numa jarra bojuda, seguindo suas instruções.

— Sem querer ofender, mas se eu tivesse convidado Laura para jantar um ano atrás, ela teria vindo num minuto, mesmo que estivesse chovendo enxofre lá fora — disse ele, depois de dar um bom gole no uísque. — Ouça o conselho de um velho homem, Richard. Quando uma mulher percebe que você sente algo por ela, começa a testar seu poder e a tentar dominá-lo.

— O que quer dizer com "algo"? — perguntei.

Ele não respondeu, apenas me lançou um olhar demorado.

Comemos em silêncio. Ele fez os bifes com pressa e eles ficaram quase crus. Já o purê de batata estava cheio de bolotas. Wieder tomou a garrafa de vinho quase toda sozinho e, quando passamos para o café, ele despejou uma bela dose de bourbon em sua xícara e bebeu tudo. Lá fora, a tempestade se transformara numa nevasca, que se debatia contra as janelas.

Depois do jantar ele colocou os pratos no lava-louças e acendeu um charuto, que tirou de uma caixa de madeira. Recusei sua oferta e acendi um Marlboro. Por um tempo ele fumou distraidamente, parecendo não notar minha presença. Eu estava prestes a lhe agradecer pelo jantar e dizer que estava de saída quando ele começou a falar.

— Qual é a sua lembrança mais antiga, Richard? Cronologicamente, digo. Normalmente as lembranças de alguém começam por volta dos dois anos e meio ou três anos de idade.

A lâmpada da cozinha estava acesa, mas a sala permanecia envolta numa semiescuridão. Enquanto falava, Wieder gesticulava e a ponta incandescente do charuto traçava desenhos complexos no escuro. Sua barba longa lhe dava um ar de profeta bíblico privado de suas visões, tentando ouvir a voz dos céus mais uma vez. No dedo anelar da mão direita ele usava uma pedra preciosa vermelha, que brilhava misteriosamente com as baforadas do charuto. A mesa entre nós, coberta por uma enorme toalha branca, parecia a superfície de um lago frio e profundo, nos separando com mais intensidade que uma parede.

Nunca havia pensado nas minhas primeiras lembranças "em ordem cronológica", como ele colocou.

Mas, depois de apenas alguns instantes, a lembrança à qual ele se referiu começou a tomar forma em minha mente e eu a compartilhei com ele.

— Eu estava na Filadélfia, na casa da tia Cornélia. Você tem razão: eu devia ter três anos, ou então faltava um mês, mais ou menos, para o meu terceiro aniversário, no início do verão de 1969. Eu estava numa varanda, que parecia enorme aos meus olhos, tentando arrancar uma ripa de madeira de um armário verde. Eu estava de short e sandália branca. Aí minha mãe chegou e me tirou de lá. Não me lembro se fizemos a viagem de trem ou de carro, e também não me lembro do interior da casa da minha tia ou da aparência que ela e o marido tinham na época. Só consigo me lembrar da ripa, do armário e da varanda, que tinha ladrilhos cor-de-creme, e também de um cheiro forte de comida, que devia estar vindo da cozinha, que ficava em algum lugar perto da varanda.

— Então você tinha uns três anos quando Armstrong andou na Lua? — perguntou ele. — Você tinha televisão em casa na época? Aconteceu nesse verão a que você está se referindo.

— Claro. Era uma pequena TV em cores, que ficava sobre um móvel na sala de estar, junto à janela. Mais tarde compramos uma maior, uma Sony.

— Seus pais provavelmente assistiram à chegada do homem à Lua, um dos momentos mais importantes da História desde o início do mundo. Você tem alguma lembrança disso?

— Sei que eles assistiram à cobertura porque falaram dela por anos. Naquele dia, meu pai tinha ido ao dentista e minha mãe preparou chá de camomila para ele gargarejar. De alguma forma, ele conseguiu queimar a boca com o chá. Ouvi essa história dezenas de vezes. Mas não me lembro do Neil Armstrong dizendo suas célebres palavras, nem de vê-lo quicar feito um grande boneco branco na superfície da Lua. Assisti à cena depois, claro.

— Viu? Para você, naquela idade, a chegada do homem à Lua não significou absolutamente nada. Um pedacinho de madeira era mais importante, pelo motivo que seja. Mas e se você descobrisse que nunca foi à Filadélfia e que tudo não passou de uma imagem inventada pela sua cabeça, não uma lembrança real?

— Já tive esse tipo de conversa com Laura. Talvez algumas lembranças sejam relativas, talvez nossas lembranças encubram coisas ou até as alterem, mas acho que só são relativas até certo ponto.

— Não são relativas até certo ponto — disse ele. — Vou dar um exemplo. Quando você era pequeno, alguma vez se perdeu no shopping enquanto seus pais faziam compras?

— Não me lembro de nenhuma situação assim.

— Bem, nos anos cinquenta e sessenta, quando os shoppings começaram a pipocar por todos os lados e substituíram as lojas de bairro, um dos temores constantes que as mães enfrentavam era de perder seus filhos na multidão. As crianças daquela geração foram criadas à sombra deste bicho-papão, e sempre eram alertadas para que ficassem perto das mães quando saíam para fazer compras. O medo de se perder ou de ser sequestrado no shopping ficou gravado em suas lembranças mais profundas, mesmo que não consigam se lembrar mais disso conscientemente.

Ele se levantou e serviu dois copos de bourbon, colocando um deles na minha frente antes de voltar a se sentar. Deu uma baforada no charuto, bebeu um gole de uísque, me convidando com o olhar a fazer o mesmo, e então prosseguiu.

— Muitos anos atrás, realizei um experimento. Peguei um grupo representativo de alunos nascidos naquele período. Nenhum deles se lembrava de ter se perdido no shopping quando criança. Depois, por meio de hipnose, sugeri a eles que haviam de fato se perdido. O que você acha que aconteceu? Três quartos deles declararam posteriormente que se lembravam de ter se perdido no shopping e chegaram até a descrever a experiência: como ficaram com medo, como os vendedores os encontraram e os levaram de volta para suas mães, como os alto-falantes anunciaram que Tommy ou Harry havia sido encontrado na praça de alimentação. A maioria deles se recusou a acreditar que tudo se tratava de sugestão hipnótica, aliada a seus medos de infância. Eles se "lembravam" bem demais do acontecimento para aceitar que nunca havia ocorrido. Se eu tivesse sugerido a alguém nascido e criado em Nova York que esta pessoa havia sido atacada por um jacaré na infância, por exemplo, o resultado provavelmente teria sido nulo, pois ela não teria nenhuma memória de temer jacarés na infância.

— Aonde você está querendo chegar? — perguntei.

Eu não estava mais com vontade de beber e o simples cheiro do álcool foi o bastante para me deixar enjoado depois do jantar que me forcei a comer. Eu estava cansado e ficava me perguntando se os ônibus ainda estariam circulando.

— Querendo chegar? Bem, eis aonde quero chegar: quando perguntei sobre uma lembrança da infância, você me falou de algo seguro e normal, uma criança brincando com um pedaço de madeira numa varanda. Mas o cérebro nunca funciona assim. Deve haver um motivo muito forte *por que* você se lembrou disso e não de outra coisa, supondo que aquilo tenha acontecido de fato. Talvez a ripa tivesse um prego e você se machucou, mesmo que não consiga se lembrar mais desta parte. Talvez a varanda ficasse num andar alto e você corresse risco de cair, e sua mãe gritou quando o encontrou ali. Quando comecei a mexer com...

Ele parou, como se avaliasse se devia continuar ou não. Provavelmente decidiu que sim, e prosseguiu.

— Algumas pessoas vivenciam episódios muito traumáticos que, ao longo do tempo, se transformam em sérios bloqueios. É a chamada "demência pugilística": depois de apanhar até quase a morte num ringue, é quase impossível criar motivação suficiente para se tornar campeão. Seu instinto de autopreservação se torna um forte inibidor. Por isso, se um grupo de alunos pode ser convencido de que um dia se perdeu no shopping, por que alguém que realmente passou por esta experiência não poderia ser convencido de que o acontecimento traumático nunca ocorreu e que sua mãe simplesmente lhe comprou um brinquedo novo naquele dia? Você não está cancelando os efeitos do trauma, mas sim removendo o próprio trauma.

— Em outras palavras, você está retalhando as lembranças de alguém — falei, me arrependendo na mesma hora de ter me expressado de maneira tão direta.

— Se há uma infinidade de pessoas que se sujeitam ao bisturi do cirurgião para ter seios, narizes e bundas mais atraentes, o que poderia haver de errado com uma cirurgia plástica para a memória? Principalmente se estivermos falando de pessoas que são como brinquedos quebrados, incapazes de fazer seu trabalho ou de funcionar de maneira adequada.

— Isso não seria lavagem cerebral? E o que acontece quando as lembranças voltam à tona no momento errado? E se o bloqueio de um alpinista reaparecer de repente, no instante em que ele está pendurado por uma corda a novecentos metros do chão?

Ele olhou para mim perplexo e ligeiramente alarmado. Até ali seu tom fora condescendente, mas, depois disso, detectei uma pitada de medo em meio à sua perplexidade.

— Esta é uma pergunta *muito* boa. Estou vendo que é mais esperto do que pensei. Sem querer ofender. Mas então, sim, o que acontece numa situação como esta? Algumas pessoas provavelmente colocarão a culpa naquele que "retalhou" a memória do alpinista, para usar suas palavras.

Naquele momento o telefone tocou, mas ele não atendeu, e me perguntei se não seria Laura. Wieder então mudou de assunto, usando sua tática habitual. Provavelmente achou que já havia falado demais sobre seus experimentos.

— Lamento que Laura não tenha vindo. Talvez tivéssemos uma conversa mais prazerosa. Sabe, estou a par do relacionamento de vocês, então não precisa mais mentir sobre ele. Laura e eu não temos segredos. Ela lhe contou sobre Timothy, não contou?

Eu sabia que ele não estava blefando, então respondi que sim. Fiquei envergonhado por ter sido apanhado de calças curtas e falei para mim mesmo que ele e Laura tinham uma ligação mais profunda do que eu supunha, compartilhando um espaço secreto no qual eu ainda não havia sido incluído, nem mesmo como convidado, apesar de minhas crenças ilusórias.

— Quando perguntei sobre a natureza do relacionamento de vocês, já sabia que estavam juntos — disse ele. — Era só um teste.

— No qual não passei.

— Digamos apenas que você preferiu ser discreto e que minha pergunta não foi apropriada — ele me tranquilizou. — O quanto Laura significa para você? Ou melhor, quanto você *acha* que ela significa?

— Bastante.

— Você não hesitou — observou ele. — Então vamos torcer para que tudo corra bem entre vocês. Alguém já lhe perguntou sobre suas visitas à minha casa?

— Não.

— Se perguntarem, quero que me avise imediatamente, não importa quem esteja perguntando, certo?

— Claro.

— Ótimo, obrigado.

Decidi entrar no jogo dele, então dessa vez fui eu quem mudou de assunto de repente.

— Você já foi casado?

— Minha biografia é pública, Richard. Fico surpreso por você nunca ter lido. Não, nunca fui casado. Por quê? Porque quando era jovem, eu só estava interessado em estudar e em construir uma carreira, que foi algo que aconteceu muito mais tarde. Quando duas pessoas se conhecem na juventude e crescem juntas, é fácil para elas se acostumarem com as peculiaridades e os hábitos uma da outra. Quando se é mais velho, é quase impossível. Ou talvez eu simplesmente não tenha encontrado a pessoa certa. Certa vez me apaixonei loucamente por uma linda moça, mas as coisas terminaram muito mal.

— Por quê?

— Quer saber a combinação do meu cofre também? Por hoje, basta. Sabe qual é minha lembrança mais antiga?

— Sinto que estou prestes a descobrir.

— Sentiu certo, meu camarada. Você podia ser médium. Bem, eu não estava numa varanda tentando arrancar uma ripa de madeira. Estava num quintal grande cheio de rosas, era o início de um lindo verão e o sol brilhava. Eu estava parado perto de umas roseiras, com flores grandes e vermelhas, e ao meu pé havia um gato. Um homem alto e bonito... todos os adultos parecem bastante altos quando você está começando a andar...

estava se inclinando sobre mim e me dizendo algo. Ele usava um uniforme escuro e tinha algumas medalhas penduradas no peito, sendo que uma delas me chamou mais atenção que as outras, provavelmente porque brilhava muito. Acho que era prateada, em formato de cruz. Aquele jovem, com cabelos loiros à escovinha, estava prestando atenção em mim, o que me deixou muito orgulhoso. Essa é a minha lembrança, e ainda consigo vê-la vividamente diante dos meus olhos. Eu nasci na Alemanha, caso você não saiba, e sou judeu. Vim para os Estados Unidos com minha mãe e minha irmã quando tinha quatro anos. Minha irmã Inge era só um bebê. Minha mãe me contou, mais tarde, que naquele dia recebemos a "visita" de agentes da Tropa de Choque, e eles deram uma surra feia no meu pai; ele morreu no hospital alguns dias depois. Mas aquela lembrança, que mascarou um evento tão doloroso, permaneceu aqui na minha mente. Eu prefiro manter minhas lembranças, sabe, não importa o quão dolorosas sejam. Às vezes eu as uso como os católicos usam um cilício: eles são abrasivos e você os amarra em volta da cintura ou na coxa. Isso me ajuda a nunca esquecer do que alguns seres humanos aparentemente normais são capazes, e que, às vezes, por trás das aparências se escondem monstros.

Wieder se levantou e acendeu a luz, o que ofuscou meus olhos. Ele foi à janela e abriu a cortina.

— Está um inferno lá fora — falou. — E já é quase meia-noite. Tem certeza de que não quer passar a noite aqui?

— Laura ficaria preocupada — falei.

— Você pode ligar para ela — disse ele, gesticulando na direção do saguão. — Tenho certeza de que ela vai entender.

— Não, está tudo bem. Eu me viro.

— Vou chamar um táxi, então. Eu pago a corrida. É culpa minha você ter ficado até essa hora.

— A conversa estava interessante — falei.

— Como falei antes, não precisa mentir — disse ele, indo ao saguão para chamar um táxi.

Na verdade, eu não tinha mentido. Wieder provavelmente era o adulto mais interessante que eu já havia conhecido até então, não só por causa de sua reputação e fama, mas também pelo inegável carisma. Mas, ao mesmo tempo, ele parecia sempre preso dentro de uma espécie de cubículo de vidro, trancafiado ali por sua própria incapacidade de aceitar que os outros não eram apenas marionetes de meia em seus estranhos jogos mentais.

Fui até a janela. A neve parecia um grupo de fantasmas, girando sob o brilho da luz na varanda. E então, de repente, pensei ter visto uma figura na escuridão, a três metros da janela, uma figura que correu para a esquerda, para trás das altas magnólias, cujos galhos estavam cobertos de neve. Tive quase certeza de que não era só minha imaginação, ainda que a visibilidade estivesse bastante limitada por causa da escuridão, mas resolvi não dizer nada a Wieder: ele já parecia estressado o suficiente.

Wieder conseguiu pedir um táxi após uma série de tentativas e levei mais de uma hora para chegar à porta da minha casa. O táxi me cuspiu na neve em algum ponto próximo ao Battle Monument, de onde segui a pé, com neve até o joelho e o vento gélido a fustigar meu rosto.

Vinte minutos depois eu estava sentado no sofá da sala com Laura, enrolado num cobertor, segurando uma caneca de chá quente.

De repente, ela disse:

— Timothy esteve aqui três horas atrás.

Ela nunca usou qualquer abreviação — Tim ou Timmy — assim como nunca me chamou de Dick ou Richie.

— Acho que ele pretende continuar a me importunar. Não sei o que fazer.

— Vou falar com ele. Ou talvez seja melhor chamar a polícia, como sugeri antes.

— Acho que é inútil — disse ela, rapidamente, sem especificar a que opção se referia. — É uma pena que você não estivesse em casa. Podíamos ter resolvido tudo na hora.

— Wieder insistiu que eu ficasse para jantar.

— E você tinha de aceitar, não tinha? Sobre o que vocês conversaram?

— Coisas sobre memória, algo assim. Que tal me explicar por que você se voltou contra ele nos últimos tempos? Se não fosse por você, eu nem o teria conhecido. Ele me ofereceu um emprego. É um professor respeitado, e eu só estava tentando ser educado, nada mais, inclusive por saber que você dá valor à relação que tem com ele. Foi você que insistiu para que eu o conhecesse, lembra?

Ela estava sentada sobre o tapetinho em frente ao sofá, com as pernas cruzadas, como se estivesse prestes a meditar. Usava uma das minhas camisas de malha, a que tinha o logo dos Giants, e pela primeira vez notei que ela havia perdido peso.

Laura se desculpou pelo tom e então me contou que sua mãe tinha descoberto um caroço no seio esquerdo. Ela havia ido ao médico e agora esperava o resultado da mamografia. Ela me contara muito pouco sobre sua família — nada além de pequenos pedaços de lembranças — e jamais consegui formar uma figura coerente a partir das peças do quebra-cabeça que ela me oferecia, ainda que eu tivesse contado tudo sobre meus pais. Eu estava pensando em passar as festas de fim de ano com minha mãe e meu irmão, seria o primeiro Natal sem meu pai. Convidei Laura, mas ela disse que preferia ir para Evanston. Restavam apenas alguns dias e eu já sentia o gosto metálico da partida; aquele seria o maior tempo que passaríamos separados desde que nos conhecemos.

No dia seguinte, tirei a foto para a *Signature* num pequeno estúdio no centro. Peguei as fotos algumas horas depois e enviei duas delas para o endereço da revista, guardando as outras duas: uma para Laura e a outra para minha mãe. Mas me esqueci de tirá-las da minha bolsa a tiracolo antes de viajar, e assim nunca tive a oportunidade de dar a Laura a foto que havia separado para ela. Mais tarde, em Ithaca, quando me lembrei das fotos, descobri que tinham desaparecido.

Quando a revista foi lançada, no fim de janeiro, eu já estava sendo assediado por policiais e repórteres, por isso mudei de endereço e os exemplares gratuitos da revista enviados pelo correio nunca chegaram a mim. Só fui ver aquela edição da *Signature* quinze anos mais tarde, quando um amigo meu me deu um exemplar de presente. Ele a encontrou num sebo na Myrtle

Avenue, no Brooklyn. Nunca mais falei com o editor. Foi só no início dos anos dois mil que descobri por acaso que ele morrera num acidente de carro na Costa Oeste durante o verão de 1990.

Como Laura poderia ter dito, talvez o jeito como a revista e minha carreira literária deslizaram por entre meus dedos fosse um sinal. Depois disso, nunca mais tive nada meu publicado, embora tenha continuado a escrever.

O professor Joseph Wieder foi assassinado em sua casa alguns dias depois que jantamos juntos, na noite de 21 para 22 de dezembro de 1987. A polícia nunca encontrou o autor do crime, apesar da longa investigação, mas, pelos motivos que você descobrirá a seguir, eu fui considerado um dos suspeitos.

Seis

Alguém disse, certa vez, que o início e o fim de uma história não existem. São só instantes escolhidos subjetivamente por um narrador para permitir que o leitor possa observar um acontecimento que começou um tempo antes e terminará um tempo depois.

Vinte e seis anos mais tarde, minha perspectiva mudou. Eu iria descobrir a verdade sobre os fatos ocorridos naqueles meses — eu não estava à procura de uma revisão dos fatos, mas ela me atingiu, como uma bala perdida.

Durante um bom tempo depois, fiquei me perguntando quando exatamente meu relacionamento com Laura se desintegrou, e talvez, com ele, também a minha vida inteira, ou pelo menos o modo como sempre sonhei em viver até aquele momento. De certa forma, foi quando ela desapareceu de casa, sem se despedir e sem que eu jamais voltasse a vê-la; um dia depois que Wieder foi assassinado.

Mas, na verdade, as coisas começaram a descer ladeira abaixo logo após aquela noite em que jantei na casa do professor.

Assim como numa montanha coberta de neve, onde o simples ruído de uma pedra caindo pode provocar uma avalanche que leva consigo tudo em seu caminho, um acontecimento aparentemente banal acabaria por estraçalhar tudo o que pensei saber sobre Laura e, em última instância, sobre mim mesmo.

Naquele fim de semana, eu tinha resolvido ir a Nova York com um conhecido, Benny Thorn, que havia me pedido ajuda para transportar algumas de suas coisas e passar a noite em sua casa. Ele estava de mudança para um quarto-e-sala mobiliado e tinha de se livrar de alguns itens excedentes que não havia conseguido vender. Laura me disse que não queria passar a noite sozinha, por isso iria para a casa de uma amiga e trabalharia em sua tese. O nome da amiga era Sarah Harper, e ela morava em Milton. Meu progresso na biblioteca de Wieder vinha acontecendo mais rápido do que eu esperava, por isso achei que poderia me poupar de ir até lá no fim de semana anterior ao Natal.

Mas aconteceu de Benny escorregar no gelo, levar um tombo e quebrar a perna enquanto carregava suas coisas para a caçamba de um furgão alugado, uma hora antes de quando deveria me buscar. Com isso, ele não apareceu para me encontrar e não atendeu ao telefone quando liguei. Deixei uma mensagem e voltei para casa, esperando que ele me telefonasse. Passada uma hora, depois que os médicos engessaram sua perna, ele ligou do hospital e falou que teríamos de adiar nossa partida e recorrer ao plano B, que envolvia alugar um espaço no depósito do aeroporto e levar as coisas dele para lá.

Liguei para a empresa que administrava o depósito e descobri que era possível alugar um espaço por cinquenta pratas por mês, e assim passei a maior parte do resto do dia carregando caixas para o furgão, levando-as para o depósito e depois devolvendo o furgão à locadora. Nesse meio-tempo, Benny voltou para casa num táxi e eu o tranquilizei, dizendo que estava tudo em ordem. Prometi levar alguma comida para ele mais tarde.

Laura não tinha deixado o número da amiga, então não pude avisar a ela que havia adiado minha ida a Nova York. Procurei por ela na universidade, mas ela já tinha ido embora. A única coisa que eu podia fazer era voltar para casa. Decidi ir até a de Wieder e deixei um bilhete para Laura, caso ela voltasse. A chave da porta do professor ficava guardada num vaso vazio sobre o nosso aparador, junto com alguns trocados e moedas. Eu estava prestes a sair quando alguém tocou a campainha.

Quando abri a porta, vi um homem da minha idade, alto, magro e mal-arrumado. Embora fizesse frio e nevasse, ele estava só com um casaco de lã e um cachecol vermelho, o que o deixava com a aparência de um pintor francês. Pareceu surpreso quando abri a porta e, por alguns instantes, se manteve em silêncio, só me encarando com as mãos nos bolsos da calça de veludo cotelê.

— Em que posso ajudar? — perguntei, certo de que ele havia errado o endereço.

Ele suspirou e me lançou um olhar triste.

— Acho que não pode...

— Só tem um jeito de descobrir.

— Meu nome é Timothy Sanders — disse ele. — Estou procurando Laura.

Aí foi minha vez de não saber o que fazer. Uma série de possibilidades passou pela minha cabeça. A primeira seria bater a porta na cara dele; a segunda, olhá-lo de cima a baixo antes de bater a porta; a última, convidá-lo para entrar, mantê-lo ocupado, chamar discretamente a polícia e então acusá-lo de assédio quando a patrulhinha chegasse. Mas, para minha surpresa, eu disse simplesmente:

— Laura não está, mas você pode entrar se quiser. Meu nome é Richard, sou o namorado dela...

— Acho que... — ele começou.

Timothy suspirou de novo, olhou ao redor — já estava escurecendo — e entrou, depois de bater as botas no tapete para se livrar da neve.

Quando chegou ao meio da sala, parou.

— Casa bacana — falou.

— Quer café?

— Não, obrigado. Você se importa se eu fumar?

— Nós não fumamos dentro de casa, mas se quiser podemos ir ao quintal. Um trago também me faria bem.

Abri a porta de vidro e ele me seguiu até o lado de fora, vasculhando os bolsos em busca de um cigarro. Por fim, fisgou de um deles um maço amassado de Lucky Strike, tirou um cigarro e se curvou para acendê-lo.

— Cara — falei. — A Laura me contou de você.

Ele me olhou com uma expressão resignada.

— Imaginei que sim.

— Ela me falou da relação de vocês e reclamou que você a estava assediando. Sei que você esteve aqui alguns dias atrás, quando eu não estava em casa.

— Isso não é verdade — disse ele, com cautela na voz.

Timothy fumava o cigarro com tanta sofreguidão que quase o terminou em quatro ou cinco tragadas. Suas mãos eram estranhamente brancas, com dedos longos e delicados, como se fossem de cera.

— Sei também que vocês foram a Nova York juntos — acrescentei, mas ele balançou a cabeça negativamente.

— Acho que deve haver algum engano, pois nunca fomos a Nova York juntos. Para dizer a verdade, não vou lá desde o verão passado. Briguei com meus pais e agora tenho de me virar sozinho. Estive na Europa por dois meses.

Ele me olhou nos olhos ao dizer isso. E manteve o tom de voz neutro, como se estivesse dizendo algo que deveria ser óbvio para todos, assim como é óbvio que a Terra não é plana.

De repente tive certeza absoluta de que ele estava dizendo a verdade e que Laura vinha mentindo para mim. Fui tomado por uma onda de náusea e apaguei o cigarro.

— Acho que é melhor eu ir nessa — disse ele, olhando para a cozinha.

— Sim, talvez seja melhor — falei, percebendo que não estava a fim de passar pela humilhação de pressioná-lo para obter mais informações, ainda que estivesse tentado a fazer isso.

Acompanhei-o até a porta. Na soleira, ele parou e disse:

— Sinto muito. Acho que falei demais. Tenho certeza de que tudo não passa de um mal-entendido que pode ser esclarecido.

Menti para ele, dizendo que achava o mesmo. Depois de nos despedirmos, ele saiu e eu fechei a porta.

Voltei direto para o quintal, onde fumei um cigarro atrás do outro, sem sentir frio e sem conseguir pensar em nada mais a não ser no rosto de Laura quando me contou todas aquelas mentiras. Não sei por quê, mas lembrei de uma de nossas primeiras noites como amantes, quando estávamos os dois sentados no sofá e eu passei os dedos pelos cabelos dela, fascinado em sentir como eram macios. Agora eu fervilhava de raiva e pensava em como descobrir onde Sarah morava.

E então, de repente, me convenci de que Laura tinha ido à casa de Wieder e que aquela história de ficar na casa da amiga era mais uma mentira.

Mas ela não havia levado a chave da casa do professor. Eu a encontrei no aparador e a guardei no bolso antes de Timothy Sanders tocar a campainha. Não sei por quê, mas àquela altura eu estava convicto de que Laura estava com Wieder, e que, se eu fosse até lá, os encontraria juntos. De que tudo, absolutamente tudo, fora uma enorme mentira e que eu havia sido usado para alguma finalidade que eu não conseguia conceber, talvez uma vítima de algum experimento perverso e deplorável que ela combinara com seu professor.

Talvez tivessem rido de mim esse tempo todo, enquanto me examinavam feito uma cobaia de cabeça oca. Talvez a coisa toda da biblioteca também tenha sido falsa, um pretexto para me manter ali por alguma razão sinistra. De repente, vi a história toda sob uma luz diferente. Eu devia estar cego para não perceber que tudo o que ela havia me contado eram mentiras, sem nem fazer um grande esforço para que parecessem reais.

Voltei para dentro e chamei um táxi. E então parti para a casa do professor embaixo de neve, que havia começado a cair com mais força.

Era aí que o manuscrito parcial terminava. Juntei todas as folhas e as coloquei na mesa de centro. O relógio de parede marcava 1h46 da manhã. Fiquei lendo sem parar por mais de duas horas.

O que o livro de Richard Flynn pretendia ser?

Uma confissão tardia? Será que eu descobriria que foi ele quem havia assassinado Wieder e depois tinha conseguido despistar a polícia, mas agora decidira confessar? Ele me disse em sua carta de apresentação que o manuscrito completo tinha 248 páginas. Algo importante também deve ter ocorrido depois do assassinato — a morte não era quase o fim do livro, apenas seus capítulos iniciais.

É verdade que eu havia perdido um pouco a noção da ordem dos acontecimentos, mas parecia que o fragmento, de maneira deliberada ou não, terminava no momento em que Richard partia para a casa do professor, convicto de que Laura vinha mentindo para ele, inclusive sobre a verdadeira natureza do relacionamento dos dois, na exata noite em que o homem tinha sido assassinado. Mesmo que Richard não fosse o responsável, ele tinha ido à casa de Wieder na noite do crime. Teria pegado os dois em flagrante? Teria sido crime passional?

Ou talvez Richard não o tivesse assassinado, mas sim desvendado o mistério depois de tantos anos, e este livro pretendesse desmascarar o verdadeiro culpado, fosse quem fosse. Laura Baines?

Falei para mim mesmo que não fazia sentido especular, tendo em vista que logo descobriria o restante da história por ninguém menos que o próprio autor. Terminei meu café e fui para a cama, determinado a pedir a Richard que mandasse o manuscrito completo. Livros sobre crimes da vida real faziam sucesso entre os leitores, principalmente quando bem escritos e tratando de casos incomuns e misteriosos. Wieder foi uma celebridade em sua época e ainda era uma figura importante da Psicologia, como me confirmou o Google, e Richard escrevia de um jeito que prendia a atenção. Por essas e outras, eu estava confiante de que aquela seria uma boa aquisição, e que alguma editora ficaria disposta a assinar um cheque alto por ela.

Infelizmente, porém, as coisas não saíram como eu esperava.

Mandei um e-mail para Richard Flynn a caminho do trabalho já na manhã seguinte, usando minha conta pessoal. Ele não me respondeu no mesmo dia, então presumi que teria resolvido aproveitar o fim de semana prolongado para tirar umas férias, ainda que curtas, e não estava verificando suas mensagens.

Depois de dois ou três dias ainda sem receber resposta, liguei para o número de celular que ele me passou na carta. Caiu na caixa postal, mas descobri que não dava para deixar recado por falta de espaço.

Mais dois dias se passaram sem qualquer resposta, e, após algumas novas tentativas de contato por telefone — que àquela altura estava desligado —, decidi ir até o endereço que ele indicara na carta, perto da Penn Station. Era uma situação incomum aquela — digo, a caçada a um autor — mas, às vezes, quando a montanha não vai até você, é você quem deve ir até a montanha.

O apartamento ficava no segundo andar de um prédio na East 33rd Street. Toquei o interfone várias vezes até que, finalmente, uma voz de mulher atendeu. Disse a ela quem eu era, e que procurava Richard Flynn. Em poucas palavras, ela respondeu que o Sr. Flynn não estava disponível. Expliquei que eu era um agente literário e contei resumidamente por que estava ali.

Ela hesitou por alguns segundos, mas então ouvi o zumbido da porta se abrindo. Peguei o elevador para o segundo andar. Ela já estava na porta do apartamento e se apresentou como Danna Olsen.

A Sra. Olsen era uma mulher na casa dos quarenta anos, com um rosto do tipo que você geralmente esquece logo depois de ver. Estava com um roupão azul e tinha cabelos bem pretos, provavelmente pintados, presos para trás com um arco de plástico.

Pendurei meu casaco no cabideiro do saguão e entrei na pequena — mas muito bem arrumada — sala de estar. Sentei num sofá com estofado de couro. O apartamento parecia ser de uma mulher solteira, não de um casal, por causa das cores dos tapetes e das cortinas e pelas quinquilharias espalhadas por toda parte.

Depois que contei a ela minha história mais uma vez, a Sra. Olsen respirou fundo e falou de um fôlego só.

— Richard foi internado no All Saints Hospital cinco dias atrás. Foi diagnosticado com câncer de pulmão no ano passado, quando já estava no terceiro estágio da doença, por isso não puderam operar e tiveram que partir para a quimioterapia. Por um tempo ele reagiu bem ao tratamento, mas, duas semanas atrás, pegou pneumonia e seu estado de saúde piorou bastante de repente. Os médicos não estão muito esperançosos.

O que falei depois que ela terminou foram os clichês vazios de significado que nos sentimos obrigados a dizer em tais situações. Ela me contou que não tinha parentes na cidade. Era de algum lugar do Alabama e conhecera Richard alguns anos atrás, num workshop. Os dois se corresponderam por um tempo, fizeram uma viagem ao Grand Canyon, e ele então insistiu para que morassem juntos, por isso ela se mudou para Nova York. A Sra. Olsen me confessou que não gostou da cidade e que o trabalho que arrumou, numa agência de publicidade, não estava à altura da sua experiência. Ela só aceitou o emprego por Richard. Se perdesse o companheiro, pretendia voltar para sua cidade.

Chorou discretamente por alguns minutos, sem soluçar, enxugando os olhos e limpando o nariz com lenços de papel que tirava de uma caixa sobre a mesa de centro. Depois que se acalmou, insistiu em preparar uma xícara de chá para mim e me pediu que lhe falasse mais do manuscrito. A Sra. Olsen não parecia saber que o companheiro estava escrevendo um livro sobre seu passado. Ela foi até a cozinha, preparou o chá num bule e o levou para a sala numa bandeja, com xícaras e um açucareiro.

Contei a ela do que o trecho que eu havia recebido por e-mail se tratava. Eu tinha uma cópia da carta de apresentação comigo, a qual lhe mostrei, e ela leu com atenção. Parecia cada vez mais surpresa.

— Richard não me falou disso — disse ela, amargurada. — Provavelmente estava esperando uma resposta sua antes.

— Não sei se fui o único a quem ele escreveu — falei. — Algum outro agente ou editora entrou em contato com a senhora?

— Não. Durante o primeiro dia de internação de Richard no hospital, eu atendi às ligações dele no meu celular. Eddie, seu irmão da Pensilvânia, e o pessoal da empresa onde trabalha sabem do problema dele, mas todos têm o meu número. Não sei a senha da conta de e-mail dele, por isso não tive como ler suas mensagens.

— Então a senhora não sabe onde está o restante do manuscrito? — perguntei, e ela confirmou que não sabia.

Mesmo assim, se ofereceu para dar uma olhada no laptop que Richard deixara em casa. Ela tirou um pequeno Lenovo de uma gaveta, plugou-o na tomada e o ligou.

— Ele provavelmente tinha grandes esperanças, se enviou aquela carta ao senhor — disse ela enquanto esperava que o computador cuspisse seus ícones na área de trabalho. — Evidentemente, mesmo que eu encontre o manuscrito, o senhor entende que terei de falar com ele antes de entregá-lo ao senhor, tudo bem?

— Claro.

— O que significaria isso financeiramente? — perguntou ela.

Expliquei que o agente literário é só um intermediário e que uma editora é quem tomaria a decisão quanto à oferta de adiantamento pelos direitos autorais.

Ela colocou os óculos e começou a vasculhar o computador. Percebi que já estava atrasado para meu compromisso seguinte, então telefonei para o sujeito, me desculpei e pedi para remarcarmos.

A Sra. Olsen me informou que o manuscrito não estava na área de trabalho nem na pasta de documentos: ela havia verificado todos os arquivos, independentemente do nome com o qual tivesse sido salvo. Não havia nenhum arquivo protegido por senha. Era possível, disse ela, que o documento estivesse no escritório de Richard ou num pen drive. Havia alguns na mesma gaveta em que ela encontrara o computador. A Sra. Olsen estava saindo para visitar Richard no hospital, por isso prometeu que perguntaria a ele onde estava o manuscrito. Ela gravou meu número em seu celular e disse que me telefonaria assim que o encontrasse.

Terminei meu chá e agradeci a ela mais uma vez.

Já estava pronto para sair quando ela falou:

— Até três meses atrás, Richard não havia me contado nada sobre isso, digo, sobre Laura Baines. Mas, então, uma noite, alguém telefonou para o celular dele e eu o ouvi batendo boca. Ele tinha ido para a cozinha, para que eu não pudesse escutar a conversa, mas fiquei surpresa com seu tom de voz, pois Richard não é de perder a cabeça. Ele estava furioso; nunca o vi daquele jeito antes. Suas mãos tremiam quando voltou para a sala. Perguntei com quem estava falando e ele me disse que era uma velha conhecida da época em que estudou em Princeton, uma mulher chamada Laura... disse que ela havia arruinado a sua vida e ele ia fazer com que ela pagasse por isso.

Cinco dias depois da minha visita, Danna Olsen me ligou para dizer que Richard havia morrido. Ela me deu o endereço da funerária, caso eu quisesse prestar uma última homenagem. Quando ela chegou ao hospital, no dia da minha visita, encontrou o companheiro já inconsciente por causa dos sedativos. Pouco tempo depois, ele entrou em coma, o que a impediu de perguntar onde estava o manuscrito completo. Ela também verificou os pen drives e os CDs que achou pela casa, mas não encontrou nada que contivesse o manuscrito. A empresa para a qual Richard trabalhava enviaria nos próximos dias as coisas dele que estavam no escritório, então ela também as verificaria.

Compareci ao funeral, realizado numa tarde de sexta-feira. A cidade estava coberta de neve, exatamente como naquele dia, no fim de dezembro, em que a vida do professor Joseph Wieder chegou ao fim.

Algumas poucas pessoas estavam sentadas numa fileira de cadeiras diante da plataforma sobre a qual o corpo do falecido Richard Flynn repousava num caixão fechado.

Um retrato emoldurado, com um laço preto no canto, fora colocado ao seu lado.

A foto mostrava um homem na casa dos quarenta anos, sorrindo tristemente para a câmera. Tinha um rosto comprido com um nariz proeminente e olhar terno — os cabelos levemente ondulados rareavam na testa.

A Sra. Olsen me agradeceu por comparecer e contou que aquela foto era a preferida de Richard. Ela não sabia quem a havia tirado nem quando. Ele a mantinha na gaveta, a qual chamava jocosamente de "boca do lobo". Ela falou também que sentia muito por não ter conseguido encontrar o restante do manuscrito, que devia ter sido muito importante para Richard, visto que vinha trabalhando nele nos seus últimos meses de vida. Depois fez um sinal para um homem sorumbático e o apresentou para mim como Eddie Flynn. Ele estava acompanhado de uma mulher baixa e jovial, com um chapéu ridículo empoleirado sobre os cabelos cor de fogo. Ela me cumprimentou com um aperto de mão, apresentando-se como Susanna Flynn, mulher de Eddie. Conversamos por alguns minutos, a apenas alguns passos do caixão, e tive a estranha sensação de que nos conhecíamos havia algum tempo, e que eu os estava reencontrando após uma longa ausência.

Quando fui embora, achei que nunca descobriria o desfecho daquela história. Independentemente do que Richard pretendesse revelar, parecia que, no fim, ele havia levado seu segredo para o túmulo.

Parte Dois

John Keller

"Quando somos jovens, inventamos diferentes futuros para nós mesmos; quando somos velhos, inventamos diferentes passados para os outros."

Julian Barnes, *O sentido de um fim*

Um

Comecei a falar com os mortos por causa de uma cadeira quebrada.

Como poderia ter dito Kurt Vonnegut Jr., o ano era 2007 e John Keller estava finalmente falido. Este sou eu: muito prazer. Fiz um curso de escrita criativa na Universidade de Nova York e, para ser honesto, vinha girando em torno das minhas ilusões como uma mariposa atraída pela luz de uma lâmpada. Dividia um sótão no Lower East Side com um aspirante a fotógrafo, Neil Bowman, enviando cartas para revistas literárias na esperança de que um dos editores me oferecesse trabalho. Mas nenhum deles parecia pronto para reconhecer meu brilhantismo.

Tio Frank — o irmão mais velho da minha mãe — ganhara uma bolada em meados dos anos oitenta investindo na indústria da informática e das telecomunicações, que naquela época começou a tomar esteroides. Tinha cinquenta e poucos anos e morava num apartamento tipo ostentação no Upper East Side. Naqueles tempos, ele não parecia ter mais nada para fazer além de comprar antiguidades e sair com belas senhoras. Ele era bonito, bronzeado artificialmente e se vestia com elegância. Frank costumava me convidar de vez em quando para jantar em sua casa, ou em algum restaurante, e me dava presentes caros, que eu vendia pela metade do preço para um sujeito chamado Max, que trabalhava em conchavo com os proprietários de uma loja de reputação duvidosa na West 14th Street.

Os móveis de sua sala de estar haviam sido comprados na Itália muitos anos antes. As cadeiras eram de madeira entalhada com estofamento de couro marrom, que a ação do tempo fez parecer bochechas enrugadas. A parte de trás de uma cadeira tinha se soltado, ou algo assim — não me lembro dos detalhes direito.

Meu tio telefonou, então, para um famoso restaurador do Bronx, cuja lista de espera se estendia por meses. Quando ficou sabendo que Frank pagaria o dobro do preço habitual caso pudesse furar a fila, ele pegou sua caixa de ferramentas e foi direto para o apartamento do meu tio. Por acaso, eu estava lá naquele dia.

O restaurador, um sujeito de meia-idade de cabeça raspada, ombros largos e olhar questionador, usando preto como um matador de aluguel, examinou a cadeira quebrada, resmungou alguma coisa e se instalou na varanda. Era um dia bonito, o sol brilhava e os prédios das East 70s Streets pareciam blocos de quartzo, banhados pela bruma da manhã. Enquanto o restaurador fazia seu trabalho, eu tomava café com tio Frank, falando de garotas.

Frank percebeu que o reparador havia levado consigo uma revista, que deixara sobre uma mesa. Chamava-se *Ampersand*, tinha quarenta e oito páginas impressas em papel brilhoso, e a terceira página, que listava a equipe editorial, revelava que a editora era uma empresa chefiada por John L. Friedman.

Meu tio me contou que tinha estudado com Friedman na Rutgers. Eles ficaram amigos, mas haviam perdido o contato fazia uns dois anos. E se ele telefonasse para Friedman e pedisse uma entrevista de emprego? Eu sabia que contatos eram o que fazia o mundo girar, mas ainda era jovem o bastante para achar que poderia conseguir me virar sozinho, por isso recusei sua oferta. E, além disso, falei para ele enquanto folheava a revista devagar, a publicação tratava do oculto, do paranormal e da Nova Era, assuntos sobre os quais eu não sabia nada e pelos quais eu não tinha o menor interesse.

Frank pediu para eu deixar de ser tão cabeça-dura. Ele confiava nas habilidades financeiras de seu velho amigo — desde a universidade já era capaz de tirar leite de pedra — e um bom repórter precisava saber escrever sobre qualquer assunto. No fim das contas, ele concluiu, era mais interessante escrever sobre a Grande Pirâmide do que sobre um jogo de beisebol ou algum assassinato irrelevante, e, de qualquer forma, os leitores de hoje eram todos uns idiotas mesmo.

A certa altura, o restaurador entrou na conversa, depois que o convidamos para tomar café conosco. Ele nos disse, falando num tom de voz baixinho, que estava convicto de que as coisas antigas conservavam dentro de si as energias positivas ou negativas daqueles que foram seus donos ao longo dos anos, e que às vezes ele conseguia sentir essas energias quando tocava num objeto: seus dedos formigavam. Fui embora depois que Frank pegou uma garrafa de bourbon no bar e o restaurador começou a lhe contar sobre um aparador de sala de jantar que trouxera azar a seus donos.

Dois dias depois, Frank ligou para o meu celular para me dizer que Friedman esperava por mim em seu escritório no dia seguinte. Tudo o que ele precisava era de alguém que conhecesse o alfabeto — o editor-chefe, um homem ligeiramente perturbado, havia enchido o escritório de pessoas bizarras que não sabiam escrever de verdade. A revista tinha sido lançada uns dois meses antes e ainda lutava para decolar.

Mas não faz sentido prolongar esta história.

Eu não queria brigar com tio Frank, por isso fui ao encontro com Friedman. Aconteceu de eu acabar gostando dele, e a recíproca foi verdadeira. Ele não dava a mínima para aquelas balelas paranormais e não acreditava em fantasmas, mas havia um nicho para aquele tipo de revista, em especial entre os *baby boomers*.

Friedman me ofereceu um salário muito maior do que eu esperava, por isso assinei o contrato no ato. Meu primeiro artigo foi sobre o restaurador, pois, de certa forma, eu me sentia em dívida com ele por minha entrada no mundo da imprensa oculta. Trabalhei para a *Ampersand* por uns dois anos, durante os quais conheci metade das aberrações da cidade. Frequentei sessões de vodu em Inwood e visitei casas mal-assombradas no East Harlem. Recebi cartas de leitores que pareciam mais lunáticos que Hannibal Lecter e de padres que me alertavam, dizendo que eu estava a caminho do fogo do inferno.

Então Friedman decidiu fechar a revista e me ajudou a conseguir emprego como repórter no *Post*, onde trabalhei por quatro anos, até que um amigo me convenceu a embarcar numa nova publicação idealizada por investidores europeus. Dois anos depois, quando os jornais on-line acabaram com a maioria dos jornais diários, e os periódicos foram se extinguindo um após o outro, eu me vi sem emprego. Criei um blog e depois um site de notícias, que me rendia praticamente nada, e tentei ganhar a vida fazendo todo tipo de trabalho *freelance*, olhando nostalgicamente para os bons e velhos tempos, e surpreso em constatar que, com trinta e poucos anos, eu já me sentia um dinossauro.

Foi por volta dessa época que um amigo meu, Peter Katz, agente literário da Bronson & Matters, me contou sobre o manuscrito de Richard Flynn.

Nós nos conhecemos quando eu estudava na Universidade de Nova York e ficamos amigos. Ele era bastante tímido e recluso — o tipo de sujeito que você pode confundir com uma planta de plástico numa festa —, mas muito culto, e podia-se aprender muito com ele. Katz tinha evitado habilmente todas as ardilosas armadilhas que a mãe havia armado para ele em conluio com as famílias de candidatas a esposa em potencial, mantendo teimosamente sua solteirice. E mais: ele havia decidido se tornar agente literário, embora descendesse de uma longa linhagem de advogados, o que fez dele a ovelha negra da família.

Peter me convidou para almoçar e fomos a um lugar na East 32nd Street chamado Candice's. Vinha nevando muito há dias, embora já fosse início de março, e o trânsito estava infernal. O céu ganhara um tom de chumbo derretido, prestes a desabar sobre a cidade. Peter estava com um sobretudo tão comprido que ficava tropeçando na barra, como um dos sete anões. Levava consigo uma velha pasta de couro, que pendulava em sua mão direita à medida que ele se esquivava das poças na calçada.

Enquanto comíamos as saladas, ele me contou a história do manuscrito. Richard Flynn havia morrido no mês anterior, e sua companheira, uma senhora chamada Danna Olsen, afirmou não ter encontrado qualquer sinal do livro.

Quando nossos bifes chegaram, Peter já havia proposto seu desafio. Ele sabia que eu tinha experiência suficiente como repórter para amarrar todas as informações. Ele já tinha conversado com seus chefes e eles acharam que, considerando o mercado editorial corrente, o assunto possuía um grande potencial de vendas. Mas, sozinho, o fragmento de um livro de um milhão de dólares não valia nem um centavo.

— Estou pronto para falar com a Sra. Olsen e chegar a um acordo — disse ele, esbugalhando aqueles seus olhos míopes para mim. — Ela parece ser uma mulher prática, e tenho certeza de que a negociação vai ser difícil, mas não acho que ela vá recusar uma boa oferta. Flynn deixou para ela em testamento todas as suas propriedades e bens, exceto por alguns poucos itens que deu ao irmão, Eddie. Do ponto de vista jurídico, um acordo com a Sra. Olsen nos deixaria cobertos, entende?

— E exatamente como você imagina que eu vá conseguir rastrear o manuscrito? — perguntei. — Acha que vou descobrir algum mapa secreto no verso de um guardanapo? Ou vou pegar um voo para uma ilha no Pacífico e cavar sob as palmeiras gêmeas que crescem na direção do noroeste?

— Sem essa, cara — disse ele. — Flynn já deixou um monte de pistas nesse trecho do livro. Nós conhecemos os personagens envolvidos, o pano de fundo e o período dos acontecimentos. Se você não encontrar o manuscrito, pode montar o restante do quebra-cabeça, e o fragmento será incorporado a um novo livro, que você, ou um *ghostwriter*, vai escrever. No fim das contas, o interesse dos leitores é pela história de Wieder, e não necessariamente por um desconhecido chamado Richard Flynn. Trata-se apenas de fazer a reconstituição do que aconteceu nos últimos dias de Wieder, entende?

Aquele seu hábito — a repetição constante do "entende?" — me deu a sensação desagradável de que ele duvidava da minha inteligência.

— Entendo — garanti. — Mas a coisa toda pode ser uma grande perda de tempo. Flynn provavelmente sabia o que queria contar ao público quando decidiu escrever o livro, mas nós não temos ideia do que estamos procurando. Nós vamos estar tentando solucionar um homicídio que aconteceu há mais de vinte anos!

— Laura Baines, outra protagonista, ainda deve estar viva. Você pode encontrá-la. E o caso ainda está nos arquivos policiais, disso tenho certeza. É um *cold case*, como chamam os policiais, mas tenho certeza de que eles ainda têm os arquivos.

Nessa hora ele piscou misteriosamente para mim e baixou a voz, como se temesse que alguém pudesse nos ouvir.

— Aparentemente, o professor Wieder vinha realizando experimentos psicológicos secretos. Imagine só o que você poderia descobrir e revelar aqui!

Ele falou esta última frase com o tom de voz de uma mãe prometendo ao filho teimoso uma viagem à Disney se ele fizer o dever de matemática.

Eu estava intrigado, mas ainda indeciso.

— Pete, você já parou para pensar que este sujeito, Flynn, pode ter inventado a coisa toda? Não quero falar mal dos mortos, mas talvez ele tenha bolado uma história sobre o assassinato de alguém famoso para vender seu projeto antes de morrer. E acabou não tendo tempo de terminar.

— Sim, já pensei nessa possibilidade. Mas só vamos poder ter certeza se investigarmos, não é mesmo? Pelo que consegui entender até agora, Richard Flynn não era um mentiroso patológico. Richard realmente conheceu Wieder e trabalhou para ele, tinha a chave da casa do professor e foi tratado por um tempo como suspeito, o que descobri com a ajuda da internet. Mas preciso de alguém tão bom quanto você para desvendar o restante da história.

Eu estava quase convencido, mas o fiz suar um pouco. Para a sobremesa, pedi um expresso, enquanto ele comeu um tiramisù.

Terminei meu café e acabei com o sofrimento dele. Falei que aceitaria o trabalho, assinei um contrato com uma cláusula de confidencialidade, que Peter havia levado, e ele sacou da pasta um maço de papéis.

Ao me entregar o manuscrito, Peter falou que aquela era uma cópia do trecho do livro de Richard Flynn, acrescida das anotações que ele mesmo fizera nesse meio-tempo e que serviriam como ponto de partida para a minha investigação. Joguei os papéis e a minha cópia do contrato na bolsa que sempre levava comigo, desde meus tempos de repórter, e que continha vários bolsos e compartimentos.

Acompanhei Peter até o metrô, fui para casa e passei a noite inteira lendo o manuscrito de Richard Flynn.

Dois

Na noite seguinte saí com minha namorada, Sam, para jantar. Ela era cinco anos mais velha que eu, havia se formado em Literatura Inglesa pela Universidade da Califórnia em Los Angeles e se mudara para Nova York depois de trabalhar em algumas emissoras de televisão na Costa Oeste. Sam era produtora do jornal matinal da NY1, então seu dia começava às cinco da manhã e normalmente terminava às oito da noite, quando ela caía no sono, estivesse eu por perto ou não. Raramente conseguíamos conversar por mais que cinco minutos sem que ela me dissesse que precisava atender a uma ligação importante e enfiasse o fone de ouvido.

Sam foi casada por três anos com um cara chamado Jim Salvo, âncora de jornal de uma pequena emissora da Califórnia, o típico mulherengo que, quando chega aos quarenta, só lhe sobram os maus hábitos e um fígado nadando em tecido adiposo. Foi por isso que ela me disse desde o início que não tinha a menor intenção de se casar de novo antes dos quarenta, e que, até lá, não queria assumir compromisso sério.

Entre atender às suas ligações, reclamar com a garçonete por não anotar nosso pedido logo e me contar sobre uma discussão que teve com seus editores, Sam ouviu minha história sobre o manuscrito de Richard Flynn e pareceu ficar empolgada.

— John, isso pode bombar — disse ela. — É uma história digna de Truman Capote. Os leitores adoram esse tipo de coisa.

Aquele era o melhor veredicto que Sam podia dar a qualquer assunto. Para ela, qualquer coisa que não tivesse a chance de "bombar" era desprezível, fosse uma notícia de televisão, um projeto de livro ou uma transa.

— É, poderia, se eu conseguisse encontrar o manuscrito ou algum tipo de explicação para o assassinato.

— Se não encontrar, pode escrever um livro sobre o pedaço da história que tem. Não foi isso que você combinou com o Peter?

— Foi, sim, mas eu não sou especialista nesse tipo de coisa.

— Os tempos mudam e as pessoas têm de mudar com eles — disse ela, categoricamente. — Você acha que a televisão de hoje tem alguma coisa a ver com o que era quinze anos atrás, quando botei os pés num estúdio pela primeira vez? Todos acabamos tendo que fazer coisas que nunca fizemos. Para falar a verdade, vou gostar se você *não* encontrar o tal manuscrito, para que daqui a mais ou menos um ano eu possa ver seu nome na capa de um livro na vitrine da Rizzoli.

Depois que saímos do restaurante, fui para a minha toca e comecei a trabalhar. Meus pais haviam se mudado para a Flórida dois anos antes, e minha irmã mais velha, Kathy, tinha se casado com um sujeito de Springfield, Illinois, e se mudado para lá depois de se formar na faculdade. Eu morava em Hell's Kitchen — ou Clinton, como os corretores de imóveis se referem à área hoje —, no apartamento de três quartos onde fui criado. Era um prédio velho, de cômodos pequenos e escuros, mas era meu e pelo menos não precisava me preocupar com aluguel.

Comecei relendo o trecho do manuscrito, sublinhando as partes que pareciam importantes com iluminadores de cores diferentes: azul para Richard Flynn, verde para Joseph Wieder e amarelo para Laura Baines. Sublinhei o nome de Derek Simmons de caneta azul, pois perto do fim Richard alegou que ele havia desempenhado um papel importante no caso todo. Fiz uma lista separada de todos os outros nomes que foram mencionados no manuscrito, os quais, com um pouco de sorte, poderiam ser transformados em fontes de informação. Como repórter eu havia aprendido que a maioria das pessoas adora falar de seu passado, mesmo que tenda a embelezá-lo.

Delineei três direções principais para a minha investigação.

A primeira e mais simples seria lançar uma rede de pesca no profundo lago da internet e ver o que conseguia trazer à superfície sobre o assassinato e as pessoas envolvidas.

A segunda seria ir atrás das pessoas mencionadas no manuscrito, principalmente Laura Baines, e convencê-las a me contar o que sabiam do caso. Peter mencionou em suas notas que a companheira de Richard Flynn lhe dissera que, pouco antes de morrer, ele tinha tido uma conversa telefônica tensa com uma mulher chamada Laura, a qual ele alegava ter "arruinado sua vida" e que "ele ia fazer com que ela pagasse por isso". Seria esta a "Laura" do manuscrito?

E a terceira seria vasculhar os arquivos policiais em West Windsor, Condado de Mercer, e tentar examinar os depoimentos, relatórios e anotações dos interrogatórios reunidos pelos policiais à época. Wieder era uma vítima famosa, e a investigação provavelmente foi feita seguindo todos os protocolos, mesmo que não tenha dado em nada. Minha condição de repórter *freelancer* não me ajudaria, mas, caso empacasse, minha intenção era pedir a Sam que entrasse na jogada, introduzindo na cena a poderosa sombra da NY1.

Sendo assim, comecei por Richard Flynn.

Todas as informações que eu já possuía sobre ele bateram com o que encontrei na internet. Flynn tinha trabalhado para a Wolfson & Associates, uma pequena agência de publicidade, e no site da empresa havia uma breve biografia que confirmava alguns dos detalhes do manuscrito. Ele tinha se formado em Literatura Inglesa por Princeton em 1988 e concluído o mestrado em Cornell dois anos depois. Após ocupar algumas posições juniores, foi promovido a um cargo de subgerente. Em outros sites descobri que Flynn fez doações para o Comitê Democrático Nacional três vezes, foi sócio de um clube de tiro desportivo, e, em 2007, se declarou profundamente insatisfeito com os serviços prestados por um hotel em Chicago.

Depois que o Papai Noel Google terminou de distribuir seus presentes sobre Flynn, troquei a busca pelo nome de Laura Baines e me surpreendi ao não encontrar absolutamente nada... ou quase nada.

Havia uma série de pessoas com o mesmo nome, mas nenhumas delas batia com a mulher que eu procurava. Encontrei-a listada entre os formandos de Matemática da Universidade de Chicago em 1985 e entre os alunos de mestrado em Psicologia da Princeton em 1988. Mas, depois disso, não existia qualquer pista sobre o que havia feito ou sobre onde morava. Era como se tivesse evaporado. Pensei com os meus botões que ela provavelmente teria se casado e mudado de sobrenome, por isso eu precisaria arrumar outro meio de encontrá-la, supondo que ainda estivesse viva.

Como eu já esperava, a maior fonte de informações era sobre o professor Joseph Wieder. Havia uma página detalhada na Wikipédia, e sua biografia ocupava um lugar de honra entre as grandes figuras que deram aula em Princeton ao longo dos anos. Descobri que no Google Acadêmico existiam mais de vinte mil referências a seus livros e artigos científicos. Alguns dos livros ainda estavam em catálogo e podiam ser comprados em livrarias on-line.

Das coisas que li, eis o que descobri: Joseph Wieder nasceu em Berlim em 1931, numa família de classe média judia. Numa série de entrevistas, ele revelou que o pai, um médico, fora surrado por integrantes das tropas de assalto na primavera de 1934, diante da mulher grávida, e acabou morrendo pouco depois.

Passado um ano, após o nascimento de sua irmã, os três se mudaram para os Estados Unidos, onde tinham parentes. De início moraram em Boston, depois na cidade de Nova York. Sua mãe se casou de novo, com um arquiteto chamado Harry Schoenberg, quatorze anos mais velho que ela. Ele adotou os filhos dela, mas estes mantiveram o sobrenome do pai biológico, num sinal de respeito à sua memória.

Infelizmente, Joseph e sua irmã, Inge, ficaram órfãos apenas dez anos depois, após a Segunda Guerra Mundial, quando Harry e Miriam Schoenberg morreram durante uma viagem a Cuba. Harry gostava de velejar e o barco onde estavam, acompanhados de outro casal de Nova York, se perdeu numa tempestade. Os corpos nunca foram encontrados.

Após herdarem uma enorme fortuna, os dois órfãos passaram a viver na casa do tio no norte do estado e deram diferentes rumos para suas vidas. Joseph era estudioso, passando primeiro por Cornell, depois por Cambridge e pela Sorbonne. Inge se tornou modelo, alcançando alguma fama no fim dos anos cinquenta, antes de se casar com um rico empresário italiano e se mudar para Roma, onde fixou residência.

Ao longo de sua carreira, Joseph Wieder publicou mais de onze livros, um dos quais apresentava um forte conteúdo autobiográfico. Chamava-se *Lembrando do futuro: dez ensaios sobre uma jornada para dentro de mim* e fora publicado pela Princeton University Press em 1984.

Achei também muitas reportagens sobre o assassinato.

O corpo de Wieder foi encontrado por Derek Simmons, mencionado na história como o "faz-tudo" que trabalhava na residência da vítima e suspeito em potencial. Às 6h44 da manhã do dia 22 de dezembro de 1987, Derek ligou para a polícia da casa do professor, dizendo à telefonista que havia encontrado Wieder deitado no chão da sala de estar sobre uma poça de sangue. Os paramédicos que chegaram à cena nada puderam fazer, e um legista logo fez o pronunciamento formal da morte do professor.

Durante a autópsia, ficou determinado que Wieder morreu por volta das duas da madrugada e que a causa da morte foi uma hemorragia interna e externa resultante de golpes com um objeto de extremidade arredondada, provavelmente um taco de beisebol, desferidos por um único criminoso por volta da meia-noite. O primeiro golpe, presumiram os peritos, aconteceu quando a vítima estava sentada no sofá da sala. O assassino se aproximou sorrateiramente por trás dele, depois de entrar pela porta da frente. O professor, que se encontrava em boa forma física, conseguiu se levantar do sofá e tentou fugir em direção à janela que dava para o lago, enquanto procurava se esquivar dos golpes, que acabaram fraturando seus dois antebraços. Ele então se virou no meio da sala para se defender, e, durante a luta com o agressor, a televisão desabou do suporte para o chão. Foi ali que ele recebeu o golpe fatal, na área da têmpora esquerda. (A partir disso os investigadores concluíram que o assassino provavelmente era destro.) Wieder morreu duas horas depois em decorrência de uma parada cardíaca e dos graves danos cerebrais causados pelo golpe final.

Derek declarou que a porta da frente estava trancada quando ele chegou à casa do professor na manhã seguinte, e as janelas também, sem que houvesse qualquer sinal de entrada forçada. Sob tais circunstâncias, supôs-se que o assassino tinha a chave da casa, que utilizou para entrar, pegando Wieder de surpresa, e em seguida trancando a porta ao sair depois de cometer o homicídio. Antes de ir embora, ele vasculhou a sala de estar. O motivo, no entanto, não poderia ser roubo. O professor usava um Rolex no pulso esquerdo e uma pedra preciosa no dedo anelar da mão direita. Numa gaveta destrancada, a polícia encontrou cerca de cem dólares em dinheiro. Nenhuma das valiosas antiguidades da casa foi roubada.

Na sala de estar, os investigadores descobriram dois copos recém-usados, sugerindo que a vítima bebera com outra pessoa naquela noite. O legista descobriu que o professor consumira uma quantidade significativa de álcool antes do assassinato — o teor de álcool em seu sangue era de 0.11 — mas não havia vestígios de narcóticos nem de medicamentos em seu corpo. Pelo que se sabia, Joseph Wieder não vinha mantendo nenhum tipo de relacionamento amoroso. Não tinha uma companheira ou amante, não vinha saindo com ninguém e nenhum de seus amigos ou colegas de profissão conseguia se lembrar de tê-lo visto num relacionamento nos últimos tempos. Assim, era improvável que se tratasse de um crime passional, concluíram os detetives.

Usando as reportagens publicadas pela imprensa, reconstituí por alto o que aconteceu no período que sucedeu o assassinato: o nome de Laura Baines não foi mencionado uma vez sequer nos jornais, embora o de Richard Flynn tenha aparecido várias vezes. Flynn foi investigado por um tempo, depois que Derek Simmons foi descartado por ter um "álibi consistente". Nenhuma linha foi escrita sobre Wieder estar envolvido com experimentos psicológicos clandestinos. No entanto, foi enfatizado várias vezes que ele era uma figura bem conhecida pelas forças policiais de Nova Jersey e Nova York, pois atuara como especialista em muitas avaliações sobre a saúde mental de acusados de crimes.

Já em relação à sua condição de perito em julgamentos criminais, os policiais viram isso como uma possível linha de investigação desde o princípio. Eles revisaram os casos nos quais Wieder havia testemunhado, especialmente aqueles que resultaram na condenação dos acusados. Mas isso logo se mostrou infrutífero. Nenhum dos que foram condenados por causa do testemunho de Wieder haviam sido soltos durante aquele período, com a exceção de um homem chamado Gerard Panko, que fora libertado da Prisão Estadual de Bayside três meses antes do assassinato. No entanto, quase imediatamente após sua libertação, Panko sofreu um ataque cardíaco. Ele deixou o hospital apenas uma semana antes do assassinato do professor; portanto, como concluíram os médicos, não seria capaz de efetuar um crime que demandava esforço físico — a hipótese foi descartada.

Richard Flynn foi interrogado várias vezes, mas nunca acusado de nada. Ele contratou um advogado chamado George Hawkins, que acusou os policiais de assédio e insinuou que estavam tentando transformar Flynn num bode expiatório para acobertar sua própria incompetência.

Qual era a versão de Flynn para os acontecimentos? O que exatamente declarou aos investigadores e repórteres? Nos artigos que encontrei, parece que o que ele disse à época foi diferente do que escreveu em seu manuscrito.

Em primeiro lugar, ele não falou nada sobre Laura Baines tê-lo apresentado a Wieder. Declarou apenas que fora apresentado ao professor por "uma pessoa conhecida de ambos", pois Wieder estava à procura de alguém que pudesse realizar serviços bibliotecários em meio expediente. Flynn trabalhara na Firestone, no campus, e Wieder precisava de alguém capaz de organizar sua biblioteca usando um computador. Wieder lhe dera uma cópia da chave caso ele quisesse trabalhar quando não estivesse em casa, visto que viajava com frequência. Flynn utilizou a chave algumas vezes, entrando na casa do professor quando ele estava ausente. Em duas ou três ocasiões, o professor o convidou para ficar para o jantar, sempre a dois. Numa sexta-feira, Flynn jogou pôquer com o professor e dois de seus colegas. (Este episódio não aparece no manuscrito.) Ele conheceu Derek Simmons e ouviu a história de Derek pela boca do próprio Wieder.

Flynn não tinha qualquer tipo de conflito com o professor e o relacionamento entre os dois podia ser descrito como "caloroso e amigável". O professor nunca lhe disse que se sentia ameaçado por ninguém nem por coisa nenhuma. No geral, Wieder era uma pessoa tranquila e gostava de uma piada. Ficava feliz em falar de seu novo livro, cuja publicação estava programada para o ano seguinte, e o qual acreditava que seria um grande sucesso, tanto acadêmica quanto comercialmente.

Para azar de Flynn, ele não tinha um álibi para a noite do crime. No fim do manuscrito ele escreveu que partiu para a casa do professor logo após a visita de Timothy Sanders, o que seria por volta das seis da tarde. Fiz um mapeamento e calculei que ele levaria uns vinte minutos para chegar lá, talvez mais, por causa do tempo, e mais ou menos a mesma quantidade de minutos para voltar. Mas ele disse aos investigadores que foi à casa de Wieder por volta das nove da noite, pois queria conversar com o professor sobre algo relacionado à biblioteca antes de viajar para o feriado do Natal. Disse também que voltou para casa às dez, após falar com o professor, e que logo em seguida foi dormir. Teria ele mentido durante a investigação? Ou quando escreveu o manuscrito? Ou estaria sua memória lhe pregando uma peça?

Naqueles anos, o índice de criminalidade era bem alto em Nova Jersey, especialmente após o influxo repentino de metanfetamina e crack nos subúrbios. Alguns dias após a morte de Wieder, entre o Natal e o Ano Novo, a apenas duas ruas de distância da casa do professor, aconteceu um duplo homicídio. Um casal de idosos, o Sr. e a Sra. Easton, de 78 e 72 anos, respectivamente, foi assassinado em sua casa. Os investigadores descobriram que o criminoso invadiu o lugar às três da manhã, assassinou o casal e depois roubou a casa. As armas do crime foram uma faca de carne e um martelo. Tendo em vista que o assassino levou consigo o dinheiro e as joias que encontrou na casa, o motivo do crime definitivamente foi roubo e, na verdade, não foram encontradas muitas semelhanças com o caso de Wieder.

Mas isso não deteve os policiais. Eles tiraram proveito do fato de que um suspeito foi preso apenas uma semana depois, quando tentava vender as joias roubadas da residência do casal de idosos para uma loja de penhores em Princeton. Assim, Martin Luther Kennet, 23 anos, afro-americano, com passagens anteriores pela polícia e conhecido usuário de drogas, tornou-se oficialmente o principal suspeito na investigação do assassinato de Joseph Wieder.

Daquele momento em diante — isso foi no fim de janeiro de 1988 —, Richard Flynn passou a ser mencionado apenas de passagem nos artigos da imprensa sobre o caso. A irmã de Wieder, Inge Rossi, herdou todo o seu espólio, exceto por uma pequena quantia em dinheiro que o falecido havia deixado para Simmons em seu testamento. "CASA ASSOMBRADA À VENDA" foi o título de um artigo publicado em 20 de abril de 1988 na *Princeton Gazette*, referindo-se à casa do falecido professor Wieder. O repórter afirmava que a propriedade ganhara uma reputação sinistra após a tragédia e que algumas pessoas na vizinhança podiam jurar que tinham visto luzes e sombras estranhas se movendo do lado de dentro, o que provavelmente tornaria difícil a tarefa dos corretores de imóveis de vendê-la.

Martin Luther Kennet recusou o acordo proposto pela promotoria do Condado de Mercer — ele seria poupado da pena de morte caso se declarasse culpado — e até o fim sustentou ser inocente.

Kennet admitiu ser um pequeno traficante que atuava na área do campus da universidade e na Nassau Street, e que um de seus clientes ocasionais, cujo nome ele não sabia, lhe dera as joias roubadas dos Eastons como garantia em troca de uma quantidade de maconha. Ele não tinha um álibi para a noite do assassinato do casal, pois estava sozinho em casa, assistindo a algumas fitas de vídeo que alugara na véspera. Como o homem que deixou as joias com ele não voltou para pegá-las, Kennet (sem saber que eram roubadas) tentou penhorá-las. Se soubesse de onde tinham vindo, por que teria sido burro a ponto de tentar vendê-las em plena luz do dia, numa loja conhecida por dedurar para os policiais? Quanto a Wieder, Kennet nunca nem mesmo ouvira falar dele. Se bem lembrava, havia passado a noite do assassinato do professor num fliperama, saindo de lá no início da manhã seguinte.

Mas ele pôde contar com um defensor público apontado pelo tribunal, com um nome apropriado para um corajoso combatente das injustiças — Hank Pelicano. Todos queriam acabar com aquilo o mais rápido possível e economizar o dinheiro dos contribuintes, e, assim, depois de só duas semanas, o júri deu o veredicto de "culpado" pela morte dos Eastons e o juiz acrescentou a "prisão perpétua". A pena de morte ainda existia no estado de Nova Jersey naquela época — seria abolida em 2007 —, mas os repórteres disseram que o juiz levou em consideração a idade de Kennet quando decidiu não decretar a sentença de morte que o promotor vinha pleiteando. Na minha opinião, as provas apresentadas pela promotoria ao juiz Ralph M. Jackson, um velho pistoleiro com bastante experiência, não o convenceram. Infelizmente, as provas foram mais que suficientes para os jurados.

De qualquer forma, os promotores decidiram não acusar Kennet do homicídio de Wieder. Nenhuma outra pista surgira. Outras histórias despontaram nos noticiários e com isso a poeira baixara. O assassinato em West Windsor foi arquivado e se transformou num *cold case*.

Assisti ao noticiário das onze da noite na NY1, um hábito dos meus tempos de repórter, e depois preparei uma xícara de café que bebi junto à janela, tentando ligar as informações do manuscrito de Flynn com o que havia encontrado na internet.

A relação entre o professor Wieder e sua pupila, Laura Baines, que talvez ultrapassasse os limites do profissional, devia ser de conhecimento geral entre os professores do Departamento de Psicologia, por isso me perguntei por que ela não fora interrogada pela polícia. Laura podia ter feito uma cópia da chave em algum momento, mesmo que aquela que o professor lhe dera estivesse com Richard Flynn naquela noite. Mas ninguém parecia ter dito seu nome para os policiais e para a imprensa: nem Flynn, nem os colegas do professor, nem os colegas dela, nem Derek Simmons, que também foi interrogado algumas vezes. Era como se o relacionamento dos dois tivesse de ser mantido escondido do conhecimento público a todo custo.

O professor era um sujeito forte, que fazia exercícios e lutara boxe na juventude. Ele sobreviveu ao primeiro golpe e chegou até a tentar lutar com o agressor, mesmo após ter os ossos do antebraço quebrados. Se houvesse alguma mulher envolvida, ela teria de ser excepcionalmente forte para resistir ao contra-ataque de um homem assim, especialmente porque ele lutava por sua vida. Além disso, a própria brutalidade do homicídio apontava para que o assassino fosse homem. Era improvável que Laura Baines — descrita por Flynn como uma garota magra, e, provavelmente, fraca — pudesse ser culpada. E, o mais importante: qual seria sua motivação? Por que Laura Baines ia querer matar o homem que a ajudou e de quem sua carreira provavelmente ainda dependia?

Mesmo assim, Flynn disse à sua companheira que Laura havia "arruinado sua vida" e que "ele ia fazer com que ela pagasse por isso". Teria ele suspeitado de que ela fosse a assassina ou apenas a estaria reprovando por tê-lo largado e por deixá-lo sozinho para enfrentar aquilo tudo? Mas as ações dele não pareciam muito lógicas para mim. Se Laura fosse culpada por deixá-lo na mão, por que ele não se vingou durante a investigação, quando a polícia o interrogou, sendo que ele nem mesmo tinha um álibi? Por que ele não a expôs para a imprensa ou tentou pelo menos jogar parte da culpa nela? Por que a protegeu na época e, quase três décadas depois, resolveu mudar de ideia? Por que achava que Laura tinha arruinado sua vida? Flynn escapou das garras da promotoria no fim. Algo mais teria acontecido depois disso?

Caí no sono, ainda pensando em tudo, quase convicto de que, por baixo da superfície, o caso escondia algo muito mais sombrio e misterioso do que Flynn havia revelado em seu manuscrito parcial ou do que a polícia descobriu na época. Fiquei grato a Peter por ter confiado a mim aquela investigação.

E havia mais um detalhe que chamava vagamente a minha atenção: uma data, um nome, algo que não se encaixava. Mas eu estava exausto e com sono e não consegui identificar do que se tratava. Era como olhar de relance para algo com o canto dos olhos por uma fração de segundo e depois não saber se realmente tinha visto alguma coisa ou não.

Três

Na manhã seguinte, elaborei uma lista de pessoas que eu teria de localizar e, se possível, convencer a falar comigo. Laura Baines era a primeira, mas eu não fazia ideia de como chegar até ela. Ao mesmo tempo, comecei a vasculhar minhas velhas agendas telefônicas, tentando encontrar algum contato ou conhecido no Departamento de Polícia Municipal de West Windsor, que continuava do mesmo jeito desde a época do incidente, no fim dos anos oitenta.

Muitos anos atrás, durante uma apuração que eu fazia para o *Post*, conheci um sujeito chamado Harry Miller. Ele era um detetive particular do Brooklyn especializado em investigações de pessoas desaparecidas. Baixinho e obeso, de terno amarrotado, com uma gravata tão fina que mal dava para ver e um cigarro atrás da orelha, Miller parecia um personagem saído diretamente de um filme *noir* dos anos quarenta. Morava em Flatbush e estava sempre à procura de clientes que fossem bons pagadores, já que vivia sem grana. Miller era chegado a um jogo de azar, apostando seu dinheiro com frequência em cavalos e, na maioria das vezes, perdendo. Liguei para o número do celular de Harry e ele atendeu em um bar barulhento, onde os clientes precisavam gritar para se fazer ouvir acima de uma música de batida antiga.

— E aí, Harry, tudo bem? — perguntei.

— Keller? Há quanto tempo. Bem, mais um dia no Planeta dos Macacos — respondeu ele, meio rabugento. — Estou tentando fingir que não sou humano para não acabar numa gaiola. Faça o mesmo. Agora, me diga, o que está pegando, filho.

Falei por alto do que se tratava, pedi que anotasse dois nomes — Derek Simmons e Sarah Harper — e contei o que sabia sobre eles. Enquanto Miller escrevia, ouvi o ruído de um prato sendo colocado em sua mesa e ele agradeceu a uma pessoa chamada Grace.

— Para quem você está trabalhando agora? — perguntou ele, desconfiado.

— Para uma agência literária — respondi.

— E desde quando agências literárias passaram a se meter nesse tipo de investigação? A grana deve ser muito boa, hein?

— É, sim, não se preocupe. Posso te transferir uma grana agora. Tenho outros nomes, mas quero que comece por estes dois.

Ele pareceu aliviado.

— Vou ver o que posso fazer. Derek parece fácil, mas tudo o que você me falou da mulher, Sarah Harper, é que terminou o mestrado em Psicologia em Princeton em 1988. Não é muita coisa para começar, cara. Ligo para você daqui a uns dois dias — ele me garantiu e desligou depois de me passar os detalhes da sua conta no PayPal.

Abri meu laptop e transferi um pouco de dinheiro para ele, depois me refestelei na cadeira pensando em Laura Baines outra vez.

Seis ou sete meses atrás, Richard Flynn começou a trabalhar em seu manuscrito — algo *aconteceu* para levá-lo a isso, algo fora do normal e relevante o suficiente para mudar toda a sua visão dos acontecimentos de 1987, exatamente como deixou indicado na carta de apresentação que enviou para Peter. Quando se encontrou com Peter, Danna Olsen estava tão preocupada com a doença de Richard que talvez tenha se esquecido de alguns detalhes que poderiam acabar se mostrando muito importantes para a minha investigação. Decidi que seria melhor começar tendo uma conversa com ela e liguei para o número que peguei com Peter. Ninguém atendeu, então deixei uma mensagem na caixa postal, explicando quem eu era e dizendo que telefonaria outra vez mais tarde. Nem cheguei a fazer isso, pois ela me ligou alguns minutos depois.

Eu me apresentei e descobri que Peter já havia falado com ela ao telefone sobre mim, explicando que eu estava coletando informações sobre a morte de Joseph Wieder para um livro "*true crime*".

Ela continuava em Nova York, mas planejava ir embora em uma ou duas semanas. Havia decidido não vender o apartamento, então entrou em contato com uma corretora de imóveis para alugá-lo, mas pediu aos corretores que só o anunciassem depois que já tivesse partido — ela não conseguiria suportar a ideia de ver as pessoas xeretando a casa enquanto ainda estivesse lá. Ela havia doado alguns objetos para caridade e começara a encaixotar as coisas que planejava levar consigo. Um primo do Alabama, que tinha uma caminhonete, viria para ajudá-la com a mudança. Ela me contou tudo isso como se estivesse batendo um papo com um amigo, embora seu tom de voz fosse monótono e robótico, e ela fizesse longas pausas entre as palavras.

Eu a convidei para almoçar, mas ela disse que preferia me encontrar em sua casa, por isso segui para a Penn Station a pé e, vinte minutos depois, toquei o interfone do prédio dela.

O apartamento parecia estar de cabeça para baixo, como qualquer casa às vésperas de uma mudança. O saguão estava cheio de caixas de papelão lacradas com fita adesiva. O conteúdo de cada uma delas tinha sido especificado com um hidrocor preto e, com isso, pude ver que a maioria estava cheia de livros.

Ela me chamou para a sala de estar e fez um chá para nós. Bebemos jogando conversa fora. Ela me contou sobre o quanto ficou chocada quando, durante o furacão Sandy, uma moça comprou briga com ela enquanto esperava na fila de um posto de gasolina. Quando ainda morava no Alabama, ela ouvira histórias de inundações e furacões, mas eram narrativas épicas, sobre vizinhos que arriscaram suas vidas para salvar pessoas, policiais e bombeiros heroicos que resgataram gente em cadeiras de rodas no meio do cataclismo. Numa cidade grande, ela me falou, você se questionava sobre o que deveria temer mais em tais casos, a fúria da natureza ou a reação das outras pessoas.

Ela exibia um penteado bonito e uma pele saudável, contrastada pelo vestido preto que usava. Tentei imaginar quantos anos teria — parecia mais nova que os quarenta e oito anos do falecido companheiro. Tinha um ar de cidade do interior, no bom sentido. Suas palavras e gestos sugeriam ter sido educada num tempo em que as pessoas perguntavam umas às outras como estavam pela manhã e queriam, de fato, saber a resposta.

Logo de início ela me pediu que a chamasse de Danna e foi o que eu fiz.

— Danna, você sabe muito mais do Sr. Flynn do que eu, que só o conheci de ler o fragmento do manuscrito. Ele alguma vez falou com você sobre o professor Wieder ou Laura Baines, ou do período em Princeton em que eles se conheceram?

— Richard nunca foi de falar muito. Vivia recluso e melancólico, geralmente afastado das pessoas, e por isso mesmo tinha poucos conhecidos e nem um só amigo íntimo. Quase nunca via o irmão. Ele perdeu o pai quando estava na faculdade e a mãe morreu de câncer no fim dos anos noventa. Nos cinco anos que passamos juntos, ninguém nos visitou e não visitamos ninguém. Suas relações no trabalho eram só profissionais e ele não tinha contato com os colegas de faculdade.

Ela fez uma pausa e serviu mais chá.

— Uma vez ele foi convidado para um evento no Princeton Club na West 43rd Street. Era uma espécie de encontro de ex-alunos da faculdade e os organizadores tinham encontrado o endereço dele. Tentei convencer Richard a irmos juntos, mas ele se recusou. Em poucas palavras, me disse que não tinha boas lembranças dos tempos de faculdade. Estava dizendo a verdade. Eu sei porque li o trecho do manuscrito. Peter me deu uma cópia. Mas, talvez, depois daquele episódio com aquela mulher, Laura Baines, ele tenha reinicializado todas as suas memórias, que é o que normalmente acontece, e sua visão daquele período se tornou sombria. Ele não guardava nenhum tipo de lembrança física, fotos ou outras quinquilharias que o fizessem se recordar daqueles tempos. Nada além de uma cópia da revista que ele menciona no manuscrito, *Signature*, onde publicou alguns contos. Um velho conhecido deu a revista de presente para ele após achar um exemplar, por acaso, numa livraria. Já está guardada numa das caixas, mas se quiser posso procurar por ela. Não tenho nenhuma pretensão de ser uma expert em literatura, mas os contos dele me pareciam muito bons. De qualquer forma, eu entendo por que as pessoas normalmente mantinham distância de Richard. É provável que a maioria o visse como um misantropo e talvez ele fosse mesmo, até certo ponto. Mas, quando você o conhecia de verdade, percebia que, por baixo da superfície pedregosa que ele construiu ao longo dos anos, Richard era um homem muito bom. Era culto e bom de papo, conversava sobre qualquer assunto. Era honesto e estava sempre pronto a ajudar qualquer um que lhe pedisse ajuda. Foi por isso que me apaixonei por ele e me mudei para cá. Não concordei em ficar com ele porque me sentia sozinha ou porque queria ir embora de uma cidadezinha do Alabama, mas porque estava apaixonada por ele.

Depois do longo desabafo, ela concluiu:

— Sinto não poder ajudar mais. Já falei muito de Richard, mas é no professor Wieder que você está interessado, não é?

— Você disse que leu o trecho do manuscrito...

— É, eu li. Tentei encontrar o restante do texto, principalmente porque fiquei curiosa para saber o que aconteceu depois. Infelizmente não consegui encontrar nada. Acho que a única explicação é que, no fim, Richard deve ter mudado de ideia e apagado o arquivo do computador.

— Você acha que a mulher que ligou para ele naquela noite era Laura Baines? A mulher que, como ele disse depois, arruinou a vida dele?

Por um tempo, ela não respondeu à minha pergunta. Ficou perdida em pensamentos, como se tivesse esquecido que eu estava ali. Seus olhos percorreram a sala, como se estivessem procurando alguma coisa e, então, sem dizer mais uma só palavra, ela se levantou e foi para o cômodo ao lado, deixando a porta aberta. Após alguns minutos, ela voltou e se sentou na poltrona da qual acabara de se levantar.

— Talvez eu possa ajudá-lo — disse ela num tom de voz muito formal, diferente do que vinha empregando até então. — Mas quero que me prometa uma coisa: o que você escrever, quando escrever, não vai prejudicar a memória de Richard, independentemente dos resultados da sua pesquisa. Sei que está interessado em Wieder; portanto, a figura de Richard não é tão relevante assim para você. Você pode omitir certas coisas que dizem respeito única e exclusivamente a ele. Pode me prometer isso?

Não sou nenhum santo e, muitas vezes, como repórter, contei um monte de mentiras tentando arrancar a informação necessária para um artigo. Mas me convenci de que ela merecia que eu fosse sincero:

— Danna, como jornalista, é quase impossível, para mim, prometer uma coisa dessas. Se eu encontrar algo importante sobre a vida e a carreira de Wieder que esteja diretamente ligado a Richard, não terei como omitir. Mas não se esqueça de que ele escreveu sobre os acontecimentos, então é porque queria que se tornassem públicos. Você diz que ele mudou de ideia e deletou tudo. Não acredito nisso. Acho que é mais provável que ele tenha escondido o manuscrito em algum lugar. Richard era um sujeito prático. Não acredito que teria trabalhado sem parar num manuscrito, por semanas a fio, durante as quais ele deve ter pensado em cada implicação que suas intenções teriam, para então decidir apagá-lo desse jeito. Tenho quase certeza de que o manuscrito ainda existe em algum lugar e que, até seu último suspiro, Richard queria vê-lo publicado.

— Talvez você tenha razão, mas, mesmo assim, ele não me contou nada sobre este projeto. Você poderia pelo menos me manter a par do que descobrir, então? Não gosto de importunar e de qualquer forma vou deixar a cidade, mas podemos nos falar pelo telefone.

Prometi que entraria em contato, caso descobrisse algo de significativo sobre Flynn.

Então ela pegou um papel amassado de dentro de um caderno, alisou-o e colocou sobre a mesa, entre nossas xícaras. E apontou para ele.

Peguei o papel da mesa e vi que nele estavam escritos um nome e um número de celular.

— Na noite em que Richard recebeu o telefonema que mencionei, eu esperei até ele pegar no sono e verifiquei o histórico de chamadas do celular. Anotei o número que batia com a hora da ligação. Eu não queria bancar a ciumenta, mas fiquei muito preocupada quando vi o estado em que ele ficou. No dia seguinte, liguei para o número e uma mulher atendeu. Falei que eu era a companheira de Richard Flynn e que tinha algo importante a dizer para ela em nome dele, algo que não podia ser discutido pelo telefone. Ela hesitou, mas depois aceitou minha proposta. Nós nos encontramos não muito longe daqui, num restaurante, onde almoçamos. Ela se apresentou como Laura Westlake. Pedi desculpas por tê-la abordado e expliquei que estava preocupada com Richard depois que vi seu comportamento ao fim da conversa entre os dois naquela noite. Laura disse para eu não me preocupar: Richard e ela eram velhos conhecidos de Princeton e tiveram uma discussão banal sobre algo que aconteceu no passado. Contou que haviam morado na mesma casa por alguns meses, mas que não foram nada mais que amigos. Não tive coragem de dizer o que Richard falou sobre ela depois da conversa que tiveram, mas falei que ele mencionou que os dois tinham sido amantes. Ela reagiu dizendo que Richard provavelmente tinha uma imaginação fértil, ou talvez sua memória estivesse lhe pregando uma peça, e então enfatizou de novo que a relação entre os dois havia sido totalmente platônica.

— Ela contou onde trabalha?

— Ela dá aula de Psicologia na Columbia. Saímos do restaurante, cada uma seguiu seu caminho, e foi só isso. Se Richard voltou a conversar com ela depois, fez isso sem o meu conhecimento. O número de telefone ainda deve ser o mesmo.

Agradeci e fui embora, prometendo mantê-la atualizada sobre o papel de Richard naquilo tudo.

* * *

Almocei num café em Tribeca, conectando meu computador ao wi-fi deles. Dessa vez, o Google foi muito mais generoso.

Laura Westlake era professora do Centro Médico da Universidade Columbia e conduzia um programa conjunto de pesquisa com Cornell. Ela havia concluído o mestrado em Princeton em 1988, e o doutorado na Columbia quatro anos depois. Em meados dos anos noventa, ela deu aulas em Zurique, antes de voltar à Columbia. Sua biografia continha muitos detalhes técnicos sobre especializações e os programas de pesquisa que conduziu ao longo dos anos, assim como um grande prêmio que recebeu em 2006. Em outras palavras, ela havia se tornado uma figura importante no mundo da Psicologia.

Tentei a sorte e liguei para o número do trabalho dela ao sair da lanchonete. Uma assistente chamada Brandi atendeu e me disse que a Dra. Westlake não estava disponível no momento, mas anotou meu nome e número. Pedi a ela que dissesse à Dra. Westlake que eu estava ligando a respeito do Sr. Richard Flynn.

Passei a noite na minha toca com Sam, fazendo amor e contando sobre a investigação. Depois ela entrou numa espécie de clima nostálgico; queria mais atenção que o habitual e teve a paciência de ouvir tudo o que eu tinha a dizer. Chegou até a colocar o celular no modo silencioso, o que era muito raro, e o jogou dentro da bolsa, que estava largada no chão, ao lado da cama.

— Talvez a história toda de Richard seja só uma farsa — disse ela. — E se ele pegou um fato da vida real e transformou em ficção os acontecimentos em torno dele, como o Tarantino fez em *Bastardos inglórios*, lembra?

— É possível, mas um repórter lida com fatos — falei. — Por enquanto, vou seguir supondo que tudo o que ele escreveu é verdade.

— Cai na real — disse ela. — Os "fatos" são o que os editores e produtores escolhem botar nos jornais, no rádio ou na televisão. Sem nós, ninguém teria dado a mínima para as pessoas estarem se trucidando na Síria, um senador possuir uma amante ou ter havido um assassinato no Arkansas. Ninguém teria nem ideia de que qualquer uma dessas coisas estava acontecendo. As pessoas nunca estiveram interessadas na *realidade*, e sim em *histórias*, John. Talvez Flynn quisesse escrever uma *história*, só isso.

— Bem, só existe uma maneira de descobrir, não é mesmo?

— Exatamente.

Ela rolou para cima de mim.

— Sabe, uma colega de trabalho me disse hoje que acabou de descobrir que está grávida. Ela estava tão feliz! Fui até o banheiro e chorei por dez minutos, não conseguia parar. Então me vi, velha e sozinha, desperdiçando minha vida com coisas que em vinte anos não terão valor nenhum, enquanto perco de vista o que realmente importa.

Ela colocou a cabeça no meu peito e eu acariciei de leve seus cabelos. Então me dei conta de que ela estava chorando baixinho. Sua mudança de atitude me pegou de surpresa e eu não soube como reagir.

— Talvez agora você devesse me dizer que eu não estou sozinha e que você me ama, pelo menos um pouquinho — disse ela. — Isso é o que teria acontecido num romance *chick-lit*.

— Claro. Você não está sozinha e eu te amo um pouquinho, querida.

Ela levantou a cabeça do meu peito e me encarou. Dava para sentir sua expiração quente no meu queixo.

— John Keller, você está mentindo descaradamente. Em outros tempos, eles teriam enforcado você na árvore mais próxima por isso.

— Eram tempos difíceis aqueles, madame.

— Tudo bem, já voltei ao normal. Foi mal. Sabe, você parece bem envolvido com essa história.

— Outro motivo para eles me enforcarem, né? Você não disse que era uma boa história?

— Disse, mas você corre o risco de acabar numa casa velha coberta de tábuas na Rua do Ostracismo daqui a alguns meses, sem saber o que está acontecendo. Já pensou nisso?

— É só um trabalho temporário, que estou fazendo porque um amigo me pediu. Posso acabar não descobrindo nada de espetacular, nada que vá "bombar", como você gosta de dizer. Um homem se apaixonou por uma mulher, mas por vários motivos as coisas acabaram mal e ele provavelmente viveu pelo resto da vida com o coração partido. Outro homem foi assassinado e eu nem sei se as duas histórias estão relacionadas. Mas, como repórter, aprendi a respeitar o que sinto e a seguir meus instintos, e toda vez que deixei de fazer isso me dei mal. Talvez essa história seja como uma matriosca, aquelas bonecas russas, e cada uma esconde outra dentro. Bem, é um pouco absurdo, não acha?

— Toda boa história é *um pouco* absurda. Na sua idade, você já devia saber disso.

Ficamos ali deitados, só abraçados, por um bom tempo, sem fazer amor, nem sequer falando, cada um absorto em seus pensamentos, até que o apartamento ficou um breu total e o barulho do trânsito noturno pareceu estar vindo de outro planeta.

Laura Baines me ligou na manhã seguinte, quando eu estava no carro. Sua voz era agradável, levemente rouca, daquelas por quem você poderia se apaixonar mesmo antes de botar os olhos na dona. Eu sabia que Laura já havia passado dos cinquenta, mas sua voz soava muito mais jovem. Ela me disse que tinha recebido meu recado e perguntou quem eu era e qual era minha ligação com Richard Flynn. Ela sabia que ele tinha morrido recentemente.

Eu me apresentei e lhe disse que o assunto sobre o qual eu queria conversar era particular demais para ser discutido ao telefone, por isso sugeri que nos encontrássemos.

— Sinto muito, Sr. Keller, mas não tenho o costume de me encontrar com estranhos — disse ela. — Não tenho a menor ideia de quem é o senhor ou o que deseja. Se quiser me encontrar, terá de me dar mais detalhes.

Resolvi contar a verdade.

— Dra. Westlake, antes de morrer, o Sr. Flynn escreveu um livro sobre a época dele em Princeton e sobre os acontecimentos que se passaram no outono e no inverno de 1987. Acho que sabe do que estou falando. A senhora e o professor Joseph Wieder são os protagonistas da história dele. Por solicitação da editora do livro, estou investigando a veracidade do que foi afirmado no manuscrito.

— Então devo entender que uma editora já comprou os direitos do livro?

— Ainda não, mas uma agência literária o selecionou, e...

— E você, Sr. Keller, é um detetive particular ou algo do gênero?

— Não, sou repórter.

— Para que jornal escreve?

— Sou *freelancer* há dois anos, mas antes disso eu trabalhava para o *Post*.

— E você acha que mencionar o nome desse tabloide seja uma boa recomendação?

Seu tom de voz era perfeitamente calmo e controlado, quase desprovido de inflexões. O sotaque do Meio-Oeste que Flynn mencionou em seu manuscrito havia desaparecido por completo. Eu a imaginei numa sala de aula, falando com os alunos, usando os mesmos óculos de aros grossos dos tempos de juventude, com os cabelos loiros bem presos num coque, pedante e confiante. Era uma imagem atraente.

Fiquei em silêncio, sem saber o que dizer, então ela prosseguiu:

— Richard usou os nomes reais no livro ou você simplesmente deduziu que ele se referia a mim e a Joseph Wieder?

— Ele usou os nomes reais. Obviamente, Flynn se refere à senhora pelo nome de solteira, Laura Baines.

— Ouvir esse nome me dá uma sensação estranha, Sr. Keller. Não o ouço há muitos anos. Essa agência literária, a que o contratou, está ciente de que um processo poderia bloquear a publicação do livro de Richard caso seu conteúdo venha a me trazer algum dano material ou moral?

— Por que acha que o manuscrito do Sr. Flynn possa prejudicá-la, Dra. Westlake?

— Não tente bancar o espertinho pra cima de mim, Sr. Keller. O único motivo pelo qual estou falando com o senhor é porque estou curiosa para saber o que Richard escreveu em seu livro. Lembro que ele sonhava em ser escritor. Tudo bem, então. Vou propor uma troca: o senhor me dá uma cópia do manuscrito e eu concordo em encontrá-lo para alguns minutos de conversa.

Se eu fizesse o que ela estava me pedindo, estaria infringindo a cláusula de confidencialidade do contrato que assinei com a agência. Se recusasse, tinha certeza de que ela desligaria o telefone na minha cara. Escolhi a opção que parecia ser a menos prejudicial naquele momento.

— Fechado — falei. — Mas a senhora deve saber que a agência só me passou um trecho do manuscrito de Richard em cópia impressa, os primeiros capítulos. A história começa quando vocês se conheceram. Tem umas setenta páginas, mais ou menos.

Ela refletiu por alguns instantes.

— Muito bem — respondeu, por fim. — Estou no Centro Médico da Columbia. O que acha de nos encontrarmos aqui em uma hora, às dez e meia? Pode trazer as páginas?

— Claro, estarei aí.

— Vá até o Pavilhão McKeen e pergunte por mim na recepção. Agora tchau, Sr. Keller.

— Tchau e...

Ela desligou antes que eu pudesse agradecer.

Parti correndo para casa, xingando Peter mentalmente por não ter me dado o manuscrito em formato eletrônico. Peguei o trecho em casa e saí à procura de uma copiadora, até que finalmente encontrei uma a três quarteirões de distância.

Enquanto um sujeito sonolento com um anel de prata na narina esquerda e antebraços cheios de tatuagens copiava as páginas numa velha máquina Xerox, eu me perguntei como deveria abordar Laura. Ela parecia fria e pragmática e lembrei a mim mesmo de não esquecer nem por um segundo que seu trabalho era vasculhar a mente dos outros, assim como ela alertara Richard quanto ao professor Wieder tantos anos atrás.

Quatro

O Centro Médico da Columbia ficava em Washington Heights, por isso contornei o parque para a 12th Avenue e virei na NY-9A, então segui a 168th Street. Meia hora depois, cheguei em frente a uma dupla de prédios altos interligados por passarelas de vidro.

O Pavilhão McKeen ficava no nono andar do prédio do Hospital Milstein. Na recepção do andar, falei que a Dra. Westlake estava à minha espera e a secretária a chamou pela linha interna.

Laura Baines chegou alguns minutos depois. Era alta e bonita. Não tinha os cabelos presos num coque, como eu havia imaginado — usava um penteado bem simples, com os cachos ondulados caindo nos ombros. Era atraente, sem dúvida, mas provavelmente não era o tipo de mulher por quem você viraria a cabeça na rua. Como não estava de óculos, me perguntei se teria adotado as lentes de contato nos anos que se sucederam.

Eu era a única pessoa na recepção do andar, então ela veio direto até mim e estendeu a mão.

— Sou Laura Westlake — disse ela. — Sr. Keller?

— Prazer em conhecê-la, e obrigado por concordar em me receber.

— Gostaria de tomar um café ou um chá? Tem uma lanchonete no segundo andar. Vamos lá?

Descemos sete andares de elevador e depois passamos por alguns corredores antes de chegarmos à lanchonete, que tinha uma das paredes em vidro, proporcionando uma bela vista do rio Hudson. Laura tinha um passo determinado, caminhava com as costas eretas, e por todo o percurso pareceu absorta em pensamentos. Não trocamos uma só palavra. Pelo que pude ver, ela não estava de maquiagem, mas usava um perfume discreto. Seu rosto era lisinho, quase sem rugas, e levemente bronzeado. Suas feições eram bem definidas. Comprei um cappuccino para mim e ela optou por chá. O lugar estava quase vazio, e o interior em estilo *art nouveau* não fazia parecer que estávamos num hospital.

Antes que eu pudesse abrir a boca, ela voltou a falar.

— O manuscrito, Sr. Keller — disse ela, abrindo um sachê de leite e o despejando na xícara de chá —, como prometeu.

Tirei as páginas da bolsa e lhe entreguei. Ela as folheou por alguns segundos e em seguida as colocou cuidadosamente sobre a mesa à sua direita, depois de guardá-las de novo na pastinha em que estavam. Peguei um pequeno gravador e o liguei, mas ela balançou a cabeça negativamente.

— Desligue, Sr. Keller. Isso não é uma entrevista. Eu concordei em conversar com o senhor por alguns minutos e apenas isso.

— Em *off*?

— Exatamente.

Desliguei o gravador e o coloquei de volta na bolsa.

— Dra. Westlake, posso perguntar quando e como a senhora conheceu Richard Flynn?

— Bem, isso foi há tanto tempo... Pelo que me lembro, foi no outono de 1987. Nós dois éramos alunos em Princeton e moramos numa pequena casa de dois quartos por um tempo, perto do Battle Monument. Eu me mudei de lá antes do Natal, então nós moramos juntos só por uns três meses, mais ou menos.

— A senhora o apresentou ao professor Wieder?

— Sim. Eu disse a ele que conhecia bem o Dr. Wieder, então ele insistiu para que eu os apresentasse, já que o professor era uma figura pública muito famosa na época. Numa conversa com Richard, o Dr. Wieder mencionou sua biblioteca. Ele queria fazer um registro eletrônico dela, se não me falha a memória. Flynn precisava do dinheiro, por isso se ofereceu para fazer o trabalho e o professor aceitou. Infelizmente, fiquei sabendo depois que ele teve vários problemas e chegou a ser interrogado. O professor foi brutalmente assassinado. O senhor sabe disso, não sabe?

— É, sei, e, na verdade, é por isso que a agência literária para quem estou trabalhando está tão interessada nesse caso. Em algum momento a senhora e Flynn foram mais que coinquilinos? Não quero que minha pergunta soe inapropriada, mas Richard afirma com bastante clareza em seu livro que vocês mantinham relações sexuais e que estavam apaixonados um pelo outro.

Uma ruga surgiu entre suas sobrancelhas.

— Acho meio ridículo falar dessas coisas, Sr. Keller, mas, sim, lembro que Richard estava apaixonado por mim, ou melhor, que era obcecado por mim. Mas nunca tivemos um caso amoroso. Eu tinha namorado na época...

— Timothy Sanders?

Ela pareceu surpresa.

— Timothy Sanders, isso mesmo. Sabe o nome dele por causa do manuscrito? Isso significa que Richard devia ter uma memória prodigiosa, ou talvez tenha anotações ou um diário daquela época. Eu não imaginaria que ele conseguiria se lembrar destes detalhes depois de tantos anos, mas, de certa forma, isso não me surpreende. Enfim, eu estava apaixonada pelo meu namorado e nós morávamos juntos, mas então ele teve de ir para a Europa por alguns meses como parte de um programa de pesquisa, e o aluguel do nosso apartamento era caro demais para que eu pudesse pagar sozinha, por isso procurei outro lugar. Durante o tempo em que Timothy esteve fora, dividi uma casa com Richard. Quando Timothy voltou, tornamos a morar juntos, logo antes do Natal.

— A senhora nunca usa abreviações para os nomes das pessoas, nem quando fala sobre aqueles com quem tem mais intimidade — observei, lembrando o que Flynn disse no manuscrito.

— Não. Acho estas abreviações uma infantilidade.

— Richard diz no manuscrito que tinha uma certa inveja do professor Wieder e que por um tempo suspeitou de que a senhora estivesse tendo um caso com ele.

Ela pareceu surpresa e seus cantos da boca se curvaram sutilmente. Por um instante, tive a sensação de que sua máscara estava prestes a ruir, mas ela logo retomou a cara de paisagem.

— Essa era uma das obsessões de Richard, Sr. Keller — disse ela. — O professor Wieder não era casado, não tinha nenhuma companheira, por isso algumas pessoas supunham que ele devia ter um caso, que mantinha às escondidas. Ele era um homem bastante carismático, embora não muito bonito, e tinha uma atitude protetora em relação a mim. Acho que, no fim das contas, ele não se interessava por relacionamentos românticos, dedicando-se integralmente ao trabalho. Para ser honesta, eu sei que Richard tinha suas suspeitas, mas não havia nada dessa natureza entre Joseph Wieder e mim além de uma relação normal entre professor e aluna. Eu era uma de suas alunas preferidas, isso era claro, mas nada mais. E também o ajudei muito com o projeto em que ele estava trabalhando na época.

Me perguntei até onde eu podia ir sem arriscar que ela encerrasse a conversa, e então continuei.

— Richard também disse que o professor lhe deu uma cópia da chave da casa dele e que a senhora ia lá com frequência.

Ela fez que não com a cabeça.

— Não acho que ele tenha me dado a chave da casa dele, não que eu me lembre. Mas acho que Richard recebeu uma cópia para que pudesse trabalhar na biblioteca quando o professor não estivesse em casa. Foi por isso que ele teve problemas com a polícia.

— A senhora acha que Richard poderia ter sido capaz de assassinar Wieder?

— Eu escolhi um campo de estudo onde se aprende, dentre outras coisas, o quanto as aparências enganam, Sr. Keller. Richard me assediou continuamente depois que me mudei daquela casa. Ele esperava por mim depois das minhas aulas, me escrevia dezenas de cartas, me ligava várias vezes por dia. Depois da morte do professor, Timothy falou com ele algumas vezes, pedindo que cuidasse da própria vida e que nos deixasse em paz, mas não adiantou. Não dei parte de Richard na polícia porque ele já tinha muitos problemas, e, no fim das contas, eu sentia mais pena do que medo dele. Com o tempo, as coisas pioraram... Mas, enfim, não é de bom tom falar mal dos mortos. Não, não acho que Richard teria sido capaz de assassinar ninguém.

— A senhora acabou de falar que, com o tempo, as coisas pioraram. O que quis dizer com isso? Sei, pelo que li no manuscrito, que ele era ciumento. O ciúme é uma motivação comum nestes casos, não é?

— Sr. Keller, ele não tinha motivo algum para sentir ciúme. Tudo o que fizemos foi morar na mesma casa, como já falei. Mas ele simplesmente era obcecado por mim. No ano seguinte, vim para a Columbia, mas ele descobriu meu endereço e continuou a me escrever e a me ligar. Uma vez chegou até a aparecer aqui na cidade. Então fui para a Europa por um tempo e consegui escapar dele.

Fiquei bastante surpreso com o que estava ouvindo.

— No manuscrito, Richard Flynn disse algo completamente diferente. Ele afirmou que era Timothy Sanders quem era obcecado pela senhora e a assediava sem parar.

— Vou ler o manuscrito, foi por isso que o pedi. Sr. Keller, para uma pessoa como Richard Flynn, os limites entre ficção e realidade não existem, ou então são muito tênues. Naquele período houve ocasiões em que eu realmente sofri por causa dele.

— A senhora foi à casa do professor na noite em que ele foi assassinado?

— Eu visitei o professor na casa dele umas três ou quatro vezes ao longo de todo aquele ano. Princeton é uma cidade pequena e ambos teríamos problemas se surgisse algum boato sobre nós. Então, não, eu não estava lá naquela noite.

— A senhora foi interrogada pela polícia após o crime? Não vi seu nome nos jornais, mas o de Flynn estava por toda parte.

— Sim, fui interrogada uma vez só, acho, e contei a eles que havia passado a noite inteira com uma amiga.

Ela olhou para o relógio no pulso esquerdo.

— Infelizmente tenho de ir agora. Foi bom conversar com o senhor. Talvez possamos voltar a nos falar depois que eu ler o manuscrito e refrescar minha memória.

— Por que a senhora mudou de sobrenome? Por acaso se casou? — perguntei ao levantarmos da mesa.

— Não, nunca tive tempo para isso. Para ser sincera, mudei de nome para poder fugir de Richard Flynn e de todas aquelas lembranças. Eu gostava muito do professor Wieder e fiquei devastada com o que aconteceu com ele. Flynn nunca tinha sido violento, só uma praga, mas cansei de ser assediada por ele e a impressão que dava é que ele nunca pararia. Em 1992, antes de eu ir para a Europa, me tornei Laura Westlake. É o sobrenome de solteira da minha mãe, na verdade.

Eu agradeci, ela pegou a cópia do manuscrito e saímos da lanchonete, bem na hora em que o movimento aumentava.

Nós chegamos ao elevador, entramos e seguimos para o nono andar. Perguntei a ela:

— A companheira de Flynn, Danna Olsen, me contou que certa noite o pegou falando ao telefone com a senhora. Ela entrou em contato e vocês duas se encontraram. Posso perguntar sobre o que falou ao telefone com Flynn? Ele havia conseguido encontrá-la novamente?

— Eu não tinha notícias de Richard há mais de vinte anos quando, no outono passado, ele de repente apareceu na porta do meu apartamento. Não sou de perder o controle assim tão fácil, mas fiquei chocada, principalmente quando ele começou a falar um monte de coisas sem sentido. Ficou claro que estava muito agitado, o que me fez questionar se não estaria com problemas mentais. Ele me ameaçou com algumas revelações, cuja natureza não ficou muito clara para mim, mas parecia ter algo a ver com o professor Wieder. Para ser sincera, eu havia conseguido quase esquecer que um dia tinha conhecido um jovem chamado Richard Flynn. No fim, pedi a ele que fosse embora. Ele me ligou duas ou três vezes depois disso, mas eu me recusei a encontrá-lo, e então parei de atender o telefone. Eu não sabia que Richard estava com uma doença grave, ele não mencionou nada a esse respeito para mim. Depois descobri que ele havia morrido. Talvez, quando foi ao meu apartamento, ele estivesse transtornado por causa da doença e não estivesse raciocinando direito. O câncer de pulmão muitas vezes traz complicações, com metástase no cérebro. Não sei se foi isso o que aconteceu no caso de Richard, mas é provável.

Nós saímos do elevador e eu perguntei para ela:

— Richard também afirmou em seu manuscrito que o professor Wieder vinha conduzindo pesquisas secretas. A senhora tem ideia do que se tratava?

— Se era segredo, então significa que não era para nós sabermos de nada, não é mesmo? Quanto mais o senhor me fala desse manuscrito, mais fico convencida de que se trata de uma obra de pura ficção. Muitos departamentos de todas as grandes universidades conduzem projetos de pesquisa, alguns para agências federais, alguns para empresas privadas. A maioria destes projetos é confidencial, pois as pessoas que pagam por eles querem colher o fruto de seu investimento, não é mesmo? O professor Wieder estava trabalhando em algo assim, acho. Eu simplesmente o ajudei com o livro que ele estava escrevendo na época e nunca fiquei a par das outras coisas que ele pudesse estar fazendo. Tchau, Sr. Keller. Preciso mesmo ir embora agora. Tenha um bom dia.

Agradeci mais uma vez pelo encontro e peguei o elevador para o térreo. A caminho do estacionamento, me perguntei o quanto do que ela havia falado era verdade e o quanto era mentira, e se era verdade que Flynn vinha fantasiando sobre seu suposto relacionamento. Por trás da sua calma aparente, ela me passou a impressão de estar com medo do que Flynn pudesse ter sido capaz de revelar sobre o passado dela. Era mais uma sensação do que algo ligado à sua linguagem corporal ou às suas expressões faciais: como um cheiro distinto que ela não conseguiu esconder sob o perfume.

Suas respostas foram precisas — talvez precisas até demais —, mesmo que tivesse repetido algumas vezes que não conseguia se lembrar de todos os detalhes. E como ela poderia ter quase esquecido, mesmo depois de tantos anos, um sujeito com quem ela havia dividido uma casa, que a assediou por meses e que foi interrogado durante as investigações do assassinato do seu mentor e amigo?

Cinco

Harry Miller me ligou algumas horas mais tarde, logo depois que me encontrei com uma de minhas velhas fontes, um detetive da Homicídios aposentado que havia me prometido entrar em contato com alguém do Departamento de Polícia do Município de West Windsor, em Nova Jersey. Eu o havia convidado para almoçar no Orso, na West 46th Street, e estava voltando a pé para o carro, estacionado a dois quarteirões de lá. Chovia e o céu estava da cor de uma sopa de repolho. Atendi o telefone e Harry me disse que tinha novidades. Me protegi sob o toldo de um mercadinho e lhe perguntei o que contava de bom.

— Bingo — disse ele. — Sarah Harper se formou em 1989 e não vem tendo muita sorte desde então. Quando saiu da faculdade, arrumou um emprego numa escola para crianças com necessidades especiais no Queens e levou uma vida comum por cerca de dez anos. Depois teve a péssima ideia de se casar com um cantor de jazz chamado Gerry Lowndes, que transformou sua vida num inferno. Ela entrou no mundo das drogas e terminou passando um ano na cadeia. Em 2008, ela se divorciou e agora mora no Bronx, em Castle Hill. Parece estar pronta para falar sobre os velhos tempos.

— Maravilha. Pode me mandar uma mensagem de texto com o endereço e o telefone dela? O que descobriu sobre Simmons?

— Derek Simmons ainda mora em Nova Jersey, com uma senhora chamada Leonora Phillis. Na verdade, foi com ela que eu falei, porque o sujeito não estava em casa. Ela cuida dele, de certa forma; os dois vivem basicamente com o dinheiro da previdência social. Expliquei que você é um repórter que quer falar com o companheiro dela sobre o caso do professor Wieder. Ela não sabe do que se trata, mas está esperando uma ligação sua. Não se esqueça de levar algum dinheiro quando for lá. Mais alguma coisa?

— Você tem alguma fonte em Princeton?

— Tenho fontes em todos os lugares. Sou um verdadeiro maestro, filho — ele se gabou. — Como acha que cheguei a Sarah Harper? Ligando para o 911?

— Sendo assim, vê se descobre o nome de algumas pessoas dos anos oitenta para mim, pessoas que trabalharam no Departamento de Psicologia e eram próximas do professor Joseph Wieder, e não só colegas de trabalho. Estou interessado em pessoas que faziam parte do grupo dele, qualquer um que conhecesse bem o cara.

Ele prometeu tentar descobrir o que eu pedi, e em seguida conversamos sobre beisebol por mais alguns minutos.

Peguei o carro no estacionamento e fui para casa. Liguei para Sam e, quando ela atendeu, sua voz parecia estar saindo do fundo de um poço. Ela me disse que estava com um resfriado brabo e que, depois de se arrastar até o trabalho de manhã, seu chefe exigiu que ela voltasse para casa. Prometi que faria uma visita à noite, mas Sam disse que preferia ir para a cama cedo, e, de qualquer forma, não queria que eu a visse daquele jeito. Depois que desligamos, telefonei para uma floricultura e pedi que entregassem um buquê de tulipas na casa dela. Eu estava tentando não me deixar levar pela empolgação, como havíamos combinado, mas, à medida que o tempo foi passando, descobri que sentia cada vez mais saudades dela quando não nos víamos por um ou dois dias.

Liguei para Sarah Harper no número que Harry me passou, mas ela não atendeu, então deixei recado. Tive mais sorte com Derek Simmons. A companheira dele, Leonora Phillis, atendeu o telefone. Tinha um forte sotaque *cajun*, como um dos participantes de *Swamp People*. Lembrei-a de ter falado com um sujeito chamado Harry Miller sobre o meu interesse em conversar com Derek Simmons.

— Pelo que o seu camarada disse, eu entendi que o jornal vai pagar, né?

— É, pode ser que haja algum dinheiro nisso.

— Tá, Sr...

— Keller. John Keller.

— Bem, acho que 'cê devia vir aqui e vou dizer ao Dere' do que se trata. Ele não gosta muito de falar. Quando é que 'cê vem?

— Agora mesmo, se não for muito tarde.

— Qual é a hora agora, querido?

Respondi que eram 3h12 da tarde.

— Que tal cinco?

Falei que tudo bem e reforcei mais uma vez que esperava que ela convencesse o "Dere'" a falar comigo.

Um pouco mais tarde, enquanto eu entrava no túnel, pensando na conversa que tive com Laura Westlake, de repente me lembrei do detalhe que havia me escapado naquela primeira noite depois de ter começado a investigar o caso Wieder — o livro em que o professor vinha trabalhando na época e que seria publicado alguns meses depois. Como disse Richard em seu manuscrito, Laura Baines acreditava que a obra abalaria o mundo da ciência. "Uma bomba", teria dito Sam.

Mas, quando procurei o livro na Amazon e em outros sites que listavam os trabalhos do professor, não havia menção nenhuma à obra. O último livro que Wieder publicou foi um estudo de 110 páginas sobre inteligência artificial, lançado pela Princeton University Press em 1986, mais de um ano antes de sua morte. Wieder tinha dito a Richard que já havia assinado um contrato pelo livro no qual estava trabalhando, gerando rumores entre seus colegas. Então Wieder já havia enviado o manuscrito ou uma descrição do projeto à editora antes de morrer, e talvez tivesse recebido pelo menos parte de um adiantamento. Por que então o livro nunca foi publicado?

Havia duas explicações possíveis, na minha opinião.

A primeira seria que a editora teria mudado de ideia e decidido não publicar o livro. Isto seria improvável, tendo em vista a existência de um contrato, e o mistério em torno da violenta morte do professor teria impulsionado as vendas, cinicamente falando. Apenas algum tipo de intervenção forçada teria feito uma editora abandonar um projeto como aquele. Uma intervenção feita por quem? E o que continha aquele manuscrito? Ele estaria de alguma forma ligado à pesquisa secreta na qual Wieder vinha trabalhando? Teria ele intenção de revelar detalhes sobre esta pesquisa no novo livro?

Outra possibilidade seria a de que o executor do testamento de Wieder — pelo que saiu nos jornais, eu entendi que havia um testamento e que ele deixara tudo para a irmã, Inge — tivesse se oposto à publicação do livro e conseguido reunir os argumentos legais necessários. Eu sabia que deveria tentar falar com a irmã dele, apesar de ela ter se mudado para a Itália muitos anos antes e provavelmente não saber muito sobre o que acontecera na época do assassinato.

Entrei na Valley Road, virei à esquerda na Witherspoon Street, e logo depois alcancei a Rockdale Lane, onde Derek Simmons e sua companheira moravam, não muito longe da delegacia de polícia de Princeton. Cheguei mais cedo do que esperava. Estacionei perto de uma escola e entrei num café próximo, onde, tomando uma xícara de café, tentei colocar em ordem as novas pistas que haviam surgido na minha investigação. Quanto mais pensava no livro do professor, mais intrigado ficava pelo fato de ele nunca ter sido publicado.

Derek Simmons e Leonora Phillis moravam numa pequena casa de um andar só, bem no fim da rua, perto de um campo de beisebol coberto de mato. Havia um pequeno jardim diante da casa, com roseiras que começavam a dar brotos. Um anão de jardim encardido exibia seu sorriso de gesso à esquerda da porta da frente.

Toquei a campainha e a ouvi soar em algum ponto nos fundos da casa.

Uma mulher baixinha, de cabelos castanhos e rosto enrugado abriu a porta, uma concha de cozinha na mão direita e desconfiança no olhar. Quando falei que era John Keller, sua expressão se desanuviou um pouco e ela me convidou a entrar.

Segui por um corredor escuro e estreito para então chegar a uma sala de estar abarrotada de móveis velhos. Eu me sentei no sofá e uma nuvem de poeira subiu do estofamento com o peso do meu corpo. Pude ouvir um bebê chorando em outro cômodo.

Ela pediu licença por um instante e desapareceu, fazendo sons tranquilizadores em algum lugar nos fundos da casa.

Olhei para os objetos ao meu redor. Eram todos velhos e não combinavam, como se tivessem sido comprados aleatoriamente em algum bazar ou encontrados pela rua. As tábuas do assoalho eram empenadas aqui e ali, e os cantos do papel de parede estavam descolando. Um velho relógio de carruagem fazia um tique-taque asmático em uma parede. Parecia que a pequena quantia em dinheiro mencionada no testamento do professor virara pó há muito tempo.

Ela voltou trazendo nos braços um bebê que parecia ter um ano e meio e que chupava o polegar esquerdo. A criança me viu de imediato e olhou fixamente para mim com olhos pensativos e sérios. Ele possuía feições estranhamente maduras e eu não teria ficado surpreso se ele começasse a falar comigo com a voz de um adulto, perguntando com hostilidade o que diabos eu estava fazendo ali.

Leonora Phillis se sentou à minha frente numa cadeira de bambu em estado deplorável. Embalando o menino nos braços, ela me contou que aquele era seu neto, Tom. A mãe do garoto, Tricia, filha da Sra. Phillis, tinha ido para Rhode Island se encontrar com um sujeito que havia conhecido pela internet e lhe pediu que cuidasse do menino até seu retorno — isso foi há dois meses.

Ela me informou que havia convencido Derek a conversar comigo, mas que seria preferível falar de dinheiro antes. Ela lamentou o fato de os dois estarem com dificuldades para pagar as contas. Três anos atrás, conseguiram obter uma pequena pensão da previdência social e aquele era o grosso de sua renda, sem contar os trabalhos ocasionais que Derek fazia de tempos em tempos. Além disso, tinham que sustentar o neto. A mulher chorou baixinho enquanto me contava isso e, durante todo o tempo, Tom continuou a me lançar aqueles olhares estranhos de adulto.

Chegamos a um acordo sobre a quantia e lhe passei as notas, que ela contou meticulosamente antes de guardar no bolso. Ela se levantou, colocou a criança sentada na cadeira e me pediu que a seguisse.

Atravessamos uma passagem e chegamos a uma espécie de pátio com janelas sujas que filtravam a luz do pôr-do-sol como vitrais. A superfície do pátio era ocupada quase totalmente por uma imensa bancada, sobre a qual se via todo tipo de ferramentas. Diante dela havia um banco, onde um homem alto e robusto, de calças jeans sujas e suéter, estava sentado. Ele se levantou quando me viu, me cumprimentou com um aperto de mão e se apresentou como Derek. Seus olhos verdes quase cintilavam sob a luz tênue, e suas mãos eram grandes e cheias de calos. Embora devesse estar na casa dos sessenta anos, tinha uma ótima postura e dava a impressão de estar em boa forma. O rosto era marcado por rugas tão profundas que pareciam cicatrizes, e os cabelos eram quase totalmente brancos.

Sua companheira voltou para dentro da casa, nos deixando sozinhos. Ele se sentou no banco e eu me apoiei na bancada. No quintal dos fundos — que era tão pequeno quanto o jardim da frente e delimitado por uma cerca tomada pelo mato —, havia um pequeno balanço, cuja cadeira de metal enferrujada pairava feito um fantasma sobre a terra nua coberta por remendos de grama e poças.

— Ela me disse que o senhor quer falar sobre Joseph Wieder — disse Simmons sem olhar para mim. Tirou um maço de Camel do bolso e acendeu um cigarro com um isqueiro amarelo de plástico. — O senhor é a primeira pessoa que me pergunta sobre ele em mais de vinte anos.

Ele parecia resignado a interpretar um papel, como um velho palhaço, cansado e exaurido de todos os bons truques e piadas, forçado a dar cambalhotas sobre a serragem do picadeiro de um circo pobre para entreter um bando de crianças indiferentes mascando chiclete e olhando hipnotizadas para seus celulares.

Contei resumidamente o que eu havia descoberto sobre ele e o professor Wieder, sobre Laura Baines e Richard Flynn. Enquanto eu falava, ele fumava seu cigarro e olhava para o nada, o que me fez questionar se estava me ouvindo de fato. Ele apagou o cigarro, acendeu outro e falou:

— E por que está interessado em todas essas coisas que aconteceram há tanto tempo?

— Alguém me pediu para investigar isso e está me pagando para fazer o que estou fazendo. Estou trabalhando num livro sobre assassinatos misteriosos cujos culpados nunca foram pegos.

— Eu sei quem matou o professor — disse ele, num tom de voz monótono, como se estivéssemos conversando sobre o clima. — Eu sei e contei para eles na época. Mas meu depoimento não valeu porcaria nenhuma. Qualquer advogado teria contestado ele no tribunal, porque alguns anos antes eu tinha sido acusado de assassinato e trancafiado num hospício, então eu era um maluco, sacou? Estava tomando um monte de remédios. Eles teriam dito que eu estava inventando tudo ou tendo alucinações. Mas sei o que eu vi e não estava louco.

Ele parecia profundamente convencido do que dizia.

— Então você sabe quem matou Wieder?

— Contei tudo para eles. E depois disso achei que ninguém teria interesse por essa história. Ninguém me perguntou mais nada, então fui cuidar da minha vida.

— Quem matou o professor, Sr. Simmons?

— Pode me chamar de Derek. Foi aquele garoto, Richard. E aquela danadinha, Laura, foi testemunha, se é que não foi cúmplice. Agora deixa eu contar o que aconteceu...

Durante uma hora, fumando um cigarro atrás do outro, enquanto a escuridão caía silenciosamente lá fora, ele me contou o que tinha visto e ouvido na noite de 21 de dezembro de 1987, me fornecendo tantos detalhes que fiquei surpreso com sua memória.

Simmons tinha ido à casa do professor naquela manhã para consertar o vaso sanitário no banheiro de baixo. Wieder estava lá, arrumando a mala para uma viagem ao Meio-Oeste, onde planejava passar as festas de fim de ano com alguns amigos. Ele convidou Derek para ficar para o almoço e pediu comida chinesa. Parecia cansado e preocupado, confessando a Derek que havia descoberto pegadas suspeitas no quintal dos fundos — tinha nevado durante a noite e pela manhã as pegadas estavam bem visíveis. Wieder prometeu que continuaria a cuidar de Derek, apesar de seus planos de viajar por um tempo, e lhe disse que era importante que continuasse tomando seus remédios. Por volta das duas da tarde, Derek foi embora e seguiu rumo à área do campus, onde pintaria um apartamento.

À noite, Derek voltou para casa e jantou. Preocupado com o estado em que havia deixado Wieder, decidiu ir ver como ele estava. Ao chegar à casa do professor, viu o carro de Laura Baines estacionado ali perto. Estava prestes a tocar a campainha quando ouviu vozes de pessoas discutindo do lado de dentro.

Derek deu a volta até os fundos da casa, passando pelo lago. Eram umas nove da noite. As luzes da sala estavam acesas e as cortinas, abertas, e assim ele conseguiu ver a cena. Joseph Wieder, Laura Baines e Richard Flynn estavam lá. O professor e Laura estavam sentados à mesa, com Richard de pé diante deles, gesticulando ao falar. Richard era o que mais gritava, repreendendo os outros dois.

Alguns minutos depois, Laura se levantou e saiu. Nenhum dos dois tentou pará-la. Richard e Wieder continuaram a discutir depois que ela foi embora. Até que, em determinado momento, Richard pareceu se acalmar. Os dois fumaram, tomaram café e outras bebidas, e o clima ficou tranquilo. Congelando do lado de fora, Derek estava prestes a ir embora quando a discussão irrompeu novamente. Isso foi um pouco depois das dez da noite, pelo que ele conseguia se lembrar.

A certa altura, Wieder, que até então vinha mantendo a calma, ficou muito irritado e levantou a voz. Richard saiu em seguida e Derek deu a volta na casa para encontrá-lo e perguntar o que estava acontecendo. Embora Derek não tenha levado mais do que vinte ou trinta segundos para chegar à frente da casa, não viu sinal de Richard. Derek procurou por ele na rua por alguns minutos, mas foi como se o chão o tivesse engolido.

Por fim, acabou desistindo e presumiu que Richard devia ter saído correndo porta afora. Derek voltou para os fundos da casa para ver se o professor estava bem. Wieder continuava na sala e, quando se levantou para abrir a janela, para deixar o ar entrar, Derek foi embora, temendo ser visto. Mas, enquanto partia, percebeu que Laura havia retornado, pois seu carro estava estacionado mais ou menos no mesmo lugar de antes. Derek deduziu que Laura havia voltado para que ela e o professor pudessem passar a noite juntos, então achou melhor dar o fora dali.

Na manhã seguinte, acordou cedo e voltou à casa do professor para checar mais uma vez se estava bem. Como tocou a campainha e ninguém atendeu, usou sua cópia da chave para entrar e encontrou o corpo do professor na sala de estar.

— Tenho certeza de que o rapaz não foi embora naquela noite. Ele se escondeu ali por perto e depois voltou para matar o professor — disse Derek. — Mas Laura também estava na casa naquela hora. Wieder era um sujeito forte e ela não conseguiria derrubar o homem sozinha. Sempre achei que foi Richard quem matou o professor e que ela foi cúmplice ou testemunha. Mas não falei nada sobre ela para a polícia; fiquei com medo de que os jornais tirassem proveito e manchassem a reputação do professor. Mas eu precisava dizer alguma coisa, por isso contei que o rapaz esteve lá e discutiu com o professor.

— Você acha que Laura e o professor eram amantes?

Ele deu de ombros.

— Não tenho certeza, não vi os dois trepando, mas ela às vezes passava a noite lá, sacou? O garoto era louco por ela, disso eu tenho certeza, porque ele me contou. Na época eu conversava bastante com ele, enquanto ele estava trabalhando na biblioteca. E me contou um monte de coisas sobre a vida dele.

— E os policiais não acreditaram em você?

— Talvez sim, talvez não. Como já disse, minhas palavras não teriam valido porcaria nenhuma diante de um júri. O promotor não acreditou na história, então os policiais deixaram a pista de lado. Se for procurar, o senhor vai ver que o depoimento que eu dei é exatamente o mesmo que acabei de contar. Tenho certeza de que eles guardaram aqueles papéis.

— Mas você se lembra de vários detalhes — falei. — Pensei que tivesse perdido a memória.

— Meu problema afetou o *passado*. O nome é amnésia *retrógrada*. Depois daquela experiência de merda no hospital, eu não conseguia me lembrar de nada que tinha acontecido até então, mas minha memória do que aconteceu *depois* da minha lesão na cabeça sempre foi boa. Tive que reaprender sobre meu passado, como a gente aprende coisas sobre outra pessoa: quando e onde ela nasceu, quem são seus pais, qual escola frequentou e todas essas coisas. Foi muito estranho, mas acabei me acostumando. No fim das contas, não se tem escolha.

Ele se levantou e acendeu a luz. Ali no pátio, tive a sensação de que éramos como duas moscas presas num vidro. Fiquei me perguntando se deveria acreditar nele ou não.

— Tem mais uma coisa que eu gostaria de perguntar a você.

— Pode perguntar.

— O professor possuía uma academia no porão. Ele tinha um taco de beisebol lá ou em algum outro lugar na casa? Alguma vez você viu algo assim por perto?

— Não. Mas sei que tinha alguns pesos e um saco de pancada.

— Os policiais disseram que ele provavelmente foi morto com um taco de beisebol, mas a arma do crime nunca foi encontrada. Se o professor não tinha taco em casa, isto significa que o assassino deve ter levado um. Mas não é fácil esconder um objeto como esse debaixo do casaco. Você se lembra com que roupa o Flynn estava naquela noite, quando o viu pela janela?

Ele refletiu por um momento e depois balançou a cabeça.

— Não tenho certeza... Sei que ele quase sempre usava uma parca, e talvez fosse isso que estivesse usando naquela noite, mas não botaria a minha mão no fogo.

— Uma última pergunta. Sei que no começo você foi considerado suspeito, mas depois eles tiraram você da investigação porque tinha um álibi para o momento do assassinato. Mas você está me dizendo que por volta das onze da noite ainda estava no quintal de Wieder e depois foi para casa. Pelo que sei, você morava sozinho naquela época. Poderia me dizer qual foi seu álibi?

— Claro. Eu parei num bar perto de casa que ficava aberto até tarde. Estava preocupado e não queria ficar sozinho. Provavelmente cheguei lá alguns minutos depois das onze. O dono era meu camarada; eu costumava ajudar o cara com pequenos reparos. Então o sujeito disse aos policiais que eu tinha estado lá, o que era verdade. A polícia me importunou por um tempo depois disso, mas uma hora me deixaram em paz, ainda mais porque eu era a última pessoa que queria que algo acontecesse com o professor. Que motivo eu teria para matar meu amigo?

— Você falou que esteve num bar. Tinha permissão para ingerir bebidas alcoólicas naquela época, tendo em vista que estava tomando todos aqueles remédios?

— Eu não tomei nada alcoólico. Até hoje não chego nem perto. Quando vou a um bar, bebo Coca-Cola ou café. Fui até lá para não precisar passar muito tempo sozinho.

Ele apagou o cigarro no cinzeiro.

— Você é canhoto, Derek? Fuma segurando o cigarro com a mão esquerda.

— Sou.

Conversei com ele por mais alguns minutos. Ele me disse que sua vida tinha entrado no eixo e que em determinado momento passou a morar com Leonora. Não teve mais nenhum problema com a justiça e, pelos últimos doze anos, não precisou mais se apresentar anualmente à comissão de avaliação psiquiátrica.

Nós nos despedimos e ele permaneceu em sua oficina improvisada. Fiz sozinho o caminho de volta até a sala de estar, onde encontrei Leonora no sofá, vendo televisão com a criança adormecida nos braços. Agradeci mais uma vez, lhe desejei boa noite e fui embora.

Seis

Laura Baines telefonou dois dias depois, enquanto eu aguardava na fila para renovar minha carteira de motorista num posto da West 56th Street — eu precisava atualizar minha foto também — e folheava uma revista que alguém tinha deixado na cadeira ao meu lado.

— Sr. Keller, eu li o manuscrito que o senhor me deu e confirmei minhas suspeitas. Richard Flynn inventou tudo mesmo, ou quase tudo. Talvez estivesse tentando escrever uma obra de ficção. Antigamente, os escritores costumavam alegar que a história que estavam contando não era fruto de sua imaginação, mas que haviam desencavado um manuscrito anônimo ou que o narrador era uma pessoa que havia morrido, ou algo do gênero, porque isso ajudava na divulgação. Ou talvez, depois de todos esses anos, ele tenha passado a acreditar que essas coisas de fato aconteceram. O senhor está com o restante do manuscrito?

— Ainda não.

— Flynn não conseguiu terminar, não é? Provavelmente se deu conta do quanto o livro era patético, e que talvez pudesse ter repercussões legais desagradáveis, por isso o abandonou.

Ela falava num tom calmo e um tanto triunfante, o que me deixou irritado. Se o que Derek me contou fosse verdade, então ela mentiu para mim na cara dura, sem pestanejar.

— Com todo respeito, Dra. Westlake, o fato de o professor Wieder ter sido espancado até a morte com um taco de beisebol não foi fruto da imaginação do Sr. Flynn, nem o fato de a senhora ter decidido mudar de sobrenome depois disso. Tá, eu não tenho o manuscrito completo ainda, mas tenho várias outras fontes, então me permita fazer uma pergunta: a senhora se encontrou com Wieder na noite em que ele foi assassinado, não foi? Depois Flynn apareceu. A senhora havia mentido para ele, dizendo que passaria a noite na casa de uma amiga, e ele fez um escândalo. Sei que tudo isso de fato aconteceu, então nem se dê ao trabalho de mentir para mim outra vez. O que aconteceu depois?

Ela não disse nada por alguns instantes, e eu a imaginei como um lutador esparramado no chão do ringue e o árbitro fazendo a contagem. Ela não devia estar esperando que eu fosse conseguir descobrir esses detalhes sobre aquela noite. O professor estava morto, assim como Flynn, e eu tinha quase certeza de que ela nunca soube que Derek Simmons estivera lá no intervalo daquelas poucas horas. Eu me perguntei se ela negaria tudo ou se tiraria outro coelho da cartola.

— O senhor é uma pessoa muito cruel, sabia? — disse ela, por fim. — Sabe mesmo aonde quer chegar com essa história ou está só brincando de detetive? Como espera que eu me lembre de detalhes como esses depois de tantos anos? Sua intenção é me chantagear?

— Eu teria algo com o que chantageá-la?

— Eu conheço muitas pessoas nesta cidade, Keller.

— Essa sua frase soou como uma ameaça num filme policial das antigas. E seria minha deixa para dizer, "Só estou fazendo o meu trabalho, madame", abrir um sorriso triste, puxar a aba do chapéu sobre os olhos e levantar a gola do meu sobretudo.

— O quê? O senhor não está falando coisa com coisa. Andou bebendo?

— Vai negar que esteve lá na noite do crime e que Richard Flynn lhe deu cobertura ao mentir para os policiais?

Mais uma longa pausa, e então ela me perguntou:

— Está gravando nossa conversa, Keller?

— Não. Não estou.

— Talvez tenha perdido a cabeça, exatamente como Flynn. Seu plano de saúde, se é que tem um, deve cobrir algumas sessões de terapia, então esta talvez seja uma boa hora para o senhor tirar proveito disso. Eu não matei o homem, então quem se importa com o que eu estava fazendo naquela noite, passados mais de vinte anos?

— Eu me importo, Dra. Westlake.

— Tudo bem, então, vá em frente e faça o que quiser. Mas não tente nunca mais entrar em contato comigo. Estou falando sério. Tentei ser educada e contei tudo o que tinha para contar, mas não tenho mais tempo para o senhor. Se ligar para mim ou tentar me abordar outra vez, darei queixa por assédio. Adeus.

Ela desligou e eu guardei o celular no bolso. Fiquei com raiva de mim mesmo por ter perdido uma fonte de informação extremamente importante para a minha história — tinha certeza de que ela nunca mais falaria comigo depois daquela conversa. Por que eu reagi daquele jeito e por que precisei colocar todas as cartas na mesa numa discussão estúpida pelo telefone? Derek Simmons me deu um par de ases e eu os joguei fora.

Fui chamado para tirar a foto para a carteira de motorista alguns minutos depois e o sujeito atrás da câmera disse:

— Tente relaxar um pouco, amigo. Não me leve a mal, mas parece que você está carregando o peso do mundo nas costas.

— Bem, só uma parte dele — falei. — E nem fui pago por isso ainda.

Nas três semanas seguintes, enquanto a primavera chegava de mansinho, conversei com algumas pessoas que eram próximas a Joseph Wieder e cujos contatos Harry Miller descobriu.

A gripe de Sam evoluiu para uma pneumonia, o que a deixou de cama na maior parte do tempo. Sua irmã mais nova, Louise, que fazia faculdade de Belas Artes, tinha vindo da Califórnia para cuidar dela. Insisti em visitá-la, mas toda vez ela me pedia que tivesse paciência, pois não queria ser vista daquele jeito, com os olhos lacrimejantes e o nariz vermelho.

Peter passava a maior parte do tempo fora da cidade ou ocupado com o trabalho, por isso eu só conversava com ele pelo telefone, para mantê-lo a par da investigação. Ele me disse que Danna Olsen ainda não havia encontrado qualquer sinal dos outros capítulos do manuscrito de Flynn.

Telefonei algumas vezes para a ex-colega de Laura Baines, Sarah Harper, mas ela não atendeu o telefone. Deixei recado, mas ela não retornou. Também não consegui entrar em contato com a irmã do professor, Inge Rossi. Descobri seu endereço e número de telefone, e então liguei e falei com uma empregada que mal conseguia juntar duas palavras na nossa língua. No fim, acabei entendendo que o Signor e a Signora Rossi tinham saído numa longa viagem de dois meses pela América do Sul.

Harry conseguiu rastrear Timothy Sanders, mas as notícias não eram boas — o ex-namorado de Laura Baines morrera em dezembro de 1998, em Washington, D.C. Ele levou um tiro em frente à sua casa e morreu na hora. A polícia nunca conseguiu encontrar o assassino, mas concluiu que se tratava de roubo à mão armada seguido de morte. Sanders dava aula de Sociologia na School Without Walls e jamais se casou.

Minha conversa ao telefone com Eddie Flynn foi curta e desagradável. Ele ficou enfurecido com a decisão do falecido irmão de deixar seu apartamento para a Sra. Olsen e me disse que não sabia nada sobre um professor universitário chamado Joseph Wieder. Ele me pediu que nunca mais entrasse em contato e desligou o telefone.

Falei com ex-colegas de trabalho de Wieder, depois de inventar que trabalhava como pesquisador para uma editora que planejava lançar uma biografia de Wieder e que estava tentando descobrir o máximo de detalhes possível das pessoas que o conheciam bem.

Eu me encontrei com um professor aposentado do mesmo departamento em Princeton, um homem de setenta e três anos chamado Dan T. Lindbeck. Ele morava no Condado de Essex, em Nova Jersey, numa mansão imponente no meio de um pequeno bosque. Lindbeck me disse que a casa era assombrada pelo fantasma de uma mulher chamada Mary, que havia morrido em 1863, durante a Guerra Civil. Eu me lembrei da época em que escrevia para a *Ampersand* e contei a ele a história de uma casa assombrada que visitei, enquanto ele registrava cuidadosamente os detalhes num caderno de espiral meio antiquado.

Lindbeck descreveu Wieder como uma pessoa atípica, um homem consciente de sua importância e dedicado ao trabalho, um intelectual brilhante, mas difícil e distante.

Ele se lembrava vagamente de Wieder estar para publicar um livro, mas não se recordava de qual editora havia comprado os direitos de publicação. Disse ainda que era difícil acreditar que pudesse ter havido algum conflito entre Wieder e o conselho quanto à editora em questão, uma vez que os docentes eram livres para publicar suas obras onde bem entendessem e que qualquer *best-seller* de algum deles beneficiaria a instituição. Lindbeck não se lembrava de um programa de pesquisa especial no qual o departamento pudesse estar trabalhando na época de Wieder.

Outras duas pessoas me forneceram informações interessantes, ainda que conflitantes. A primeira foi um professor chamado Monroe, que tinha sido um dos assistentes de Wieder. No fim dos anos oitenta, ele trabalhara em sua tese de doutorado. A outra foi uma mulher na casa dos sessenta anos, Susanne Johnson, que fora assistente de Wieder e muito próxima ao professor. Monroe ainda lecionava em Princeton. Johnson se aposentara em 2006 e morava em Astoria, no Queens, com o marido e a filha.

John L. Monroe era um homem atarracado, melancólico, com a pele tão cinza quanto o terno que usava quando me recebeu em seu escritório, após um longo e minucioso interrogatório pelo telefone. Ele não me ofereceu café nem chá, e, durante toda a nossa conversa, ficou me lançando olhares desconfiados, virando o nariz para os joelhos rasgados das minhas calças jeans da Nudie quando entravam em seu campo de visão. Era dono de uma voz fraca, como se tivesse problemas nas cordas vocais.

Diferentemente dos outros, ele descreveu Wieder como um individualista descarado que não hesitava em roubar o trabalho alheio para poder estar sempre sob os holofotes. Suas teorias, afirmou Monroe, eram charlatanices, mera "ciência vodu" para o público ignorante, o tipo de revelações aparentemente chocantes que você ouve no rádio e em programas de entrevista na televisão, mas que a comunidade científica via com prudência até mesmo naquela época. As conquistas da Neurociência, da Psiquiatria e da Psicologia de lá para cá só ressaltaram o quanto as teorias de Wieder de fato eram frágeis, mas ninguém perderia tempo demonstrando o óbvio agora.

As palavras de Monroe carregavam tanto veneno que não pude evitar pensar que ele morreria se mordesse a língua. Estava claro que ele não nutria simpatia alguma por Wieder e provavelmente ficou grato por alguém se dispor a ouvi-lo difamar a memória do professor.

Por outro lado, ele se lembrava do nome da editora que planejava lançar o livro de Wieder: tratava-se de uma empresa de Maryland chamada Allman & Limpkin. Ele confirmou que o conselho discutiu sobre o assunto. Wieder foi acusado de usar os recursos da universidade para reunir informações que publicaria tendo em vista exclusivamente seus próprios interesses.

Monroe me disse que não fazia ideia do motivo pelo qual o livro nunca havia sido lançado. Talvez Wieder não o tivesse terminado, ou talvez a editora tivesse pedido que ele fizesse alterações com as quais não concordava. Monroe explicou que, geralmente, as obras eram contratadas antes de estarem totalmente escritas, a partir de um documento no qual o autor fornece à editora todas as informações necessárias sobre o projeto, do conteúdo ao público-alvo. Tal documento normalmente não contém mais do que dois ou três capítulos do livro, ficando o restante do manuscrito a ser entregue numa data posterior, acordada por ambas as partes. O contrato final só era assinado depois que o manuscrito concluído era enviado e revisado de acordo com as sugestões da editora.

Ele não ouvira falar de Laura Baines, mas disse que Wieder era um notório mulherengo e que teve inúmeros casos, incluindo alguns com alunas. O conselho não planejava renovar seu contrato para o ano seguinte. Todos sabiam que Wieder sairia de Princeton no verão de 1988 e o Departamento de Psicologia já havia começado a procurar um professor para substituí-lo.

Convidei Susanne Johnson para almoçar comigo num restaurante chamado Agnanti, no Queens. Cheguei antes da hora marcada, me sentei à mesa e pedi um café. Quando a Sra. Johnson chegou, dez minutos depois, fiquei surpreso ao ver que estava numa cadeira de rodas. Como explicou posteriormente, era paralítica da cintura para baixo. Estava acompanhada por uma moça jovem, que apresentou como Violet, sua filha. Violet foi embora depois de verificar que estava tudo bem, dizendo que voltaria para buscar a mãe uma hora depois.

A Sra. Johnson demonstrou ser um sopro de ar fresco, uma mulher otimista apesar de sua condição. Ela me disse que, dez anos atrás, durante uma viagem à Normandia, seguindo a trilha do pai que combatera como fuzileiro no Dia D, ela sofreu um terrível acidente com o carro que alugara em Paris. Felizmente, o marido, Mike, que estava no banco do carona, escapou ileso.

Ela me contou que não só foi assistente de Wieder, como também sua confidente. Segundo a Sra. Johnson, o professor era um verdadeiro gênio. Por acaso ele escolheu a Psicologia como campo de atuação, mas ela estava convicta de que ele teria se destacado em qualquer outra área. E, como qualquer gênio de verdade, Wieder se tornou um ímã para o ódio dos medíocres, incapazes de alcançar o nível dele. O professor tinha apenas alguns poucos amigos na faculdade e era constantemente importunado sob vários pretextos. Os mesmos inimigos viviam espalhando todo tipo de rumores infundados, como o de Wieder ser alcoólatra e mulherengo.

Susanne Johnson esteve com Laura Baines muitas vezes, sabia que ela era a pupila do professor, mas tinha certeza de que os dois não estavam envolvidos num caso amoroso. Ela confirmou que o professor tinha acabado de terminar de escrever um livro naquele período, algo relacionado à memória. Como foi ela quem datilografou o manuscrito, pois Wieder não usava nem máquina de escrever nem computador, ela sabia com toda a certeza que o manuscrito estava pronto semanas antes de sua morte, e, até o presente momento, ela não havia se perguntado se as páginas tinham sido enviadas à editora antes do assassinato, nem por que o livro não havia sido lançado.

Na hora da sobremesa, perguntei se ela sabia alguma coisa sobre um projeto secreto em que Wieder supostamente estava envolvido. Ela hesitou por alguns instantes antes de responder, mas acabou admitindo que sim.

— Sei que ele estava envolvido num projeto relacionado a uma terapia para soldados que sofriam de estresse pós-traumático, mas isso é tudo o que consigo lembrar. Eu me formei em Economia, não Psicologia ou Psiquiatria, por isso transcrevia os documentos de maneira mecânica, sem dar muita importância ao conteúdo. Não vou esconder do senhor que acreditei que o estado mental do professor Wieder vinha se tornando instável perto do fim daqueles experimentos, quaisquer que fossem.

— A senhora acredita que possa haver uma ligação entre a morte do professor e este projeto no qual estava trabalhando?

— Pensei nisso na época, para ser sincera. Obviamente, tudo o que sei sobre essas coisas vem do que li em livros de mistério ou do que vi em filmes, mas acho que se isso fosse planejado por causa de seu trabalho, eles teriam tentado encobrir os rastros, fazendo parecer um roubo ou até um acidente. Acho que ele foi assassinado por um amador, que teve sorte de não ser apanhado. Mas acredito que houvesse certa tensão entre o professor e os homens para quem ele trabalhava. Por quase dois meses antes de sua morte ele não me deu sequer um documento para datilografar. Provavelmente parou de trabalhar com aquela gente.

Ela ficou em silêncio por alguns instantes e depois disse:

— Eu era apaixonada pelo professor Wieder, Sr. Keller. Eu era casada e, por mais paradoxal que lhe possa parecer, eu amava meu marido e meus filhos. Nunca contei ao professor e acredito que ele jamais tenha percebido. Para ele, eu devia ser apenas uma colega de trabalho dedicada, preparada para ajudá-lo mesmo depois do expediente. Eu esperava que, um dia, ele fosse me ver de maneira diferente, mas isso nunca aconteceu. Fui tomada por uma grande tristeza quando ele morreu, e, durante muito tempo, tive a sensação de que meu mundo tinha chegado ao fim. Ele foi provavelmente o homem mais maravilhoso que conheci em toda a minha vida.

Violet Johnson chegou neste exato ponto da conversa e aceitou meu convite para se juntar a nós por alguns minutos. Ela era formada em Antropologia, mas vinha trabalhando como corretora de imóveis, e me contou que o mercado começava a se recuperar da crise financeira dos últimos anos. A semelhança com a mãe era assustadora: quando olhava para elas, tinha a sensação de estar vendo a mesma pessoa em diferentes estágios da vida. Acompanhei as duas até o estacionamento, onde Violet tinha deixado o carro, e nos despedimos depois que Susanne insistiu em me dar um abraço e me desejar sucesso.

Liguei para o telefone geral da Allman & Limpkin logo na manhã seguinte.

Minha ligação foi transferida para a editora responsável pelas aquisições dos livros de Psicologia, uma senhora muito simpática que me ouviu atentamente e em seguida me transferiu para o ramal do arquivo. O professor Wieder era uma figura famosa no mundo acadêmico, ela me disse, então era possível que a descrição do projeto de seu livro tivesse sido preservada no arquivo, ainda mais porque naqueles tempos não existia e-mail e a correspondência com os autores era feita por carta.

Mas não tive sorte com a pessoa que atendeu no ramal do arquivo. Ela desligou na minha cara depois de dizer que não podia falar com a imprensa sem permissão prévia da gerência.

Telefonei para a editora com quem eu havia falado antes, expliquei o que tinha acontecido e elenquei mais uma vez as perguntas que eu vinha tentando responder: se a descrição do projeto de Wieder de fato existia, se ele havia enviado o manuscrito completo e por que o livro nunca foi impresso. Lancei mão de todo o meu charme pessoal, e pareceu funcionar — ela prometeu tentar descobrir as respostas para as minhas perguntas.

Não criei grandes expectativas, mas, dois dias depois, um e-mail da editora chegou à minha caixa de entrada, e ela me atualizou sobre o que havia descoberto.

Wieder enviou a descrição do projeto para a editora em julho de 1987, com o primeiro capítulo do livro. Ele havia mencionado na carta de apresentação que o manuscrito estava completo e pronto para ser submetido à avaliação. A editora lhe enviou um contrato um mês depois, em agosto. Entre outras coisas, o contrato estipulava que Wieder deveria começar em novembro a trabalhar na revisão do texto com o editor. Mas, quando novembro chegou, o professor pediu que lhe dessem mais algumas semanas, dizendo que queria revisar sozinho o manuscrito mais uma vez durante as festas de fim de ano. Seu pedido foi aceito, mas então a tragédia aconteceu. O manuscrito final jamais chegou à editora.

Anexada ao e-mail estava uma cópia do material, um arquivo escaneado do documento original datilografado. Tinha quase cinquenta páginas.

Dei o comando para imprimi-las, vendo as páginas serem vomitadas uma a uma na bandeja de plástico da impressora. Em seguida as folheei, antes de prendê-las com um clipe e colocá-las na minha mesa para ler mais tarde.

Naquela noite tentei fazer um balanço do que eu havia descoberto com a minha investigação até aquele momento, e quais eram as minhas chances de chegar a uma eventual conclusão.

Meia hora depois, olhando para o esquema que desenhei, cheguei à conclusão de que, na verdade, eu estava perdido numa espécie de labirinto. Comecei seguindo o rastro do livro de Richard Flynn, e não só não o havia encontrado, mas estava soterrado por um monte de detalhes sobre pessoas e acontecimentos que se recusavam a formar uma imagem coerente. Tive a sensação de estar tateando no escuro, num sótão cheio de coisas velhas, sem conseguir entender o real significado dos objetos que foram largados ali ao longo dos anos por pessoas que eu não conhecia e sobre as quais eu não fui capaz de descobrir nada de realmente significativo.

Muitos dos detalhes que descobri eram contraditórios, uma avalanche de informações sem forma, como se os personagens e os acontecimentos daquela época se recusassem terminantemente a me revelar a verdade. E tem mais: quando comecei a investigação, o personagem central era Richard Flynn, o autor do manuscrito, mas, à medida que progredi, ele começou a sumir de vista, relegado ao segundo plano, de modo que a figura patriarcal do professor Joseph Wieder tomou a frente do palco, como a estrela que foi durante toda sua carreira, empurrando o pobre Flynn para um canto escuro e reduzindo-o quase ao tamanho de um papel menor de coadjuvante.

Tentei estabelecer uma conexão entre a personagem de Laura Baines no manuscrito de Flynn e a mulher que conheci no Centro Médico da Universidade Columbia, mas simplesmente não consegui. Era como se houvesse duas imagens diferentes, uma real, uma imaginária, e fosse impossível sobrepô-las.

Tentei comparar o Flynn que conheci indiretamente pelo manuscrito — um jovem estudante de Princeton, cheio de vida, que sonhava em se tornar escritor e que já havia publicado seus primeiros contos — com o homem recluso e solitário que havia levado uma vida monótona ao lado de Danna Olsen num apartamento modesto, um misantropo cujos sonhos lhe foram roubados. E tentei entender por que este homem, que já estava morrendo, utilizou os últimos meses de sua vida para escrever um manuscrito que acabou levando consigo para o túmulo.

Tentei imaginar Wieder, visto por uns como gênio, por outros como impostor, trancado com seus fantasmas naquela casa enorme e fria, como se assombrado por alguma culpa desconhecida. Wieder havia deixado para trás o mistério de um manuscrito desaparecido e, por obra do destino, isso foi exatamente o que aconteceu no caso de Richard Flynn quase três décadas depois. Comecei procurando um manuscrito desaparecido, não o encontrei, mas acabei tropeçando na trilha de outro livro perdido.

Tentei dar consistência a todos os personagens que minha investigação trouxe direto do passado, mas eles eram apenas sombras sem um delineamento concreto, passando rapidamente por uma história cujo início, fim e significado eu era incapaz de descobrir. Tinha à minha frente um quebra-cabeça, mas nenhuma das peças se encaixava.

Paradoxalmente, quanto mais eu revirava o passado, impulsionado pelas informações abundantes, porém contraditórias, mais importante o presente se tornava para mim. Era como se eu tivesse descido num túnel e o círculo de luz diminuindo sobre a minha cabeça fosse o elemento vital que me lembrava de que eu precisava retornar à superfície, pois era dali que eu vinha e para onde, mais cedo ou mais tarde, eu deveria voltar.

Falei com Sam ao telefone quase todos os dias e ela me disse que estava melhorando. Descobri que sentia mais saudade dela do que acreditava antes de dar início à investigação e antes de sua doença nos separar. Quanto mais enganosas as sombras ao meu redor demonstravam ser, mais real parecia se tornar o nosso relacionamento, ganhando uma consistência que não possuía anteriormente, ou que talvez eu me recusasse a aceitar.

Foi por isso que fiquei tão chocado com o que aconteceu em seguida.

Eu estava prestes a sair de casa para encontrar Roy Freeman, um dos investigadores, agora aposentado, que havia trabalhado no caso Wieder, quando o telefone tocou. Era Sam, que, sem qualquer preâmbulo, disse que queria terminar o nosso relacionamento. Além disso, argumentou que "terminar" talvez não fosse a palavra certa, uma vez que ela nunca pensou que nós tivéssemos um relacionamento "sério", e sim uma amizade colorida.

Ela me disse que queria se casar e ter filhos, e um sujeito que conhecia vinha lhe dando cantadas há um bom tempo. Segundo Sam, ele parecia que daria um bom companheiro para a vida toda.

Sam me falou tudo isso com um tom de voz que dava a impressão de que era uma produtora de elenco informando a um candidato inadequado que outro ator era mais apropriado para o papel.

Fiquei me perguntando se ela teria me traído com o tal colega de trabalho, mas logo percebi que aquela era uma pergunta tola: Sam não era o tipo de pessoa que deixava de explorar todas as suas opções antes de tomar uma decisão.

Enquanto explicava que havia usado os dias que tinha passado doente na cama para refletir sobre o que realmente queria, eu soube que provavelmente seu relacionamento com o sujeito vinha rolando há um bom tempo.

— Foi você que disse que queria uma relação leve, sem compromisso — falei. — Respeitei sua vontade, mas isso não significa que eu não quisesse algo a mais.

— Então por que não me disse nada até agora? O que o impediu?

— Talvez eu estivesse prestes a dizer.

— John, nós nos conhecemos bem demais. Você é como todos os outros homens: só se dá conta do que uma mulher significa para você no momento em que a perde. Você sabia que quando estávamos juntos eu tinha medo de que um dia você fosse conhecer uma mulher mais nova e fugir com ela? Você sabe o quanto me magoava o fato de nunca ter me convidado para conhecer seus amigos ou nunca ter me apresentado aos seus pais, como se quisesse manter nosso relacionamento em segredo? Para mim, parecia que eu não passava de uma mulher mais velha com quem você gostava de fazer sexo de vez em quando.

— Meus pais moram na Flórida, Sam. Quanto aos meus amigos, não acho que você iria gostar deles: alguns caras do *Post*, e dois ou três camaradas que conheci na faculdade, que hoje estão acima do peso e me contam, depois de algumas doses de bebida, histórias sobre como traem suas esposas.

— Eu estava falando como uma questão de princípio.

— E eu estava falando sobre como as coisas são de verdade.

— Acho que não há sentido em começarmos com esse jogo de empurra, de discutir sobre quem é o culpado. Esta é a parte mais feia do fim de um relacionamento, quando você se lembra de todas as suas frustrações e começa a jogar lama no outro.

— Eu não estava culpando você por nada, de verdade.

— Tá, foi mal. É só que...

Eu a ouvi tossir.

— Você está bem?

— Disseram que eu me livraria dessa tosse em mais duas ou três semanas. Tenho que desligar agora. Quem sabe a gente mantém o contato. Se cuida.

Quis perguntar a Sam se ela tinha certeza de que não queria me encontrar naquele momento, para conversar cara a cara, mas não tive oportunidade. Ela desligou e, depois de encarar o telefone por alguns instantes, como se eu não conseguisse entender o que era aquilo na minha mão, fiz o mesmo.

Enquanto eu andava em direção ao local do encontro com Roy Freeman, me dei conta de que queria acabar logo com toda aquela investigação o mais rápido possível.

Eu sabia que, se não tivesse me deixado envolver por aquilo e tentado bancar o detetive, talvez tivesse ficado atento o suficiente para ver os sinais da tempestade que se aproximava do meu relacionamento com Sam. Sua decisão de terminar comigo foi a última gota, embora eu não conseguisse explicar por quê.

Eu não era supersticioso, mas tive a nítida sensação de que a história de Richard escondia algum tipo de feitiço, algo como a maldição da tumba da múmia. Fiquei determinado a telefonar para Peter e dizer que queria deixar a investigação, pois estava claro para mim que eu nunca chegaria ao âmago do que aconteceu naquela noite com o professor Joseph Wieder, com Laura Baines e com Richard Flynn.

Sete

Roy Freeman morava no Condado de Bergen, do outro lado da ponte, mas falou que tinha um assunto a tratar na cidade, por isso fiz uma reserva num restaurante na West 36th Street.

Freeman era alto e magro, com o visual de um ator escalado para papéis coadjuvantes, o tipo de policial coroa que, sem aparecer demais, apoia o herói alfa na luta contra os vilões e que nos dá a impressão — ainda que não saibamos por quê, já que só tem uma ou duas falas no filme — de que merece nossa confiança.

Seus cabelos eram quase totalmente brancos, assim como a barba bem-aparada, que cobria a metade inferior do rosto. Ele se apresentou e começamos a conversar.

Ele me disse que tinha sido casado por quase vinte anos com uma mulher chamada Diana. Os dois tiveram um filho, Tony, que ele via raramente. A ex-mulher e o filho haviam se mudado para Seattle depois do divórcio, no fim dos anos oitenta. O filho se formou e era apresentador de jornal numa estação de rádio.

Freeman não hesitou em me contar que foi cem por cento responsável pelo fim do seu relacionamento, pois andava muito envolvido com o trabalho e costumava beber demais. Ele foi um dos primeiros investigadores de polícia em Nova Jersey a entrar para a corporação assim que saiu da faculdade, em 1969, e alguns dos outros caras do departamento o hostilizavam por isso, e também pelo fato de ser afro-americano. Quem quer que afirmasse que, em meados dos anos setenta, o racismo já havia quase sido erradicado da força policial, principalmente em delegacias de cidades pequenas, estava mentindo, ele ressaltou. É claro que, mesmo antes disso, eles já haviam começado a fazer filmes com atores negros escalados para papéis de juízes, promotores, professores universitários e delegados de polícia, porém, a realidade era diferente. Mas o salário era bom — um patrulheiro ganhava quase vinte mil por ano naquela época — e desde pequeno ele sonhava em ser policial.

O Departamento de Polícia do Município de West Windsor, segundo me disse, contava com cerca de quinze oficiais no início dos anos oitenta, a maioria deles com idades em torno dos quarenta. Havia apenas uma mulher na agência, uma nova recruta, e, exceto por um oficial hispânico, José Mendez, todos os outros eram brancos. Aquele foi um período sombrio para Nova Jersey e Nova York: a epidemia de crack havia começado, e, ainda que Princeton não estivesse na crista da onda, isso não significava que os policiais levavam uma vida fácil lá. Freeman tinha trabalhado no Departamento de Polícia de Princeton por uma década e foi transferido para West Windsor em 1979, no Condado de Mercer, numa agência que fora criada apenas uns dois anos antes.

Ele estava contente em falar comigo e confessou que vinha levando uma vida bem reclusa desde a aposentadoria, e que era comum para um ex-policial não ter muitos confidentes.

— Por que está interessado neste caso, John? — perguntou.

Ele sugeriu que nos chamássemos pelo nome e não pelo sobrenome. Embora houvesse algo em seu tom de voz e em sua aparência que me intimidava um pouco, sem que eu conseguisse explicar por quê, concordei, e lhe contei toda a verdade. Eu estava cansado de inventar histórias sobre biografias imaginárias e histórias pan-ópticas sobre assassinatos não solucionados, e tinha certeza de que o homem diante de mim — que fizera a gentileza de concordar com o nosso encontro sem nem me conhecer e que compartilhou comigo detalhes dolorosos de sua vida — merecia toda a minha sinceridade.

Assim, contei a ele que Richard Flynn escreveu um livro sobre o período e o enviou a um agente literário, mas o restante do manuscrito não foi encontrado em lugar algum. Tendo sido contratado pelo agente em questão, eu estava pesquisando — ou investigando, por assim dizer — o caso numa tentativa de reconstituir os fatos. Eu já havia conversado com várias pessoas, mas não chegara a nada de concreto até então, nem conseguia entender a história toda.

Ele apontou para o envelope de papel pardo que levara.

— Dei uma passada na delegacia e fiz algumas cópias para você — disse ele. — Só começamos a digitalizar nossos registros no início dos anos noventa, então tive de vasculhar as caixas no arquivo. Nenhuma delas é confidencial, por isso não tive problemas. Leve os documentos com você e leia — ele insistiu, e guardei o envelope na minha bolsa.

Em seguida, ele fez um panorama rápido do que se lembrava: como chegou com os peritos na casa de Wieder, o burburinho na imprensa, e como não tinham encontrado nenhuma pista plausível que lhes permitisse formar uma teoria consistente.

— Havia várias coisas nesse caso que não faziam sentido — disse ele. — O professor levava uma vida sossegada, não usava drogas, não andava com prostitutas e não frequentava lugares barras-pesadas. Não tinha se envolvido em nenhum conflito recente com ninguém, morava num bairro bom e os vizinhos eram pessoas decentes, que conheciam uns aos outros há anos, acadêmicos e grandes empresários. E então, de repente, esse cara é espancado até a morte na própria casa. Existiam muitos objetos de valor lá dentro, mas nada foi roubado, nem mesmo dinheiro ou joias. Mas eu me lembro de alguém ter revistado a casa com pressa. Havia gavetas abertas e papéis espalhados pelo chão. Só que as únicas impressões digitais que encontramos pertenciam a pessoas conhecidas: um rapaz que cuidava da biblioteca do professor e um cidadão que cuidava da manutenção da casa, que tinha acesso ao local e ia lá com frequência.

— Quanto a estes papéis pelo chão — falei. — Algum deles foi recolhido como prova em potencial?

— Não me lembro desse tipo de detalhe... Você vai encon trar tudo nessas cópias. Mas eu me lembro de termos achado um pequeno cofre na casa e ninguém conhecia a combinação, por isso tivemos de chamar um chaveiro. Ele o abriu, mas tudo o que encontramos foi algum dinheiro, escrituras, fotografias, este tipo de coisa. Nada relacionado ao caso.

— O professor tinha acabado de escrever um livro e parece que o manuscrito desapareceu.

— Foi a irmã quem lidou com os pertences dele. Ela chegou da Europa uns dois dias depois. Eu me lembro bem dela. Parecia uma estrela de cinema ou coisa assim. Usava um casaco de pele caro e um monte de joias, como uma espécie de diva, além de falar com um sotaque estrangeiro. Vou te contar, era uma visão e tanto. Fizemos algumas perguntas, mas ela respondeu apenas que não era assim tão próxima do falecido irmão e que nada sabia sobre sua vida.

— O nome dela é Inge Rossi — falei. — Mora na Itália há um bom tempo.

— Talvez... é possível que ela tenha pegado o manuscrito de que você está falando, ou então alguma outra pessoa. Depois de uns dois dias, tiramos todas as nossas coisas de lá. A irmã não reclamou sobre nenhum item desaparecido, mas duvido de que soubesse o que o irmão mantinha lá. Como falei, ela me disse que não visitava o irmão e vice-versa havia vinte anos, ou mais. Ela estava com pressa para acabar com tudo o mais rápido possível e foi embora logo depois do enterro.

— Sei que um rapaz estava entre os suspeitos, Martin Luther Kennet, que depois foi condenado pela morte de um casal.

— Um casal de idosos, os Eastons, isso mesmo, um assassinato horrendo... Kennet pegou prisão perpétua por essas mortes e ainda está em Rikers Island. Mas ele não foi acusado do assassinato do professor...

— Sim, eu sei, mas chegou a ser considerado por um tempo como principal suspeito no caso Wieder, não é mesmo?

Ele deu de ombros.

— Você sabe como são essas coisas às vezes... Wieder era uma celebridade, a imprensa ficou louca com a história, o que despertou o interesse nacional por um tempo, então havia certa pressão para que solucionássemos o caso o mais rápido possível. Trabalhamos também com o gabinete do xerife, e a promotoria do Condado de Mercer designou um detetive da Homicídios, um cara chamado Ivan Francis. O sujeito era um carreirista, se é que me entende; tinha um apoio político muito forte. Nós, os policiais locais, éramos peixes pequenos, por isso aquele cara e o promotor mexeram todos os pauzinhos. A minha opinião, e não tive medo de expressá-la na época, era a de que o garoto, Kennet, não tinha nada a ver com o assassinato dos Eastons nem com o caso de Wieder, e estou falando sério. O promotor também tentou fazer dele o principal suspeito no caso Wieder, como você disse; então todas as outras pistas foram mais ou menos sendo abandonadas aos poucos. Mas aquilo foi uma tremenda estupidez, e todos nós sabíamos disso. Talvez o garoto não fosse lá muito inteligente, mas também não era tão burro a ponto de tentar vender as joias que roubou das vítimas em uma casa de penhores a apenas alguns quilômetros do local do crime. Que diabos? Por que não foi a Nova York ou à Filadélfia? Era um traficantezinho de segunda, é verdade, mas não tinha condenação anterior por violência. E tinha também um álibi para a noite do assassinato do professor, então a possiblidade de que fosse o culpado no caso Wieder nem mesmo deveria ter sido considerada.

— Li algo a respeito disso no jornal, mas você tem certeza de que...

— Ele estava num fliperama. Não havia câmeras de segurança naquela época, mas dois ou três caras confirmaram inicialmente que o haviam visto ali durante o período em que o homicídio ocorreu. Depois, Ivan Francis foi visitá-los, e eles mudaram seus depoimentos iniciais. Além disso, o defensor público de Kennet era um babaca, que não queria discutir com ninguém. Entendeu?

— Então as pistas que levavam a Richard Flynn foram deixadas de lado bem rápido?

— É verdade, também havia uma pista levando a essa direção. E não foi a única a ser colocada de lado "bem rápido", como você disse. Não consigo me lembrar de todos os detalhes, mas acho que ele foi a última pessoa a ver o professor vivo, por isso o interrogamos algumas vezes, mas não percebemos qualquer deslize de sua parte. Ele admitiu que esteve no local naquela noite, mas afirmou ter ido embora duas ou três horas antes do assassinato. Ele confessa alguma coisa nesse livro?

— Como falei, a maior parte do manuscrito está desaparecida, portanto não sei aonde estava querendo chegar com sua história. O que vocês não sabiam na época, porque Richard Flynn e Derek Simmons, a outra testemunha, ficaram de boca fechada sobre o assunto, é que uma aluna da pós-graduação, chamada Laura Baines, também pode ter ido ao local naquela noite. O faz-tudo da casa me disse que ela e Flynn se encontraram com o professor e que os três discutiram.

Ele sorriu.

— Nunca subestime um policial, John. Sei que às vezes as pessoas pensam que somos apenas idiotas comedores de donuts que não conseguem nem encontrar o pinto dentro da calça. Claro que sabíamos tudo sobre a garota de quem você está falando, que aparentemente vinha dormindo com o professor, mas no fim nada pôde ser provado. Eu a interroguei, mas ela contava com um álibi consistente para a noite inteira, pelo que eu me lembro, por isso não podia estar no local do crime: mais um beco sem saída.

— Mas aquele sujeito, o que fazia a manutenção da...

— Quanto ao depoimento dele... bem... como se chamava?

— Simmons, Derek Simmons.

Ele parou de repente e olhou para o nada por alguns segundos. Em seguida, tirou um pequeno frasco do bolso, o abriu e engoliu um comprimido verde com um gole d'água. Pareceu ficar constrangido.

— Me desculpe por isso, mas... Bem, é, ele se chamava Derek Simmons, é isso mesmo. Não me lembro da declaração dele, mas não podíamos fazer muita coisa com seu depoimento, de qualquer forma. O sujeito era doente, sofria de amnésia, e não parecia ter todos os parafusos na cachola, se é que me entende. Mas, de qualquer jeito, além dos boatos, não tínhamos nenhuma prova de que o professor e a garota fossem amantes, e o álibi dela era consistente.

— Você consegue se lembrar de quem confirmou o álibi dela?

— Está tudo nos papéis que te dei. Acho que foi uma garota, uma colega da faculdade.

— Sarah Harper?

— Já falei, não consigo me lembrar de todos os detalhes, mas você vai encontrar todos os nomes nos documentos.

— Laura Baines tinha um namorado, Timothy Sanders. Talvez ele estivesse com ciúmes, achando que Laura tivesse um caso com o professor. Alguém o interrogou?

— Laura Baines não estava entre os suspeitos, como já disse, então por que deveríamos interrogar o namorado? Por quê? Você descobriu alguma coisa sobre o sujeito?

— Nada relacionado ao caso. Ele foi morto a tiros muitos anos atrás em Washington, D.C. Disseram que se tratou de um roubo seguido de morte.

— Bem, sinto muito por isso.

Terminamos de comer e pedimos café. Freeman parecia cansado e ausente, como se nossa conversa tivesse descarregado suas baterias.

— Mas por que Flynn não foi acusado oficialmente? — continuei.

— Não me lembro, mas acho que um caça-cabeças como Francis tinha bons motivos para não colocar o garoto diante de um júri. Ele era estudante, tinha a ficha limpa e cuidava da própria vida. Não usava drogas nem bebia demais, pelo que me lembro, não era violento, por isso não se encaixava no perfil de assassino em potencial. Ah, é, e ele passou pelo teste do polígrafo, sabia disso? Pessoas assim não saem de repente por aí cometendo crimes, nem sob forte pressão emocional. Algumas pessoas simplesmente não são capazes de matar outro indivíduo, nem para salvar a própria vida. Alguns anos atrás, eu li sobre um estudo que concluía que a maior parte dos soldados na Segunda

Guerra Mundial atirava para o alto, em vez de mirar nos alemães ou nos japoneses. Espancar alguém até a morte com um taco de beisebol é difícil para caramba, não é como nos filmes. Mesmo que você ache que o outro cara estuprou sua filha. Não acredito que aquele sujeito fosse o nosso homem.

— Roy, você acha que uma mulher seria capaz de ter feito aquilo? Fisicamente, quero dizer.

Ele pensou por alguns instantes.

— Está falando de arrebentar a cabeça de um cara com um taco de beisebol? Acho que não. As mulheres matam com uma frequência muito menor que os homens, e quase nunca cometem crimes tão violentos como aquele. Quando matam, elas se valem de veneno ou de outros métodos menos sanguinolentos. Talvez usem uma arma. Por outro lado, na ciência forense existem padrões, mas não certezas, por isso um investigador nunca deve excluir qualquer hipótese. Pelo que me lembro, Wieder era um cara forte, em boa forma, e firme o bastante para reagir, se necessário. Sim, ele havia bebido antes de ser assassinado. O índice de teor alcóolico pode revelar muitas coisas sobre a condição da vítima no momento do ataque, mas não tudo. Com o mesmo índice de teor alcoólico, uma pessoa pode ter os reflexos quase normais, enquanto outra pode se mostrar incapaz de se defender. Isso varia de um indivíduo para outro.

— Simmons foi considerado um dos suspeitos?

— Quem é Simmons? Ah, é, o cara com um parafuso a menos.

— É. No passado ele foi acusado de matar a mulher e foi inocentado por motivo de insanidade. Ele não foi visto como suspeito?

— Ele foi bastante cooperativo e tinha um álibi, por isso foi considerado suspeito em potencial apenas no início, como todos aqueles ligados de uma maneira ou de outra à vítima. Foi interrogado algumas vezes, mas parecia inofensivo e assim o descartamos.

Freeman viajara de trem à cidade e na volta lhe dei uma carona para casa, em Nova Jersey. Enquanto eu dirigia, ele me contou como era a vida de policial naqueles tempos. Ele morava numa casa velha de um andar, cercada por pinheiros, no fim de uma estrada de terra, perto da Jersey Turnpike. Antes de nos despedirmos, ele me pediu que o mantivesse a par da investigação, e eu prometi entrar em contato assim que descobrisse algo de interessante. Mas eu já sabia que iria largar tudo.

Mesmo assim, eu li à noite os papéis que ele me entregou, porém, não descobri nada de que já não soubesse.

Richard havia sido interrogado três vezes e, em todas as ocasiões, deu respostas claras e diretas. E, como Freeman tinha dito, ele até concordou em se submeter ao teste do polígrafo, no qual passou.

O nome de Laura Baines só era mencionado num relatório geral sobre as conexões de Wieder e seus conhecidos. Não era citada nem como suspeita, nem como testemunha, e só foi interrogada uma vez. Parecia ter havido alguma suspeita de que ela pudesse ter estado no local do crime naquela noite, deixando a casa por volta das nove horas, quando Richard chegou. Mas tanto Richard quanto Laura negaram o fato. Flynn e o professor tomaram um drinque juntos e o primeiro afirmou que Laura não tinha estado lá.

Depois, procurando por mais informações na internet, com a mente meio desligada, pensei em Sam: no modo como costumava sorrir para mim, em seus olhos que mudavam de cor, e na pequena marca de nascença que tinha no ombro esquerdo. Tive a esquisita sensação de que minhas lembranças dela já haviam começado gradualmente a esvanecer, escondidas uma a uma naquela câmara secreta de oportunidades perdidas, cuja chave se jogou fora porque as recordações do outro lado da porta eram dolorosas demais.

Só fui cair no sono perto do amanhecer. Podia ouvir a respiração profunda da cidade, onde milhões de sonhos e histórias se entrelaçavam para formar uma bola gigantesca que subia lentamente para o céu, pronta para estourar a qualquer momento.

Ao longo das duas últimas semanas, tentei entrar em contato com Sarah Harper diversas vezes. Ela finalmente retornou minha ligação no dia seguinte ao meu encontro com Freeman, bem quando eu estava pronto para telefonar para Peter e pôr um fim àquela investigação toda. Harper tinha uma bela voz e falou que queria me ver de imediato, pois estava para deixar a cidade por um tempo. Ela se lembrava de ter falado com Harry Miller algumas semanas antes, e desejava saber o que eu queria dela.

Para falar a verdade, eu não estava interessado em encontrá-la. Já havia falado com gente demais àquela altura, todos com histórias conflitantes, e o rompimento com Sam foi um choque muito grande para que eu conseguisse me concentrar em algo que acontecera tantos anos atrás, algo pelo qual eu havia perdido quase todo interesse e curiosidade. De repente, os acontecimentos se transformaram em desenhos sem qualquer profundidade, como gravuras num livro infantil, bidimensionais e incapazes de despertar entusiasmo em mim. Eu não tinha o menor interesse em me deslocar até o Bronx para encontrar uma viciada que provavelmente me contaria mais um monte de mentiras, na esperança de arrumar uma grana rápida para poder se drogar.

Mas ela se ofereceu para ir à cidade a fim de me encontrar, por isso concordei. Dei o endereço de um pub na esquina e ela me disse que estaria lá em cerca de uma hora e que eu poderia identificá-la por sua bolsa de viagem verde.

Ela chegou dez minutos atrasada, bem quando eu bebia meu café expresso. Acenei e ela se aproximou, me cumprimentou com um aperto de mão e se sentou.

Ela era bem diferente do que eu havia imaginado. Era baixa e frágil, com um corpo quase adolescente e a pele muito branca, que combinava com o cabelo adamascado. Usava roupas simples: uma calça jeans, uma camisa de manga comprida com os dizeres "A vida é boa" e uma jaqueta jeans rasgada, mas parecia bem-arrumada e exalava uma fragrância sutil de perfume caro. Me ofereci para pagar um drinque, mas ela disse que não bebia há um ano, desde sua última passagem por uma clínica de reabilitação. Garantiu também que não usava drogas desde então. Ela apontou para a bolsa, que colocara na cadeira ao seu lado.

— Como já disse ao telefone, vou sair da cidade por um tempo — falou. — E achei melhor falar com você antes disso.

— Para onde está indo?

— Para o Maine, com meu namorado. Vamos morar numa ilha. Ele vai trabalhar para uma fundação que cuida da preservação de refúgios da vida silvestre. Há muito tempo eu esperava fazer algo assim, mas queria ter certeza de que estava bem antes de partir, se é que me entende. Vou sentir falta de Nova York. Passei praticamente quase a vida toda aqui, mas é um recomeço, não é?

Ela parecia estar à vontade ao falar comigo, por mais que tivéssemos acabado de nos conhecer, e imaginei que ela provavelmente ainda frequentava grupos de apoio como o AA. Seu rosto era quase desprovido de rugas, mas apresentava olheiras profundas sob os olhos azul-turquesa.

— Obrigado por aceitar conversar comigo, Sarah — falei, depois de contar resumidamente sobre o manuscrito de Richard Flynn e sobre minha investigação acerca dos acontecimentos do fim de 1987. — Antes de mais nada, gostaria de avisar que a agência literária para a qual eu trabalho não tem um orçamento muito grande para este tipo de pesquisa, portanto...

Ela me interrompeu com um aceno de mão.

— Eu não sei o que o tal Miller te disse, mas não preciso do seu dinheiro. Consegui economizar um pouco nos últimos tempos e lá, para onde estou indo, não há necessidade disso. Concordei em me encontrar com você por outro motivo. Tem a ver com Laura Baines... ou Westlake, como se chama agora. Achei que seria bom você saber de algumas coisas sobre ela.

— Vou pedir outro expresso — falei. — Você quer um?

— Um cappuccino descafeinado seria ótimo, obrigada.

Fui ao bar e pedi nossos cafés, voltando em seguida para a mesa. Era uma tarde de sexta-feira e o pub começava a ficar cheio de gente barulhenta.

— Você estava falando de Laura Baines — falei.

— Você a conhece bem?

— Não. Conversamos por meia hora pessoalmente e depois umas duas vezes pelo telefone, e só.

— E qual foi a impressão que você teve dela?

— Não muito boa, para ser sincero. Tive a sensação de que ela mentiu para mim quando perguntei sobre o que aconteceu na época. É só uma sensação, mas acho que ela está escondendo alguma coisa.

— Laura e eu éramos boas amigas. Dividimos um apartamento por um tempo, até ela ir morar com o namorado. Embora fosse do Meio-Oeste, Laura era emancipada, extremamente culta e possuía um fascínio que a tornava atraente não só para os rapazes, mas também para as garotas. Ela fez muitos amigos logo de cara, era convidada para todas as festas e notada por todos os professores. Era a aluna mais popular da nossa turma.

— Qual era exatamente a natureza do relacionamento dela com Wieder? Sabe de alguma coisa sobre isso? Algumas pessoas me disseram que os dois tiveram um caso e é isso o que Richard Flynn insinua em seu manuscrito. Mas ela afirma que nunca houve romance algum entre eles.

Sarah pensou durante alguns segundos, mordiscando o lábio inferior.

— Estou pensando agora em como colocar isso de maneira clara... não acredito que tenha havido nada de físico entre eles, mas um significava bastante para o outro. O professor não parecia do tipo que gostava de mulheres mais jovens. Simplesmente era dono de uma energia particular. Todos o admirávamos e gostávamos dele. Suas aulas eram fantásticas. Tinha um ótimo senso de humor e dava a impressão de saber mesmo do que estava falando e de realmente querer que você aprendesse algo, em vez de simplesmente fazer o trabalho pelo qual era pago. Vou dar um exemplo. Uma vez, durante uma exibição de fogos de artifício no outono, pois havia uma série de rituais estúpidos naquela época e alguns provavelmente continuam a existir, quase toda a nossa turma seguiu acompanhada de alguns professores rumo ao campo em frente ao Museu de Arte, esperando escurecer para que o espetáculo tivesse início. Passada meia hora, quase todos os alunos estavam reunidos em volta de Wieder, sem que este nem mesmo estivesse dizendo nada.

— Alguns de seus antigos colegas de trabalho afirmam que ele era mulherengo e que bebia demais.

— Não acho que seja verdade, e Laura nunca mencionou nada disso para mim. Imagino que não passe de fofoca. De qualquer forma, Laura tinha um namorado na época...

— Timothy Sanders?

— É, acho que era esse o nome. Nunca tive uma boa memória para nomes, mas acho que você está certo. Laura parecia gostar dele de verdade, se é que de fato era capaz de gostar de alguém. Mas, além de seu relacionamento com aquele rapaz e com Wieder, Laura começou a me mostrar um lado diferente, que aos poucos foi me assustando.

— Como assim? — perguntei.

— Ela era extremamente, extremamente... voluntariosa. Voluntariosamente determinada, melhor dizendo, mas, ao mesmo tempo, muito calculista. Naquela idade, quase nenhum de nós, os alunos, digo, levava a vida muito a sério. Flertar com um namorado era mais importante para mim do que minha futura carreira, por exemplo. Perdi muito tempo com coisas sem importância, comprando besteiras ou indo ao cinema; passei várias noites acordada jogando conversa fora com amigas. Mas Laura era diferente. Uma vez ela me disse que desistiu do atletismo aos dezoito anos, ao perceber que os prêmios que conquistara até então não eram o bastante para lhe garantir uma vaga na equipe que iria às Olimpíadas de Los Angeles, e quatro anos depois ela estaria velha demais para ter qualquer chance de ser convocada para a equipe. Perguntei o que uma coisa tinha a ver com a outra, e ela ficou perplexa com a minha dúvida. Falou: "Qual o sentido de trabalhar duro se você não tem a oportunidade de provar que é a melhor?" Entende o que estou dizendo? Para ela, o esporte nada mais era que um meio para chegar a um fim, ou seja, o reconhecimento público. Era isso o que ela queria acima de tudo, ou talvez fosse a única coisa que ela sempre quis: que as pessoas reconhecessem que ela era a melhor. Pelo que pude entender, desde o início da infância seu senso de competição era exacerbado, e, com o tempo, se transformou numa obsessão. Não importava o que fizesse, tinha de ser a melhor. Não importava o que quisesse, tinha de alcançar seu objetivo o mais rápido possível. E ela nem mesmo se dava conta disso. Via a si mesma como uma pessoa aberta e generosa, pronta para se sacrificar pelos outros. Mas quem ficasse em seu caminho era um obstáculo do qual ela devia se livrar. Acho que por isso sua relação com Wieder era importante para ela. Laura se sentia lisonjeada por ter sido notada pelo professor mais carismático, um gênio admirado por todos. A atenção dele a fazia se sentir especial: ela era a eleita, era única entre aquele bando de garotas que enxergavam Wieder como um deus. Timothy era só um garoto que a seguia feito um cãozinho e com quem ela dormia de vez em quando.

Parecia que o esforço de falar era exaustivo para ela, e duas manchas vermelhas brotaram em suas bochechas. Ela ficava pigarreando, como se a garganta estivesse seca. Sua xícara de café estava vazia, então perguntei se queria mais, mas ela disse que não.

— Acho que foi por isso que ela fez amizade comigo no início. Embora eu fosse nascida e criada na cidade, era ingênua e fiquei maravilhada diante de Laura, o que confirmou para ela que não havia sentido em ter qualquer complexo quanto a ser uma caipira que conseguiu chegar à Costa Leste. Ela me colocou sob a sua asa, de certa forma. Como Sancho Pança, eu a seguia em qualquer situação, montada em meu burro, enquanto ela abria caminho rumo à fama e à glória. Mas ela não tolerava nem o menor sinal de independência. Uma vez, comprei um par de sapatos sem pedir sua opinião. Ela conseguiu me convencer de que aqueles eram os sapatos mais feios do mundo e que só alguém desprovido de bom gosto usaria uma coisa daquelas. Acabei me desfazendo deles.

— Tudo bem, ela era uma cadela fria e calculista, mas um monte de gente é assim. Você acha que ela poderia estar envolvida na morte de Wieder? Que motivo ela poderia ter para isso?

— O livro que Wieder tinha escrito — respondeu ela. — Aquele maldito livro.

Ela me disse que Laura havia ajudado o professor com um livro, e que ele se baseou no conhecimento matemático dela para criar modelos que estimavam mudanças comportamentais provocadas por acontecimentos traumáticos.

A impressão de Sarah era a de que Laura havia passado a dar um valor exagerado à sua contribuição. Estava convicta de que, sem sua ajuda, Wieder nunca teria conseguido concluir o projeto. Por isso, pediu a ele que lhe desse crédito como coautora, e o professor — como ela contou deliciada a Sarah — concordou. Na época, Timothy tinha ido fazer alguma pesquisa numa universidade na Europa, e Laura havia se mudado para a casa que dividiu com Richard Flynn, depois de passar uma breve temporada no apartamento de um quarto que Sarah havia alugado. Ela contou depois a Sarah que Flynn, o sujeito com quem dividia a casa, era um sonhador iludido, e que estava loucamente apaixonado por ela, uma situação que Laura achava divertida. Mas, um dia, Laura, que visitava a casa do professor com bastante frequência, encontrou uma cópia do material que ele havia enviado para uma editora. O nome dela não constava em lugar algum do documento, então Laura percebeu que o professor vinha mentindo para ela e que não tinha a menor intenção de colocá-la como coautora.

Foi então que, segundo Sarah, sua amiga começou a mostrar seu lado mais feio. Ela não teve ataques histéricos, não quebrou nada, não gritou — teria sido melhor se tivesse feito algo assim.

Em vez disso, Laura pediu a Sarah para passar a noite na casa dela e ficou uma hora ou duas olhando para o nada, sem abrir a boca. Foi então que começou a bolar um plano de batalha, como um general determinado a aniquilar completamente o inimigo.

Laura sabia das discussões que haviam surgido entre o professor e as pessoas com quem vinha trabalhando num projeto secreto, por isso começou a confundir a mente dele, fazendo-o pensar que estava sendo seguido e que havia pessoas vasculhando sua casa enquanto ele não estava. Na verdade, era a própria Laura que fazia isso — mudava as coisas de lugar, deixando outros sinais sutis de invasão, numa espécie de jogo sádico.

Depois, Laura fez com que o professor acreditasse que ela estava apaixonada por Richard Flynn, a quem o apresentara, numa tentativa de deixá-lo com ciúmes. Ela vinha tentando fazer com que Wieder protelasse o envio do manuscrito para que, nesse meio-tempo, tentasse convencê-lo a voltar ao que haviam concordado antes.

Segundo Sarah, o professor provavelmente percebeu que o que Laura estava pedindo era absurdo. Ela nem mesmo havia terminado o mestrado, mas estaria na capa de uma obra acadêmica de peso — e seria ele quem receberia as críticas, prejudicando seriamente sua carreira como consequência.

Eu me lembrei do que Flynn escreveu em seu manuscrito sobre o primeiro encontro com Wieder. Se Sarah Harper estivesse falando a verdade, ele foi apenas uma peça num jogo de xadrez. Sua única função foi a de deixar o professor com ciúmes, um mero fantoche no show de Laura.

— Na noite da morte do professor, Laura foi ao meu apartamento — prosseguiu Sarah. — Eram umas três da manhã. Eu tinha ido dormir cedo, pois no dia seguinte viajaria para casa para as festas de fim de ano, e um amigo havia me oferecido uma carona até Nova York. Laura parecia assustada e me contou que tivera uma discussão com Richard Flynn, que levara a sério seu flerte e se tornou obcecado por ela. Laura tinha tirado todos os seus pertences de casa, que estavam no porta-malas do carro do lado de fora. De qualquer forma, Timothy havia retornado alguns dias antes e os dois iam morar juntos novamente.

— Richard alegou que Laura disse a ele que planejava passar o dia com você e dormir no seu apartamento naquela noite.

— Como falei, ela chegou de madrugada. Não faço a menor ideia de onde ela estava até então. Mas me implorou para dizer que havíamos passado a noite inteira juntas, caso alguém perguntasse. Prometi que faria isso, pensando que ela estivesse se referindo a Richard Flynn.

— Onde você morava na época, Sarah?

— Em Rocky Hill, a uns oito quilômetros do campus.

— Quanto tempo você acha que levaria para Laura chegar lá partindo da casa que dividia com Richard Flynn?

— Não muito, por mais que fosse de noite e o tempo estivesse muito ruim. Eles moravam em algum lugar na Bayard. Uns vinte minutos, ou meia hora, no máximo.

— E ela havia levado cerca de meia hora para chegar da casa do professor em West Windsor à casa de Flynn, dadas as condições do tempo. E mais outra hora para juntar suas coisas, o que daria duas horas. Se minha informação estiver correta e Laura tiver de fato retornado à casa de Wieder naquela noite, isso significa que saiu de lá por volta de uma da manhã, e não às nove da noite, como Flynn declarou à polícia. Em outras palavras, *depois* que Wieder foi atacado...

— Eu sabia já naqueles tempos que havia algo de errado e que Laura estava mentindo. Normalmente ela era bastante autoconfiante, mas naquela noite estava *assustada*; é esta a palavra. Eu tinha acabado de ser acordada e mal via a hora de voltar para a cama, por isso não quis ouvir todos os detalhes da história dela. A partir daquele momento fomos nos afastando e, para ser sincera, não desejava mais sua amizade. Arrumei o sofá para ela e voltei para a cama, depois de avisar a ela que eu partiria cedo na manhã seguinte. Mas, quando acordei às sete horas, ela já não estava mais lá. Encontrei um bilhete dizendo que ela tinha ido para a casa de Timothy. Parti por volta das oito da manhã e soube do que havia acontecido pelo rádio do carro do meu amigo. Pedi que ele parasse no acostamento. Nós estávamos na Jersey Turnpike, e lembro que saí do carro e vomitei. Na mesma hora fiquei me perguntando se Laura estaria de alguma forma envolvida com a morte do professor. Meu amigo quis me levar para o hospital. Tentei me acalmar e, depois de chegar em casa, passei as festas de fim de ano de cama. A polícia me telefonou entre o Natal e o Ano Novo, então voltei a Nova Jersey e prestei depoimento. Contei a eles que Laura tinha estado comigo naquele dia, da hora do almoço até a manhã seguinte. Por que menti por ela, sabendo que talvez estivesse envolvida em algo tão sério? Não sei dizer. Acho que ela me dominava e eu não era capaz de dizer não para ela.

— Você falou com Laura depois disso?

— Logo depois de eu ter sido interrogada pela polícia, nós tomamos um café juntas. Ela me agradeceu várias vezes e me garantiu que não teve nada a ver com o assassinato. Falou que me pediu que testemunhasse para que não fosse importunada pelos policiais e pelos repórteres. Mais que isso, disse que o professor finalmente havia reconhecido sua contribuição para o livro, prometendo mencioná-la como coautora, o que me soou um bocado estranho. Por que ele teria mudado de ideia assim de repente, logo antes de ser assassinado?

— Então você não acreditou nela?

— Não. Mas eu estava abatida, tanto física quanto mentalmente, e tudo o que eu queria era ir para casa e esquecer aquela coisa toda. Decidi tirar um período sabático e só voltei às aulas no outono de 1988, de modo que Laura não estivesse mais lá quando eu retornasse. Ela ligou algumas vezes para a minha casa naquele intervalo, mas eu não queria falar com ela. Menti para meus pais, dizendo que passei por um fim de namoro terrível, e comecei a fazer terapia. Um ano depois, quando voltei a Princeton, a história toda sobre o assassinato de Wieder já era notícia velha e quase ninguém falava sobre o assunto. Ninguém me perguntou mais nada sobre o caso depois daquilo.

— E você voltou a vê-la ou a falar com ela depois disso?

— Não — respondeu ela. — Mas, no ano passado, por acaso, eu encontrei isto.

Ela abriu o zíper da bolsa e tirou de dentro um livro de capa dura, que empurrou sobre a mesa na minha direção. Era escrito por Laura Westlake, Ph.D. Havia uma fotografia em preto e branco da autora na contracapa, acima de uma breve biografia. Bati os olhos na foto e vi que ela não havia mudado muito ao longo das últimas duas décadas: as mesmas feições comuns, e aquela expressão de determinação que já lhe dava um ar bastante maduro.

— Encontrei este livro na biblioteca da clínica de reabilitação onde fiquei internada. Foi publicado em 1992. Reconheci a foto na capa e percebi que ela havia mudado de nome. Foi seu primeiro livro. Como descobri posteriormente, a obra foi recebida com elogios unânimes e toda sua carreira a seguir foi construída em cima dela. Não tenho dúvidas de que se tratava do livro que Wieder iria publicar.

— Eu fiquei me perguntando por que aquele livro nunca tinha sido publicado — falei. — O manuscrito sumiu.

— Não sei se isso teve alguma coisa a ver com a morte do professor, mas supus que ela havia roubado o manuscrito do qual vinha falando antes do assassinato. Talvez ela tenha manipulado aquele sujeito, Flynn, para cometer o crime, e ela roubou o livro. E foi aí que eu fiz outra coisa...

Ela limpou os lábios com um guardanapo, deixando nele uma marca de batom, e pigarreou.

— Descobri o endereço de Flynn. Não foi fácil, pois ele morava na cidade e há vários Flynns por aqui, mas eu sabia que ele havia se formado em Literatura Inglesa em Princeton e concluído o curso em 1988; portanto, no fim, consegui chegar até ele. Coloquei um exemplar do livro num envelope e enviei para o endereço que encontrei, sem nenhuma carta de explicação.

— Ele provavelmente não sabia que Laura havia roubado o manuscrito de Wieder e ainda achava que tudo se tratava apenas de um triângulo amoroso que acabou mal para todo mundo.

— Também acredito nisso, e depois acabei descobrindo que Flynn havia morrido. Não sei se o fato de eu ter lhe enviado o livro fez com que ele colocasse a história toda no papel, mas talvez fosse seu modo de se vingar de Laura por ter mentido para ele.

— Então Laura saiu de mãos limpas, graças a você e a Richard, que a acobertaram.

Sei que aquilo soou duro, mas era a verdade.

— Laura era o tipo de pessoa que sempre sabia como tirar vantagem dos sentimentos das pessoas que se importavam com ela. Enfim, faça o que quiser com a informação que lhe passei, mas não estou preparada para fazer nenhuma declaração oficial.

— Não acho que será necessário — falei. — Enquanto o restante do manuscrito de Flynn continuar desaparecido, tudo isso não passa de especulação.

— Acho que é melhor assim — disse ela. — É só uma história antiga que não é mais do interesse de ninguém. Para falar a verdade, nem do meu. Tenho minhas próprias histórias, sobre as quais vou pensar nos anos que virão.

Eu me despedi de Sarah Harper e pensei na ironia de talvez ter conseguido desenrolar os fios daquela coisa toda logo depois de o caso deixar de ter importância para mim.

Não estava interessado em garantir que a justiça prevalecesse. Nunca fui um fanático a serviço da suposta verdade, e era esperto o bastante para saber que a verdade e a justiça nem sempre significavam a mesma coisa. Pelo menos em uma coisa eu concordava com Sam: a maioria das pessoas preferia histórias simples e agradáveis a verdades complicadas e inúteis.

Joseph Wieder tinha morrido quase trinta anos atrás e Richard Flynn também estava a sete palmos do chão. Provavelmente Laura Baines construiu sua carreira com base em mentiras, e talvez num assassinato. Mas as pessoas sempre idolatraram e chamaram de heróis outras pessoas saídas do mesmo saco — basta folhear um livro de história para constatar isso.

No caminho de volta, imaginei Laura Baines revirando a casa em busca do manuscrito, com Wieder no chão, deitado sobre o próprio sangue. O que teria feito Richard Flynn, que talvez tenha empunhado o taco de beisebol, nesse meio-tempo? Ainda teria estado lá ou já teria ido embora? Estaria tentando se livrar da arma do crime? Mas, se tinha feito aquilo por Laura, por que ela o deixou e, neste caso, por que ele continuou a acobertá-la?

Ou talvez aquela sequência de acontecimentos só existisse na mente de Sarah Harper, uma mulher que vinha decaindo degrau por degrau, enquanto sua ex-amiga construía uma carreira espetacular para si mesma. Quantos de nós realmente ficamos felizes pelo sucesso dos outros e não sonhamos secretamente em fazê-los pagar, mais cedo ou mais tarde, por tudo o que alcançaram? Deem uma olhada nos noticiários, amigos.

Mas as minhas perguntas não tinham mais importância, e nem todos os outros detalhes. Talvez eu simplesmente gostasse de acreditar que Laura Baines, aquela mulher fria e calculista, executara uma daquelas jogadas de sinuca em que você acerta uma bola, que por sua vez acerta outra e mais outra. Richard Flynn, Timothy Sanders e Joseph Wieder nada mais foram que bolas de sinuca para ela, batendo uma na outra até ela alcançar seu objetivo.

E o mais irônico de tudo era que uma pessoa como Wieder, um homem que no fim das contas gostava tanto de vasculhar a mente das pessoas, tenha acabado num xeque-mate mortal executado por uma de suas alunas.

Neste caso, Laura Baines talvez merecesse mesmo seu sucesso posterior, caso tivesse de fato sido uma vivisseccionista da mente humana mais hábil que seu mentor.

No dia seguinte, eu me encontrei com Peter no café Abraço, no East Village.

— Como vão as coisas? — perguntou ele. — Você parece cansado, cara. O que houve?

Falei que tinha terminado o trabalho para o qual havia sido contratado e lhe entreguei um resumo escrito. Ele apenas colocou o envelope dentro de sua pasta ridícula, sem dar muita atenção. Também dei a ele o exemplar do livro de Laura Baines.

Ele não me perguntou mais nada, e parecia que sua cabeça estava em outro lugar. Por isso comecei a falar, descrevendo uma possível versão do que teria acontecido no outono e no inverno de 1987. Ele ouviu tudo distraidamente, mexendo num sachê de açúcar e dando um gole em seu chá de tempos em tempos.

— Talvez você esteja certo — disse ele —, mas está ciente do quanto seria difícil publicar algo assim sem provas?

— Não estou falando sobre publicar nada — retruquei, e ele pareceu aliviado. — Comparei o capítulo presente no material que Wieder enviou à Allman & Lupkin com o primeiro capítulo do livro de Laura. São quase idênticos. Obviamente, isso pode ser uma prova de que ela roubou o manuscrito do professor, ou então simplesmente demonstra que os dois trabalharam juntos no livro e que a contribuição dela foi bastante significativa. Seja como for, isso não provaria que ela o matou para poder roubar o manuscrito, tendo Richard Flynn como cúmplice. Já um testemunho escrito por parte de Flynn seria outra coisa.

— Acho difícil de acreditar que o homem que me enviou o manuscrito fosse um assassino — disse Peter. — Não estou falando que não pudesse ter cometido o crime, mas... — Ele desviou o olhar. — Você acha que o manuscrito dele era uma confissão?

— Bem, eu acho, sim. Ele não tinha mais muito tempo pela frente, não se importava muito com a reputação que deixaria para trás e não tinha herdeiros. Talvez Laura Baines tivesse mentido para ele e o manipulado para que matasse Wieder, deixando-o sozinho para segurar a barra, enquanto ela construía sua carreira a partir do assassinato que ele cometera. Quando recebeu o livro e percebeu o que realmente estava em jogo, Flynn se deu conta do que de fato havia ocorrido durante aqueles meses. Ele destruiu sua vida por causa de uma mentira. Talvez na época ela tivesse prometido voltar para ele, que o fim do namoro era apenas uma precaução, para não levantar mais suspeitas.

— Tudo bem, é uma história interessante, mas o manuscrito sumiu e você não parece interessado em escrever um livro — disse Peter, voltando à questão em aberto.

— Sim, é neste pé que as coisas se encontram. Acho que fiz você perder seu tempo.

— Tudo bem. Para dizer a verdade, não acredito que nenhuma editora vá querer encarar todas as complexidades legais para publicar um projeto como este. Pelo que parece, os advogados de Laura Baines fariam picadinho delas.

— Concordo com você, cara. Obrigado pelo café.

Fui para casa, reuni todos os documentos referentes à minha investigação das últimas semanas, guardei tudo numa caixa e a joguei num armário.

Depois telefonei para Danna Olsen e falei que não tinha conseguido descobrir nada de novo, por isso decidi desistir da coisa toda. Ela falou que acreditava ser melhor assim: os mortos deviam ser deixados em paz e os vivos deviam seguir com suas vidas. Pensei comigo mesmo que suas palavras soavam como um epitáfio para o falecido Richard Flynn.

Naquela noite, eu me encontrei com o tio Frank, no Upper East Side, e lhe contei a história toda.

Sabe o que ele disse, depois de me escutar com atenção por cerca de uma hora? Que eu havia jogado fora a história mais interessante que ele já tinha ouvido. Mas ele sempre demonstrava um entusiasmo exagerado.

Jogamos conversa fora, bebemos algumas cervejas e assistimos a um jogo de beisebol na televisão. Tentei esquecer Sam e todas aquelas histórias sobre livros perdidos. Parece ter funcionado, pois naquela noite dormi feito um bebê.

* * *

Alguns meses depois, um ex-colega do *Post* que se mudara para a Califórnia me telefonou e me ofereceu um trabalho como roteirista para uma nova série de televisão. Aceitei a oferta e decidi alugar meu apartamento antes de partir para a Costa Oeste. Tentando desocupar ao máximo os armários, encontrei os documentos sobre o caso de Wieder e telefonei para Roy Freeman para perguntar se aquilo lhe interessava. Ele me disse que tinha novidades.

— Obrigado por se lembrar de mim. Eu também estava para lhe telefonar — disse ele. — Parece que temos uma confissão.

Meu coração pareceu pular uma batida.

— Como assim? Foi Laura Baines, não foi? Ela confessou?

— Bem, pelo que sei, não foi ela. Ouça, por que não vem aqui para tomarmos um café? Traga os papéis e eu lhe contarei a história completa.

— Claro, a que horas?

— Quando você quiser, estou em casa e não pretendo sair. Lembra onde moro? Tudo certo, então, e, por favor, não esqueça os papéis, tem uma coisa que ainda está me incomodando.

Parte Três

Roy Freeman

Ele declara distintamente que coisas viu e que coisas ouviu de outros. Pois este será um livro em que se pode confiar.

Marco Polo, *As viagens*, Livro 1, Prólogo 1

Um

Matt Dominis me ligou numa daquelas noites que fazem você ficar com pena de não ter um gato. Quando desliguei, saí para a varanda e fiquei lá uns minutos, tentando organizar as ideias. Estava escurecendo, algumas estrelas brilhavam no céu e o trânsito na rodovia ecoava como o zumbido de um enxame de abelhas.

Quando você finalmente descobre a verdade sobre um caso pelo qual é obcecado há um tempo, é como perder um companheiro de viagem tagarela, intrometido e talvez até mal-educado, mas que você se acostumou a ter por perto quando acorda de manhã. E assim foi o caso Wieder para mim nos últimos meses. Mas o que Matt me disse colocou um ponto final em todas as hipóteses que levantei naquelas muitas horas passadas no escritório que montei no quarto de hóspedes. E me convenci de que as coisas não podiam terminar assim, que ainda havia algo que não se encaixava, por mais que o que Matt disse fosse verdade.

* * *

Voltei para dentro, liguei de novo para Matt e perguntei se eu poderia falar pessoalmente com Frank Spoel, que, a alguns meses da data marcada para a sua execução, confessara ter assassinado o professor Joseph Wieder. Matt era um veterano no Centro Correcional de Potosi, e o diretor concordou com o meu pedido depois de descobrir que a solicitação de visita vinha de um investigador que havia trabalhado no caso no fim dos anos oitenta. Eu queria ver o sujeito com meus próprios olhos, ouvir com meus próprios ouvidos a história sobre o homicídio em West Windsor. Eu não estava convencido de que ele dizia a verdade; suspeitava de que talvez só estivesse tentando chamar atenção, depois de ficar sabendo que um escritor da Califórnia queria colocar seu nome num livro. Wieder tinha sido assassinado logo depois de Spoel receber alta de um hospital psiquiátrico e ficar circulando por Nova Jersey, então provavelmente deve ter lido sobre o assassinato nos jornais da época.

John Keller me fez uma visita, trazendo consigo todos os documentos que tinha sobre o caso. Ele não sabia que eu havia retomado a investigação do assassinato de Wieder após nossa conversa na primavera e, enquanto tomávamos café, falamos sobre a confissão de Spoel. Ele me contou que havia perdido a namorada por causa desse trabalho.

— Não acredito em bruxaria, mas este caso parece carregar com ele uma maldição — disse John Keller —, por isso é melhor você tomar cuidado. Fico feliz por ter largado tudo, e não quero me envolver com esta coisa de novo, nem agora, nem nunca mais. Enfim, parece que agora o caso está encerrado, não é mesmo?

Disse a ele que parecia que sim e lhe desejei boa sorte com o novo emprego. Mas eu não estava tão certo de que a verdade sobre o caso de Wieder finalmente tinha vindo à tona. Assim, duas semanas depois, quando Matt me ligou e disse que todos os arranjos já haviam sido feitos, comprei uma passagem aérea pela internet para o dia seguinte e coloquei algumas roupas numa pequena bolsa.

O táxi me buscou às cinco da manhã e, meia hora depois, eu estava no aeroporto. Matt estaria esperando por mim em St. Louis, pronto para me levar a Potosi.

Durante o voo, fui sentado ao lado de um vendedor, o tipo de cara que, mesmo que estivesse prestes a ser executado, tentaria convencer o pelotão de fuzilamento a comprar um aspirador de pó novo. Ele se apresentou como John Dubcek, e só depois de dez minutos reparou que eu estava absorto demais na leitura do meu jornal para estar ouvindo de fato o que ele dizia.

— Aposto que você é professor do ensino médio — disse ele.

— Vai perder a aposta. Não sou, não.

— Eu nunca erro, Roy. História?

— Não chegou nem perto. Sinto muito.

— Ah, já sei: Matemática.

— Não.

— Tudo bem, eu desisto. Conheço um lugarzinho tranquilo perto do aeroporto, e vou pagar seu café da manhã. Aposto que ainda está em jejum. Não gosto de comer sozinho, então você vai ser meu convidado.

— Obrigado, mas um amigo vai me buscar.

— Sem problema, mas você não me disse como ganha a vida.

— Sou ex-policial, investigador aposentado.

— Uau, eu nunca teria adivinhado. Conhece aquela piada dos três policiais que entram num bar?

Ele me contou uma daquelas piadas sem graça e não entendi o final.

Depois que aterrissamos, ele me deu seu cartão de visita, que era tão espalhafatoso que mais parecia um pequeno cartão de Natal, e arrogantemente me disse que poderia arrumar qualquer coisa em que eu pudesse pensar; tudo o que eu precisava fazer era ligar para ele e dizer do que precisava. Enquanto me encaminhava para a saída, eu o vi conversando com uma garota vestida como cantora country, de calça Levi's, camisa xadrez, colete de couro e um chapéu de caubói empoleirado sobre os longos cabelos louros.

Matt esperava por mim junto a uma banca de jornal.

Saímos do aeroporto e fomos a uma cafeteria lá perto. Meu horário no Centro Correcional de Potosi só estava marcado para dali a duas horas.

Matt e eu fomos colegas de trabalho por oito anos no Departamento de Polícia do Município de West Windsor. No início dos anos noventa ele se estabeleceu no Missouri, mas continuamos amigos, e de vez em quando nos falávamos por telefone, mantendo um ao outro atualizado sobre o que vinha acontecendo, e também o visitei em duas ou três ocasiões, quando fomos caçar. Matt trabalhava no Centro Correcional de Potosi havia onze anos, mas estava prestes a se aposentar. Solteirão inveterado, acabou se casando há apenas dois anos com uma colega de trabalho chamada Julia e eles me convidaram para o casamento. Não nos víamos desde então.

— Parece que o casamento fez bem a você — falei, despejando um sachê de açúcar numa xícara de café do tamanho de uma tigela de sopa. — Você parece mais jovem.

Ele abriu um sorriso triste. Sempre teve o ar oprimido de um homem convicto de que alguma catástrofe estava para se abater sobre ele. Como era alto e robusto, no departamento lhe demos o apelido de Fozzie, em homenagem ao urso dos *Muppets*. Era um apelido carinhoso, sem intenção de ofender — todos gostavam de Matt Dominis.

— Não tenho do que reclamar. Julia é ótima e tudo está correndo bem. Mas agora estou naquela idade em que tudo o que eu quero é uma boa aposentadoria, para poder desfrutar dos meus anos dourados. Quando você menos imagina, pode ter um derrame e começar a molhar as calças feito um bebê. Quero fazer uma viagem à Luisiana, ou tirar longas férias em Vancouver. Quem sabe nós não vamos até a Europa? Estou cansado de bancar a babá para aqueles paspalhos o tempo todo. Mas ela diz que devemos esperar.

— Estou aposentado há três anos e, a não ser por uma viagem a Seattle, quando minha neta nasceu, e outras duas viagens para cá, não fui a lugar algum, meu camarada.

— Tá, entendi. Talvez eu não vá à Luisiana ou à maldita Vancouver. Mas eu quero me levantar de manhã, beber meu café e ler o jornal sem saber que vou passar o resto do dia ao lado de condenados numa maldita caixa de concreto. E, por falar em Seattle, como estão Diana e Tony?

Diana era minha ex-mulher, que se mudou para Seattle depois do divórcio, e Tony, nosso filho, que estava prestes a completar trinta e oito anos. Era óbvio que Tony me culpava pelo divórcio e nunca deixou de me criticar por isso. Sempre dizia "você estragou tudo". Eu sabia que ele estava certo e que eu de fato havia estragado tudo. Mas gosto de pensar que às vezes as pessoas deviam perdoar às outras. Na minha opinião, paguei um preço alto por minha estupidez naquela época e vivi sozinho por quase trinta anos.

Tony havia se casado três anos atrás e minha neta, Erin, estava com um ano e meio. Só a vi uma vez, logo que nasceu.

Contei a Matt algumas histórias engraçadas sobre ela, que ouvi por Diana, mas ele mudou de assunto de repente.

— O que você acha do que aconteceu com este sujeito, Frank Spoel? Depois de todos esses anos...

— Por acaso, um repórter entrou em contato comigo uns três meses atrás por causa dessa mesma história e por isso comecei a examinar o caso de novo.

— Que coincidência...

— O que deu nele para resolver abrir o bico de uma hora para outra? Quanto tempo ele tem até a execução?

— Cinquenta e oito dias. Só que, trinta dias antes da injeção, ele vai ser transferido para a prisão de Bonne Terre, onde as execuções são feitas neste estado; fica a uma meia hora daqui. O que deu nele? Como já disse pelo telefone, ele recebeu uma visita de um sujeito da Califórnia, um professor escrevendo sobre mentes criminosas ou algo assim. O cara estava interessado em descobrir como Spoel acabou se tornando um assassino. Até então, sabia-se que Spoel tinha cometido seu primeiro homicídio em 1988, no Condado de Carroll, Missouri, quando esfaqueou um idoso que caiu na besteira de dar uma carona para ele na Rota 65. Estava com vinte e três anos na época e já havia cumprido dois anos no Hospital Psiquiátrico de Trenton, em Jersey. Depois de ser preso por um assalto, foi declarado louco. O cara não tem mais nada a perder: está na prisão desde 2005, a Suprema Corte do Missouri rejeitou seu apelo dois meses atrás e o governador Nixon preferiria colocar uma arma na própria boca a perdoar uma criatura dessas. Ele decidiu botar ordem na sua bagunça, para que a História registre a verdade e nada mais que a verdade sobre sua grande vida... Peraí, só um instante.

Ele libertou o enorme corpanzil do espaço entre a cadeira e a mesa e seguiu para o banheiro. Eu senti um grande cansaço, por isso pedi à garçonete que me trouxesse mais café. Ela abriu um sorriso para mim enquanto me servia. "Alice" era o nome no crachá, e ela parecia ter a mesma idade do meu filho. Olhei de relance para o relógio em forma de Tartaruga Ninja na parede: ainda havia tempo de sobra.

— Como eu ia dizendo — continuou Matt depois de voltar para a mesa e a garçonete lhe servir outra xícara de café —, Spoel colocou na cabeça que queria convencer esse sujeito da Califórnia de que tudo começara com alguma coisa que o professor Wieder fizera com ele anos antes.

— Quer dizer que ele alega ter assassinado Wieder, mas que a culpa foi da vítima?

— Bem, é meio complicado. Como eu ia dizendo, quando tinha vinte anos, Spoel teve um desentendimento com alguns cidadãos e roubou dinheiro de um deles, além de espancar feio o cara. Seu advogado pediu que fosse feito um exame psicológico, que foi realizado por Wieder. Spoel foi considerado inocente por motivo de insanidade e levado ao hospital psiquiátrico para tratamento. Seu advogado lhe garantiu que em dois ou três meses pediria a Wieder para realizar um novo exame e que ele seria libertado. Mas, no fim, acabou trancafiado por dois anos, pois Wieder se opôs à sua libertação.

— Eu revi o caso recentemente, depois que o repórter entrou em contato comigo. Esta foi uma pista que considerei na época: uma possível vingança, consequência dos casos com os quais Wieder lidou em sua função de especialista. Mas o nome Frank Spoel jamais apareceu na investigação.

— Vai saber. Talvez porque se tratava apenas de um bandidinho de segunda na época, um rapaz de vinte e um anos? Vocês não o consideraram importante. Mas ele vai lhe contar o porquê disso tudo. Eu não dou a mínima para histórias contadas por babacas como ele. De qualquer forma, fico feliz por você ter vindo. Vai passar a noite com a gente?

— Estou no meio de uma obra em casa, por isso quero terminar antes de as chuvas chegarem. Vai ficar para a próxima, meu camarada. Vamos nessa?

— Temos tempo de sobra, relaxa. O tráfego na I-55 está tranquilo agora. Vamos levar uma hora e meia para chegar lá. — Ele deu um suspiro profundo. — Spoel reclama de ter sido mandado para o hospício quando era são, embora normalmente aconteça o contrário. Você sabia que um terço dos sujeitos atrás das grades em prisões de segurança máxima tem um parafuso solto? Dois meses atrás eu estive em Chicago, numa sessão de treinamento sobre criminalidade. Estavam lá todos os tipos de figurões das agências de Washington, D.C. Aparentemente, após um ciclo de duas décadas em que a criminalidade dava sinais de regressão, entramos no ciclo oposto. Desde que os hospitais psiquiátricos ficaram lotados, um louco de pedra passou a ter todas as chances de ser jogado numa cadeia junto a presos normais. E pessoas como eu, que ficamos responsáveis pela custódia deles, têm de lidar com espécimes desses todo dia.

Ele deu uma olhada rápida em seu relógio de pulso.

— Vamos puxar o bonde?

Enquanto viajávamos pela interestadual, comecei a pensar em Frank Spoel, cujo caso estudei antes de partir para St. Louis. Ele era um dos assassinos mais perigosos no corredor da morte. Havia matado sete pessoas — oito, se fosse verdade que ele também tivesse matado Wieder —, em três estados antes de ser apanhado. Ele havia cometido ainda quatro estupros e inúmeros furtos. Suas duas últimas vítimas foram uma mulher, de trinta e cinco anos, e a filha, de doze. Por que tinha feito isso? A mulher havia escondido dinheiro dele, foi o que alegou. Spoel a conhecera num bar dois meses antes e os dois vinham morando juntos num trailer perto do rio.

Como disse Matt, os investigadores descobririam posterior mente que Frank Spoel cometeu seu primeiro homicídio em 1988, quando tinha só vinte e três anos de idade. Ele nasceu e cresceu no Condado de Bergen, em Nova Jersey, e cometeu seu primeiro crime grave aos vinte e um. Dois anos depois recebeu alta do hospital psiquiátrico e partiu para o Meio-Oeste, onde fez vários trabalhos estranhos por um tempo. Sua primeira vítima foi um homem de setenta e quatro anos do Condado de Carroll, no Missouri, que deu uma carona a Spoel em seu caminhão na Rota 65. O fruto do assalto? Uns trocados, uma velha jaqueta de couro e um par de botas que por acaso lhe serviam.

Em seguida ele decidiu ir para Indiana, onde cometeu seu segundo homicídio. Passou a andar com uma gangue de Marion, especialista em arrombamentos. Depois que os integrantes da gangue seguiram cada um o seu caminho, ele voltou ao Missouri. É interessante que nos oito anos que se seguiram ele não cometeu um só crime, trabalhando numa pizzaria em St. Louis. Depois foi para Springfield, onde trabalhou num posto de gasolina por outros três anos. Mas, de repente, começou tudo outra vez. Spoel foi preso em 2005, após ser abordado por uma blitz rodoviária de rotina.

Na época da morte de Wieder, eu estava no fim do processo de divórcio e me vi morando sozinho numa casa grande demais para mim. Como qualquer alcoólatra que se preze, usei isso como desculpa para esvaziar ainda mais garrafas e para chorar no ombro de quem estivesse disposto a me ouvir. Com o pouco que restava da minha lucidez, tentava fazer meu trabalho, mas sempre achei que tinha pisado na bola no caso Wieder e em outros casos que aconteceram no mesmo período. O chefe, Eli White, era um homem muito bom. Se estivesse no lugar dele, eu teria me dispensado do serviço com referências tão ruins que não conseguiria encontrar trabalho nem como vigia noturno no shopping.

Matt abriu as janelas e acendeu um cigarro enquanto seguíamos pela I-55, em meio à pradaria. Era início de verão e o tempo estava bom.

— Qual foi a última vez que você esteve numa prisão? — perguntou ele, falando alto para que sua voz se sobressaísse à de Don Williams, que choramingava numa estação de música country por uma garota que nunca o conheceu de verdade.

— Acho que a última vez foi no outono de 2008 — respondi. — Peguei o depoimento de um sujeito na Rikers, relacionado a um caso em que eu estava trabalhando. Era um lugar ruim, amigo.

— Acha que aonde estamos indo será melhor? Toda manhã, quando começo meu turno, sinto vontade de quebrar alguma coisa. Por que diabos não fomos médicos ou advogados?

— Acho que não éramos inteligentes o bastante, Matt. E eu não teria gostado de cortar pessoas.

Dois

O Centro Correcional de Potosi era um gigante de tijolos vermelhos, protegido por cercas de arame farpado eletrificadas, localizado no meio da planície, como uma imensa fera presa numa armadilha. Aquele era um presídio de segurança máxima, onde cerca de oitocentos detentos passavam seus dias, junto a uma centena de guardas e funcionários auxiliares. As poucas árvores descarnadas que flanqueavam o estacionamento dos visitantes formavam o único borrão de cor naquele triste panorama.

Matt estacionou o carro e nos encaminhamos ao portão dos funcionários na ala oeste. Passamos por um pátio pavimentado com cascalho vermelho-sangue e, em seguida, entramos num corredor que se embrenhava nas profundezas do prédio. Matt saudou os homens uniformizados que encontramos pelo caminho, homens robustos e de expressões sérias que já tinham visto de tudo.

Atravessamos um detector de metais, recolhemos nossos pertences das bandejas de plástico e chegamos a um cômodo sem janelas e com piso de linóleo, onde havia uma série de cadeiras e mesas aparafusadas ao chão.

Um oficial chamado Garry Mott me passou as instruções habituais, falando com um forte sotaque sulista:

— A visita dura uma hora. Se quiseres acabar antes, diga aos oficiais que vão acompanhar o detento. Nenhum tipo de contato físico é permitido durante o encontro e qualquer objeto que tu quiseres dar pro detento ou que ele possa querer dar pra ti tem que ser inspecionado antes. Durante o encontro vocês vão ser observados por câmeras de segurança e qualquer informação que tu obtiveres poderá ser usada posteriormente em procedimentos legais.

Ouvi o discurso, que já conhecia, e ele foi embora. Matt e eu nos sentamos.

— Então é aqui que você trabalha — falei.

— Não é o lugar mais maravilhoso do mundo — disse ele, soturnamente. — E, graças a você, um dos meus dias de folga se foi pelo ralo.

— Vou te pagar um bom almoço quando sairmos daqui.

— Talvez devesse me pagar umas bebidas.

— Aí você vai ter que beber sozinho.

— Pode acenar naquela direção — disse ele, indicando com o queixo um canto onde uma câmera nos encarava. — Julia está de serviço no centro de monitoramento.

Ele se levantou.

— Tenho que ir. Preciso fazer umas comprinhas. Volto em uma hora para tirar você daqui. Comporte-se e cuide para que ninguém se machuque.

Antes de ir embora ele acenou para a câmera. Imaginei Julia sentada numa cadeira olhando para as fileiras de telas de vídeo à sua frente. Era uma mulher forte, quase tão alta quanto Matt, nascida e criada em algum lugar nas Carolinas.

Esperei alguns minutos até que ouvi o zumbido na porta. Frank Spoel fez sua entrada, flanqueado por dois oficiais armados. Estava com um macacão cinza. No lado esquerdo do peito havia uma etiqueta branca com seu nome. As mãos estavam algemadas às costas e as pernas, presas por uma corrente que limitava o alcance de seus passos e chocalhava toda vez que ele se deslocava.

Spoel era baixo e magro, e, se você o visse na rua, não olharia para ele uma segunda vez. Mas muitos dos sujeitos que terminam atrás das grades por assassinatos horripilantes são iguaizinhos a ele: um cara quase normal, como um mecânico ou motorista de ônibus. Antes dos anos oitenta dava para reconhecer criminosos pelas tatuagens que haviam feito na cadeia, mas depois disso todo mundo começou a pintar a pele.

Spoel se sentou na cadeira à minha frente e sorriu, exibindo dentes amarelos como ovos mexidos. Tinha um bigode louro-escuro, que descia pelos cantos da boca para se juntar a uma barba. Estava ficando calvo e as poucas mechas de cabelo remanescentes no couro cabeludo estavam grudadas à cabeça com o suor.

Um dos oficiais disse:

— Vai ser um bom menino, não vai, Frankie?

— Senão posso dizer adeus à condicional, não é isso? — respondeu Spoel sem se virar. — O que acha que vou fazer? — perguntou ele. — Tirar o pinto para fora e abrir as algemas?

— Olha a boca, princesa — rebateu o oficial, virando-se para mim e dizendo: — Estaremos perto da porta caso precise. Se ele começar a fazer graça, estaremos aqui num segundo.

Os dois foram embora, deixando-me a sós com o prisioneiro.

— Oi — falei. — Meu nome é Roy Freeman. Obrigado por concordar em falar comigo.

— Você é policial?

— Ex-policial. Estou aposentado.

— Podia jurar que era policial. Em 97 conheci um maluco chamado Bobby, lá em Indiana. Ele tinha um cachorro chamado Chill que conseguia farejar um policial mesmo que não estivesse de uniforme, sabe como é? Um belo de um vira-lata, aquele cachorro dele. Nunca descobri como conseguia fazer aquilo. Começava a latir quando sentia cheiro de policial.

— Um cachorro e tanto — concordei.

— É... Fiquei sabendo que você está interessado naquela velha história de Nova Jersey?

— Eu era um dos policiais designados para o caso Wieder, o professor que foi espancado até a morte.

— É, eu me lembro do nome dele... Tem um cigarro aí?

Fazia quinze anos que eu não fumava, mas, seguindo o conselho de Matt, levei um maço de Camel comigo. Eu sabia que cigarros eram a principal moeda de troca na cadeia, depois das drogas e dos remédios para dormir. Coloquei a mão na bolsa e saquei o maço, mostrei para ele e o guardei de volta.

— Vai receber depois que eu for embora — falei. — Os caras têm que revistar antes.

— Obrigado. Não tenho ninguém lá fora. Não vejo meus pais há mais de vinte anos. Nem sei se ainda estão vivos. Em quatro semanas vou partir desta, e estaria mentindo se dissesse que não estou com medo. Você quer saber o que aconteceu, certo?

— Você alega ter assassinado Joseph Wieder, Frank. É verdade?

— Sim, senhor, fui eu. Para ser sincero, eu não queria ter feito isso, eu não era um assassino. Pelo menos, não ainda. Só queria dar uma boa surra nele, se entende o que eu quero dizer. Queria mandar o cara para o hospital, não para o necrotério. Ele tinha aprontado uma pra cima de mim e eu quis dar o troco. Mas as coisas terminaram mal e virei assassino. Mas, depois de dois anos naquele hospício, nada mais devia me surpreender.

— Que tal me contar a história inteira? Temos uma hora.

— Os caras lá fora vão lavar meu Jaguar enquanto isso — disse ele, fazendo uma piada sem graça —, então, por que não? Vou te contar o que contei ao outro sujeito, o que disse que estava escrevendo um livro.

Aos quinze anos de idade, Frank Spoel tinha abandonado o ensino médio e começado a andar com uns caras que tinham um fliperama. Servia de boy para eles. Seu pai trabalhava num posto de gasolina e a mãe era dona de casa; ele tinha uma irmã que era cinco anos mais nova. Dois anos depois, a família se mudou de Jersey e Frank nunca mais os viu.

Aos vinte anos ele já havia trabalhado como garoto de programa e se envolvera com todo tipo de crime menor: levava artigos roubados a receptadores no Brooklyn e vendia cigarros contrabandeados e artigos eletrônicos falsificados. Às vezes coletava pequenas quantias em dinheiro para um agiota e outras vezes atuava como cafetão para algumas prostitutas.

Nas gangues sempre há um monte de bandidinhos como ele, os peixes pequenos numa complexa cadeia que vai das ruas dos bairros pobres até as mansões multimilionárias com piscina. A maior parte deles termina no mesmo lugar: correndo atrás de mais uma nota de vinte dólares, ficando cada vez mais velhos e menos importantes. Alguns conseguem subir na hierarquia e chegam a usar ternos caros e relógios de ouro. E outros poucos acabam cometendo crimes graves e apodrecendo na cadeia, esquecidos por todos.

No outono de 1985, Spoel vendeu duas caixas de cigarro para uns caras em Princeton e eles o pagaram com perfume francês. Ele descobriu depois que metade dos frascos era falsificada, e assim resolveu pedir o dinheiro de volta. Ele encontrou um dos sujeitos, houve uma briga e Spoel lhe deu uma surra e levou todo o dinheiro que encontrou em seus bolsos, mas uma patrulha da polícia estava passando por lá e ele foi detido por furto. Spoel não mencionou os cigarros, pois isso o colocaria numa encrenca ainda maior.

O tribunal designou a Spoel um defensor público chamado Terry Duanne. Por acaso, o sujeito que ele havia espancado tinha a ficha limpa. Tratava-se do dono de uma lojinha, de trinta e oito anos, casado e pai de três filhos. Já Spoel havia abandonado a escola e recebera uma série de advertências por infringir a lei. Duanne tentou fazer um acordo com a vítima, mas não conseguiu.

Diante da alternativa de ser julgado como adulto, o que significava algo entre cinco e oito anos de pena, e fazer com que um especialista médico o declarasse temporariamente louco, Frank foi aconselhado por seu advogado a escolher a segunda opção. Duanne insinuara que conhecia bem o especialista em questão e que Frank receberia alta do hospital em poucos meses. O Hospital Psiquiátrico de Trenton não era o lugar mais agradável do mundo, mas era melhor que a prisão de Bayside.

Joseph Wieder examinou Frank Spoel e chegou à conclusão de que ele vinha sofrendo de transtorno bipolar e recomendou que fosse encaminhado a um hospital psiquiátrico, e assim ele foi levado alguns dias depois para Trenton, com a certeza de que em poucos meses estaria livre.

— Por que você não foi liberado? — perguntei.

— 'Cê já teve num hospício?

— Não.

— Nem vá. Foi horrível, cara. Pouco depois de chegar, eles me fizeram beber uma xícara de chá, e só fui acordar dois dias depois, sem saber nem a porra do meu nome. Tinha uns caras lá que começavam a uivar feito animais selvagens ou então pulavam em cima de você e te davam uma surra sem nenhum motivo. Um sujeito arrancou a orelha de uma enfermeira com os dentes enquanto ela tentava dar comida para ele. As coisas que vi lá, cara... Ouvi dizer que até os anos sessenta eles costumavam arrancar todos os dentes dos pacientes, dizendo que era para evitar infecções. Infecção, o caralho...

Ele contou sua história. Tinha sido surrado, tanto pelos guardas como pelos prisioneiros. Os guardas, segundo ele, eram corruptos, então se você tivesse dinheiro dava para conseguir qualquer coisa que quisesse, caso contrário estava na pior.

— As pessoas acham que, se você está cumprindo pena, a coisa que mais passa pela sua cabeça é mulher — disse ele. — Mas vou te dizer que não é bem assim. Claro, você sente falta de trepar, mas a coisa mais importante é o dinheiro, sério. Sem dinheiro, é como estar morto: ninguém quer saber de você, a não ser aqueles que vão chutar o seu traseiro. E eu não tinha um centavo, cara. Na cadeia você pode trabalhar para descolar uma grana, mesmo que seus pais não te mandem nada. Mas no hospício você passa o dia inteiro olhando pras paredes se não tiver ninguém do lado de fora pra te mandar um qualquer. E ninguém me mandava nem um centavo.

Três semanas após sua internação, contou Spoel, ele foi levado para uma ala especial, onde havia outros dez detentos, mais ou menos, todos com idade entre vinte e trinta anos, todos responsáveis por crimes violentos. Mais tarde, Spoel descobriria que ele e os outros vinham recebendo medicamentos experimentais como parte de um programa coordenado por um professor chamado Joseph Wieder.

— Falei com meu advogado umas duas vezes, mas ele só me enrolava. No fim, ele me disse sem rodeios que em um ano poderia apelar ao juiz para que eu fosse absolvido ou transferido para um hospital com menos segurança. Eu não conseguia acreditar no que estava acontecendo comigo. Dois caras me roubaram, dei uma surra em um deles e tirei oitenta dólares da carteira dele, dinheiro que não cobria nem o prejuízo com os cigarros, e ali estava eu, trancado num hospício por pelo menos um ano.

— E você não teve a chance de falar com o professor Wieder?

— Claro, às vezes ele aparecia na nossa ala. Fazia todo tipo de perguntas, mandava a gente escolher cores, responder questionários, coisas assim. A gente era um bando de cobaia, cara, ratos brancos, sabe? Eu falei direto para o sujeito: "Aquele merda do Duanne disse que conhecia você, por isso concordei em ir para o hospício só pra me livrar de algo mais pesado. Mas sou tão bom da cabeça quanto você. Qual é o problema?" O sujeito só olhou para mim com aqueles olhos de peixe morto, que consigo até ver na minha frente agora, e sabe o que ele disse? Que não sabia do que eu estava falando, que eu estava ali porque tinha problemas mentais e que passar pelo tratamento era do meu próprio interesse, por isso ficaria ali pelo tempo que ele julgasse necessário. Mentira.

Depois Spoel me contou que tinha passado a ter pesadelos horripilantes, sem nem ter certeza se estava acordado ou dormindo, e que os comprimidos que recebia lhe faziam mais mal do que bem. A maioria dos caras na ala dele sofria de dores de cabeça terríveis e, à medida que o tratamento avançava, muitos acabaram passando a maior parte do tempo amarrados à cama, sofrendo alucinações. A maioria vomitava o que comia e desenvolveu erupções cutâneas.

Um ano depois ele recebeu a visita de outro advogado, chamado Kenneth Baldwin. O sujeito disse que Duanne, que deixara Nova Jersey, lhe passara o caso. Spoel disse a Baldwin como havia terminado ali e qual tinha sido o acordo inicial. Ele não sabia se o novo advogado havia acreditado nele, mas, mesmo assim, solicitou ao juiz que reexaminasse o caso de seu cliente.

Spoel se viu diante de uma nova comissão, chefiada por Wieder. O pedido para que fosse libertado foi recusado, assim como a solicitação de transferência para o Hospital Psiquiátrico de Marlboro, cujo regime era menos rígido. Spoel foi mandado de volta para Trenton.

— Uns seis meses antes de eu dar o fora dali — ele prosseguiu —, a gente foi transferido para outras alas e a ala experimental foi fechada. Mudaram meu tratamento e comecei a me sentir melhor. Não tinha mais pesadelos nem dores de cabeça, mas ainda acordava sem saber quem eu era. Meus nervos estavam à flor da pele, mesmo que eu tentasse esconder isso e não brigar com ninguém, para mostrar que não era doido. Como puderam fazer aquilo comigo, cara? Tudo bem, eu não era um santinho, mas não tinha matado ninguém, nem teria dado uma surra naquele sujeito se ele não tivesse me roubado. Fui tratado como um animal e ninguém deu a mínima.

Quando seu caso foi reavaliado ainda mais uma vez, Spoel viu que Wieder não fazia mais parte da comissão. Seu pedido para receber alta sob supervisão legal foi aceito e algumas semanas depois ele deixou o hospital.

Isso foi em outubro de 1987. Quando saiu, não sabia onde ia morar. Todos os seus pertences tinham sido vendidos pelo proprietário do casebre onde vivia antes de ser preso. A rapaziada da gangue não quis mais saber dele, com medo de atrair a atenção dos policiais se andassem em sua companhia. Apenas um indivíduo, um sino-americano que ele havia conhecido antes de ir para Trenton, se compadeceu dele e lhe deu comida e abrigo por alguns dias.

Poucas semanas depois ele conseguiu um emprego lavando pratos numa lanchonete perto de Princeton Junction, e o dono, um sujeito bacana, o deixou dormir no depósito. Spoel começou a seguir de imediato os passos de Wieder, que morava perto, em West Windsor. Ele estava determinado a mudar para outro lugar e começar uma vida nova, mas não queria partir sem antes se vingar do professor. Ele estava convencido de que Wieder, junto a Duanne e talvez outros cúmplices, estava envolvido em algum tipo de esquema e fornecia indivíduos para experimentos secretos, e que ele tinha caído em sua armadilha. Ele os faria pagar. Mas, como Duanne desaparecera completamente, seria Wieder quem pagaria o pato.

Spoel descobriu o endereço de Wieder e viu que ele morava sozinho numa casa isolada. Sua ideia inicial era dar uma surra nele na rua, no escuro, mas, depois de vigiar a casa do professor, decidiu que aquele seria o melhor lugar para o ataque. Sua intenção não era matá-lo, queria só dar uma bela surra nele, Spoel voltou a ressaltar, por isso pegou um taco de beisebol de alguns garotos e o embrulhou numa toalha velha para suavizar os golpes. O taco foi escondido na margem do lago ao lado da casa do professor.

Segundo Spoel, na época ele fez amizade com um barman, um sujeito do Missouri chamado Chris Slade. Slade estava tentando ir embora de Jersey e encontrou um trabalho num acampamento de trailers em St. Louis, e então sugeriu que Spoel o acompanhasse. Sua ideia era partir logo depois das festas de fim de ano, e isso fez com que as coisas acontecessem mais rápido do que o previsto.

Spoel passou algumas noites vigiando a casa de Wieder. A lanchonete fechava às dez; então, por volta de dez e meia, ele se escondeu no quintal dos fundos, observando a residência. Ele percebeu que duas pessoas iam com uma certa frequência à casa — um rapaz novo, que parecia ser estudante, e um sujeito barbado, alto e robusto, que aparentava ser uma espécie de ajudante braçal. Mas nenhum dos dois passava a noite lá.

— No dia 21 de dezembro, pedi demissão da lanchonete e falei para o dono que estava indo para a Costa Oeste. Quando eu estava saindo, ele me deu meu dinheiro e dois maços de cigarro. Eu não queria ser visto na área, por isso me dirigi para Assunpink Creek, onde me escondi numa choupana de armazenar lenha até escurecer, quando então parti para a casa do professor. Acho que cheguei lá por volta das nove da noite, mas o professor não estava sozinho. Estava com o rapaz e os dois bebiam na sala.

Perguntei a Spoel se ele se lembrava da aparência do jovem, mas ele respondeu que não conseguiria descrevê-lo, dizendo que parecia igual a todos os outros garotos mimados que moravam no campus com o dinheiro dos pais. Cerca de três dias antes do ataque, quando estava vigiando a casa de Wieder, o rapaz quase o viu pela janela; chegou a olhar direto para ele antes que Spoel conseguisse se esconder. Por sorte, nevava muito, e com isso o sujeito provavelmente pensou que havia se enganado.

— Devia ser um sujeito chamado Richard Flynn — falei. — Tem certeza de que não havia uma garota com eles?

— Tenho. Estavam só os dois. Como falei, cheguei lá por volta das nove. O rapaz só foi embora por volta das onze, e depois disso o professor ficou sozinho em casa. Esperei uns dez minutos, mais ou menos, para garantir que o garoto tinha ido embora. Pensei em tocar a campainha e dar um soco em Wieder quando abrisse a porta, mas ele deixou meu trabalho ainda mais fácil: abriu as janelas que davam para o quintal dos fundos e foi para o andar de cima. Assim, eu entrei sorrateiramente na casa e me escondi no corredor.

Wieder voltou à sala de estar, fechou as janelas e se sentou no sofá, examinando alguns papéis. Spoel se esgueirou por trás dele e o acertou na cabeça com o taco de beisebol. O golpe não deve ter sido muito forte, pois o professor conseguiu se levantar e se virar. Spoel deu a volta no sofá e começou a bater com tudo no professor, dez ou doze vezes, antes que ele caísse no chão. Spoel usava uma máscara, por isso não teve medo de que Wieder pudesse reconhecê-lo. Ele estava prestes a revistar o lugar em busca de dinheiro quando ouviu alguém destrancar a porta da frente. Ele pulou pela janela, deu a volta na casa e fugiu sob a forte nevasca.

Spoel jogou o taco no lago semicongelado e passou a noite escondido na choupana de armazenagem de lenha perto de Assunpink Creek. Na manhã seguinte encontrou Slade em Princeton Junction e juntos partiram para o Missouri. Mais tarde, ficou sabendo que o professor havia morrido.

— Eu devo ter batido nele com mais força do que pensei — concluiu. — E foi assim que me tornei um assassino. Sabe de uma coisa? Depois disso, sempre que fazia alguma coisa de ruim, era como se estivesse acordando de um sonho e não acreditava que tinha sido eu o responsável. Sempre tive certeza de que perdi o juízo por causa dos comprimidos que eles me deram naquele buraco. Não estou dizendo isso para parecer que não tenho culpa; de qualquer forma, não faria sentido agora.

— Você estava em liberdade condicional — falei. — Ninguém fez soar o alarme quando você foi embora de Nova Jersey? Não saíram à sua procura?

— Não faço a menor ideia, cara. Eu simplesmente me mandei. Ninguém me fez nenhuma pergunta depois disso, e eu não voltei a ter problemas com a lei até 2005, quando me fizeram encostar na estrada por excesso de velocidade. Falei para o meu advogado que eu tinha sido internado em Trenton anos antes, então ele pediu que fizessem um exame psicológico. A comissão declarou que eu era são o bastante para ser julgado, o que aconteceu, e acabei sendo condenado. E sabe qual é a maior ironia? Quando eu era são, e estou lhe dizendo, eu *era* são, fui parar no hospício. Mas, quando até mesmo eu estava convencido de que não andava bem da cabeça, eles se recusaram a me mandar para o hospício e decidiram me dar a injeção.

— Já se passaram muitos anos desde o ocorrido e talvez você não se lembre de tudo muito bem, então deixa eu perguntar outra vez: você tem certeza de que o professor passou aquela noite com o rapaz branco, de uns vinte anos, e mais ninguém? Talvez você não tenha visto bem: estava nevando, você estava escondido no quintal e talvez seu campo de visão estivesse limitado...

— Tenho certeza. Você disse que foi designado para o caso...

— Isso mesmo.

— Então talvez se lembre de como era o lugar. A sala de estar tinha duas janelas grandes e uma porta de vidro, que dava para o quintal dos fundos e o lago. Quando as luzes estavam acesas e as cortinas, abertas, dava para ver perfeitamente a sala inteira. O professor e o sujeito estavam comendo à mesa. Eles conversaram, o rapaz foi embora e Wieder ficou sozinho.

— Os dois tiveram uma discussão?

— Não sei dizer. Não dava para ouvir o que eles falavam.

— Você disse que eram onze horas quando o rapaz foi embora?

— Por volta das onze, não tenho certeza. Talvez fossem onze e meia, mas não mais do que isso.

— E dez minutos depois você atacou Wieder.

— Como falei, primeiro eu entrei na casa e me escondi, depois ele desceu e voltou à sala, e foi aí que eu o golpeei. Talvez não tenham sido dez minutos, talvez tenham sido vinte, mas não mais que isso. Minhas mãos ainda estavam congeladas quando o atingi pela primeira vez, foi por isso que a pancada não saiu do jeito certo, então não podia estar há muito tempo lá dentro.

Olhei para ele e me perguntei como seu nome podia ter passado completamente despercebido do meu radar quando investiguei a possibilidade de que o assassinato fosse um ato de vingança executado por um dos antigos pacientes do professor.

É verdade que a lista de casos em que Wieder testemunhou como especialista era bem longa. E o promotor era burro e desorganizado. Ele nos direcionava para todos os lados e mudava de ideia no dia seguinte sobre que pistas deveríamos seguir, por isso não tive a chance de verificar tudo até o último detalhe. Os repórteres vinham nos importunando, escrevendo todo tipo de maluquice nos jornais. E eu andava dirigindo pelas ruas com uma garrafa de bebida escondida no carro, me perguntando se estava bebendo o suficiente para acabar sendo expulso da polícia. Quando me recordo daquela época, me pergunto o quanto eu realmente estava interessado em saber sobre quem matou Joseph Wieder... eu só queria era sentir pena de mim mesmo e procurar desculpas para o meu comportamento.

— Então você não tem a menor ideia de quem ouviu entrar na casa do professor depois que o golpeou?

— Não, eu me mandei rapidinho. Não estava esperando que alguém aparecesse àquela hora, por isso dei o fora dali o mais rápido que pude sem olhar para trás. Pensei que tudo o que tinha feito era dar uma boa surra nele. Tinha um monte de drogados na área, então a polícia ia pensar que era uma tentativa de assalto. Não achei que uma surra como aquela chamaria muita atenção, e, de qualquer jeito, eu já estaria longe quando descobrissem. Mas ele morreu e isso mudou tudo, né?

— Você não sabe se havia mais de uma pessoa à porta?

— Não. Sinto muito. Contei tudo o que sabia.

— Wieder não morreu logo, e sim duas ou três horas depois — falei. — Se alguém chegou por volta da meia-noite, a pessoa devia ter chamado uma ambulância, mas não o fez. Talvez você tenha só achado que ouviu a porta. Ventava forte naquela noite e talvez isso tenha feito as dobradiças rangerem.

— Não — disse ele com firmeza. — Foi como falei. Alguém destrancou a porta e entrou na casa.

— E esse alguém deixou Wieder no chão para morrer?

Ele me lançou um olhar demorado, franzindo a testa, o que lhe emprestou um ar de macaco confuso.

— Tem certeza de que ele não morreu logo?

— Tenho. Essa pessoa desconhecida podia tê-lo salvado chamando uma ambulância. Foi só na manhã seguinte, quando já era tarde demais, que o cidadão que cuidava da manutenção da casa ligou para o 911. Àquela altura Wieder já estava morto há algumas horas.

— Por isso você está interessado em saber quem apareceu?

— É. Wieder falou alguma coisa durante o ataque? Pediu ajuda, perguntou quem você era ou alguma coisa assim? Ele falou algum nome?

— Não, ele não gritou por socorro. Talvez tenha sussurrado alguma coisa, não me lembro. De início ele tentou se defender, mas depois caiu e só tentou proteger a cabeça. Mas não gritou, disso tenho certeza. De qualquer forma, não havia ninguém por perto para ouvir.

Os dois oficiais armados entraram e um deles sinalizou para mim, indicando que nosso tempo havia se esgotado.

Eu estava prestes a dizer "Até logo" para Spoel, mas me dei conta de que aquilo teria sido uma piada de mau gosto. Em oito semanas o sujeito estaria morto.

Agradeci mais uma vez por ele ter concordado em falar comigo, nós nos levantamos e ele fez um movimento como se quisesse apertar minha mão, mas então deu meia-volta e, flanqueado pelos oficiais, foi embora com aquele passo desequilibrado provocado pelos grilhões.

Fiquei sozinho no ambiente. Tirei os cigarros da bolsa e os mantive na mão, de modo a não me esquecer de deixá-los com os guardas na saída.

Quem teria aparecido na casa do professor à meia-noite e o encontrado prostrado no chão, mas não teria chamado a ambulância? Essa pessoa não tocou a campainha, nem bateu na porta, mas usou uma chave para entrar — caso Spoel estivesse falando a verdade. Depois de tantos anos, a memória pode pregar peças. Seja como for, uma coisa era certa: o que ele me disse não batia com o que Derek Simmons havia alegado na época e repetido para aquele repórter alguns meses atrás.

Ao fim de sua investigação, John Keller havia escrito uma espécie de resumo com todas as informações que tinha coletado: havia uma cópia disso em meio aos papéis que ele levou para a minha casa. Keller suspeitava de que Laura Baines tivesse estado na casa no momento do crime e que havia roubado o manuscrito do professor, que ele tinha acabado de concluir e estava prestes a enviar para sua editora. Keller presumiu que Laura e Richard pudessem ser cúmplices, pois Laura não teria sido fisicamente capaz de matar Wieder sozinha. Para ele, Flynn foi provavelmente quem empunhou o taco, embora Laura Baines tivesse sido a autora moral do crime, a mente por trás de tudo e a única que se beneficiara no fim.

Mas, se Spoel estava dizendo a verdade, então Laura Baines não precisaria de Flynn como cúmplice no assassinato. Chegando ali, por acaso, após o ataque, ela teria encontrado o professor deitado no chão e poderia ter se aproveitado da situação para roubar o manuscrito, fechando a janela pela qual Spoel pulou e trancando a porta ao sair. Derek Simmons declarou que, pela manhã, quando chegou à casa do professor, encontrou as janelas fechadas e a porta trancada.

Foi então que me lembrei de outro detalhe importante, mencionado no laudo do médico legista. Algo o havia intrigado: de todos os golpes que Wieder sofreu durante a luta, apenas um foi forte o suficiente para matá-lo. Tratava-se provavelmente da última pancada, na têmpora esquerda, quando a vítima já estava no chão e possivelmente inconsciente. Spoel disse que havia enrolado uma toalha no taco de beisebol. Um taco com uma toalha enrolada não seria uma arma tão potente. Mas e se o último golpe, aquele que matou Wieder, tivesse sido desferido por outra pessoa?

Matt chegou alguns minutos depois e saímos por onde entramos. Deixei os cigarros para Frank Spoel no portão e nos dirigimos para o estacionamento. O céu agora estava limpo e se estendia sobre toda a planície sem um só sinal de nuvem. Um falcão voava bem lá no alto, dando um grito estridente de tempos em tempos.

Matt me perguntou:

— Tudo bem, meu camarada? Você está branco como um fantasma.

— Estou bem. O ar lá dentro provavelmente não me fez muito bem. Você conhece algum restaurante bom aqui perto?

— Tem a Lanchonete do Bill, a uns cinco quilômetros daqui, na I-55. Quer dar um pulo lá?

— Eu falei que ia pagar seu almoço, não falei? Ainda tenho quatro horas até o meu voo.

Ele dirigiu em silêncio até o lugar que mencionou, enquanto eu remoía a história de Spoel.

O que eu achava estranho era que sua confissão não se encaixava com a história de Derek Simmons. Simmons também alegou ter se escondido no quintal. Se isso de fato ocorreu, seria impossível que ele e Spoel não tivessem se visto. O quintal era grande, mas o único lugar onde era possível se esconder sem ser visto do lado de dentro, e que, ao mesmo tempo, permitia enxergar pela janela da sala de estar, era em algum ponto à esquerda, no lado oposto ao lago, onde naquela época havia alguns pinheiros ornamentais altos, com cerca de três metros, e uma moita de magnólias.

— Está pensando no que o sujeito disse, certo? — perguntou Matt quando paramos no estacionamento diante da lanchonete.

Assenti com a cabeça.

— Não dá para saber se ele não inventou tudo. Lixos como esse mentem descaradamente só para conseguir uns cigarros. Talvez tenha criado a história toda só para chamar atenção, ou então espera que a execução seja adiada caso reabram o caso Wieder. O assassinato foi em outro estado, então talvez ele tenha pensado que poderiam transferi-lo para Nova Jersey a fim de ser julgado pelo crime, o que resultaria em anos de tribunal e mais dinheiro de impostos escorrendo pelo ralo. Seu advogado já havia tentado algo assim, sem sucesso. O que é bom, se quiser saber minha opinião.

— Mas e se ele não estiver mentindo?

Saímos do carro. Matt tirou o boné e passou a mão pelos cabelos grisalhos antes de colocá-lo de volta.

— Sabe, tenho pensado naquele sujeito da Califórnia, o que está escrevendo o livro sobre assassinos. Convivi com criminosos durante toda a minha vida. De início tentei colocá-los na cadeia e depois tentei mantê-los ali pelo tempo que o júri e o juiz tivessem decidido. Eu os conheço bem e não há muito a dizer sobre eles: alguns nascem desse jeito, assim como há quem nasça com talento para desenhar ou jogar basquete. Claro, todos eles têm uma história triste para contar, mas eu não dou a mínima.

Entramos no restaurante e pedimos o almoço. Durante a refeição, conversamos sobre diversos temas, sem mencionar Spoel. Quando terminamos, ele perguntou:

— O que deu em você para se meter com essa coisa toda? Não tem nada melhor para fazer?

Decidi lhe contar a verdade.

Matt não era um homem que merecia ouvir mentiras, e eu tinha certeza de que ele não olharia para mim com uma daquelas expressões faciais de pena, que eu simplesmente não conseguia suportar.

— Fui ao médico há uns seis meses — falei. — Tinha começado a esquecer as coisas, principalmente nomes de rua, e sempre tive boa memória. Tentei alguns exercícios: que ator participara de qual filme, quem cantava determinada música, qual o placar de uma certa partida de beisebol, coisas assim. Percebi que também vinha tendo problemas com nomes de pessoas, por isso fui ao médico. Ele pediu alguns exames, fez todo tipo de perguntas e duas semanas depois me deu a grande notícia.

— Não me diga que é...

— Tá bem, não digo.

Ele fez cara feia, por isso fui em frente.

— É Alzheimer, sim, em seus estágios iniciais. Ainda não comecei a esquecer como se vai ao banheiro ou o que comi ontem à noite. O médico aconselhou que eu mantivesse a mente ativa, que fizesse exercícios; ele me deu um livro e alguns vídeos para ajudar. Mas me lembrei daquele repórter que estava interessado no caso Wieder. Eu tinha ido à delegacia e separado alguns documentos para ele do arquivo. Você me ligou e contou da confissão. O repórter me mandou o que havia descoberto, então falei para mim mesmo que parecia uma boa ideia me ocupar de algo assim para manter a mente ativa, algo de fato interessante e importante, em vez de tentar lembrar antigas partidas de beisebol. Foi então que me dei conta de que sempre achei que tinha pisado na bola em relação ao caso, pois na época eu nada mais era do que um maldito bêbado. Assim, depois disso eu liguei para você de novo e vim para cá.

— Não sei se fiz algo de bom, trazendo os mortos de volta desse jeito. Só te contei aquilo para ter assunto, não esperava que você viesse até aqui por causa disso. Lamento muito sobre...

— Para mim é importante saber o que aconteceu naqueles tempos e como permiti que um assassino conseguisse escapar. Em um ano ou dois, no máximo três, não vou saber mais quem foi Wieder, nem mesmo lembrar que fui um policial. Estou tentando dar um jeito na confusão que criei, toda a merda que aconteceu por minha causa, e pela qual ainda estou pagando a maior parte.

— Acho que está sendo duro demais consigo mesmo, Roy — disse ele, acenando para a garçonete e pedindo que trouxesse mais café. — Todos temos fases boas e ruins. Não consigo me lembrar de você deixando de fazer seu trabalho. Todos o respeitávamos, Roy, e o achávamos um homem bom. Tudo bem, todos sabíamos que você gostava de beber, mas precisávamos nos proteger da melhor maneira possível das coisas que nos cercavam, não é mesmo? Deixe o passado para trás e comece a cuidar de você. — Matt fez uma pausa e perguntou: — Ele lhe deu algum tipo de tratamento? O médico, quero dizer, comprimidos e coisas assim?

— Estou tomando alguns remédios. Faço tudo o que o médico manda, mas não tenho muita esperança. Andei lendo sobre Alzheimer na internet, então sei que não existe cura. É só uma questão de tempo. Quando não conseguir mais cuidar de mim mesmo, vou para um asilo.

— Tem certeza de que não quer passar a noite aqui? Podíamos conversar um pouco mais.

— Eu perderia dinheiro se mudasse a passagem agora. Mas talvez volte aqui uma hora dessas. Não tenho muito o que fazer.

— Você é sempre bem-vindo, sabe disso. Mas sem novas visitas à cadeia.

— Prometo.

Matt me levou ao aeroporto. Tive a estranha sensação de que aquela seria a última vez que eu o veria, apesar do que conversamos, e, depois que ele começou a caminhar em direção à saída, fiquei observando-o navegar em meio à multidão, como um cruzador entre barcos a remo, até desaparecer do lado de fora.

Três horas depois aterrissei em Newark e peguei um táxi para casa. No caminho, o motorista colocou um CD do velho

Creedence Clearwater Revival e, enquanto ouvia, tentava me lembrar dos primeiros dias que passei com Diana: como nos conhecemos num piquenique; como perdi o número dela e depois nos esbarramos por acaso quando eu estava saindo do cinema com alguns amigos; como fizemos amor pela primeira vez num motel em Jersey Shore. Estranhamente, essas memórias pareciam mais vívidas que a visita que eu acabara de fazer a Potosi.

Há muito tempo notei que, quando estamos envolvidos com algo, parte do nosso cérebro continua remoendo aquilo, mesmo quando estamos pensando em outra coisa. Paguei o táxi e, enquanto abria a porta de casa, decidi acreditar que a história de Spoel sobre ter assassinado Wieder era verdadeira — tinha de ser, ele não tinha nada a perder — e que, por algum motivo, Derek Simmons havia mentido para mim quando o interroguei quase trinta anos atrás. Agora eu precisava descobrir por quê.

Três

Fiz uma visita a Simmons dois dias depois, tendo telefonado para ele antes. Achei seu endereço entre os papéis que recebi de John Keller. Simmons morava perto do Departamento de Polícia de Princeton, e cheguei lá por volta das três da tarde, quando algumas nuvens de chuva já despejavam sua carga sobre os telhados.

Antes do encontro, tentei me lembrar de como era seu rosto, mas não consegui. Ele tinha quarenta e poucos anos quando investiguei o caso, por isso achei que encontraria um homem bem acabado. Eu me enganei — se você ignorasse as rugas profundas no rosto e os cabelos grisalhos, a aparência dele era bem jovem até.

Eu me identifiquei e ele disse que se lembrava vagamente de mim: o sujeito que parecia um padre, não um policial. Perguntei onde estava a mulher sobre quem li nas anotações de Keller, Leonora Phillis, e ele respondeu que ela tinha ido à Luisiana cuidar da mãe, que passara por uma cirurgia.

Fomos até a sala de estar e eu me sentei no sofá, enquanto ele me trazia uma xícara de café que tinha um gostinho de canela. Ele explicou que aquele era um "truque" que havia aprendido com Leonora, uma técnica *cajun*. Ele também se serviu de uma xícara de café e acendeu um cigarro, puxando para perto um cinzeiro já cheio.

— Acho que eu não teria reconhecido você se nos esbarrássemos na rua — disse ele. — Para dizer a verdade, tentei esquecer que aquilo tudo aconteceu. Sabia que um repórter veio aqui para me perguntar sobre o caso alguns meses atrás?

— É, sabia. Também falei com ele.

Contei a Simmons a história de Frank Spoel, usando como referência as anotações que fiz no bloquinho em que organizava as informações que tinha, como nos velhos tempos. Ele ouviu atentamente, sem me interromper, bebericando o café de vez em quando e acendendo um cigarro atrás do outro.

Quando terminei, ele não fez comentário algum, apenas perguntou se eu queria mais café. O cinzeiro estava tão cheio de guimbas que quase transbordava sobre a mesa de mogno entre nós.

— Entende agora por que eu queria falar com você? — perguntei.

— Não — respondeu, calmamente. — Ninguém me perguntou nada sobre o caso por quase trinta anos e agora todo mundo está interessado. Não estou entendendo, sabe como é? Não sinto prazer algum em falar sobre o que aconteceu naquela noite. O professor era meu único amigo.

— Derek, você se lembra do que disse em seu depoimento na época? E o que contou ao repórter há pouco tempo?

— Claro.

— O que você disse não bate com o que Spoel me contou. Ele alega que na noite do crime ficou escondido no quintal, nos fundos da casa. Você afirmou que estava escondido lá no mesmo horário, nove da noite. Como podem não ter visto um ao outro? Você disse que o professor estava lá com Laura Baines e Richard Flynn, que começou a discutir com Wieder, e que Laura foi embora, apesar de você ter visto o carro dela estacionado por perto mais tarde. Mas Spoel não disse nada sobre Laura Baines. Ele afirma que o professor estava com Richard Flynn e que não observou qualquer desentendimento entre os dois.

Eu havia anotado em meu bloco todas as discrepâncias nas duas versões, ponto por ponto.

— E daí? — disse ele, não parecendo nem um pouco interessado. — Talvez o sujeito tenha esquecido o que aconteceu ou talvez esteja mentindo. Por que você acreditaria nele e não em mim? O que quer de mim, a propósito?

— Não é difícil adivinhar — respondi. — Um de vocês dois não está dizendo a verdade e nesse momento tendo a acreditar que seja você. O que quero saber é por que mentiria para mim.

Ele abriu um sorriso, sem exibir qualquer sinal de que estivesse achando graça em coisa nenhuma.

— Talvez eu não esteja mentindo, apenas não consiga me lembrar tão bem daquela noite. Estou velho: não é normal esquecer as coisas quando se envelhece?

— Não estou falando só do que você disse a Keller há alguns meses, mas também do que disse à polícia na época, logo depois do assassinato — falei. — Os dois relatos são praticamente idênticos. E você disse a Keller que Wieder e Laura estavam tendo um caso, lembra?

— Talvez estivessem. Como sabe que não estavam?

— Você é a única pessoa que afirmou na época que Laura Baines e o professor eram amantes. E, como Flynn era apaixonado por ela, isso daria aos investigadores um motivo para supor que ele matara Wieder num ataque de ciúmes, uma possível motivação.

— Isso foi o que eu sempre achei, que os dois eram amantes. E ainda acredito que Richard só fingiu ter ido embora naquela noite, mas depois voltou e matou o professor. Se você não conseguiu provar isso, problema seu, entendeu? Quanto ao relacionamento dos dois, talvez você não tenha perguntado às pessoas certas.

— Você não estava escondido nos fundos da casa naquela noite, estava, Derek? Por que tentou incriminar Flynn?

De repente, ele começou a se mostrar irritado e inquieto.

— Não tentei incriminar ninguém, cara. Aconteceu exatamente como falei: eu estava lá e vi os três na sala.

— Então você está me dizendo que ficou debaixo de neve por quase duas horas? Com que roupa você estava?

— Como diabos vou saber? Não me lembro.

— Como é que você não viu Spoel e ele não viu você?

— Talvez ele esteja mentindo e não estivesse lá, ou talvez tenha se confundido com os horários. Por que devo me importar?

— Por que você disse que Laura Baines estava lá?

— Porque vi a Laura e o carro dela estava estacionado por lá. Você fica me fazendo repetir as coisas feito um papagaio, cara.

Ele se levantou de repente.

— Me desculpa, mas prometi a um cliente que terminaria de consertar o carro dele até hoje à noite. Está na garagem. Tenho que ir. Não estou com vontade de falar com você. Sem querer ofender, mas não gosto do seu tom de voz. Agora está na hora de jogar bola. Obrigado, senhoras e senhores, por sua cooperação.

— O que disse?

— Yankees contra Baltimore Orioles: eu estava lá quando o locutor disse isso, depois de anunciar que o apanhador, Thurman Lee Munson, havia morrido num acidente de avião. Agora, para sua informação, não vou falar com mais ninguém sobre Wieder, a não ser que esta pessoa tenha um mandado. Eu o acompanho até a saída.

Fui embora me sentindo quase ridículo, como um menino brincando de detetive que acabou de ser colocado para fora por um dos "suspeitos". Um dia fui policial, mas aqueles tempos tinham ficado para trás. Agora eu era só um velho intrometido, sem distintivo ou arma na cintura. Entrei no meu carro e joguei o bloco no porta-luvas.

Quando entrei na Valley Road, com os limpadores de para-brisa quase não dando conta daquele aguaceiro, me perguntei aonde queria chegar com toda aquela história. Tinha quase certeza de que Derek estava mentindo, e de que também mentira no depoimento que deu logo após o assassinato, mas não havia nada que eu pudesse fazer a respeito. Matt me disse que o advogado de Spoel havia tentado reabrir o caso, mas sem sucesso. E eu não era nada além de um ex-policial senil me metendo onde não era chamado.

Nos dois dias que se seguiram, me ocupei do conserto do telhado da casa e pintei a sala de estar, enquanto pensava no caso.

No sábado limpei o quintal e no domingo atravessei o rio e visitei um antigo colega na cidade, Jim Foster, que havia sobrevivido a um ataque cardíaco e recebera alta do hospital fazia umas duas semanas. O dia estava bonito, então decidimos dar uma volta e depois nos sentamos para almoçar num restaurante perto da Lafayette Street. Ele me contou tudo sobre a dieta drástica que estava fazendo. Perguntei se se recordava de alguma coisa sobre o caso de Joseph Wieder e ele ficou um pouco perplexo, dizendo que o nome não lhe trazia nenhuma lembrança.

— Era aquele professor de Princeton que foi morto na própria casa em dezembro de 1987. Um detento no corredor da morte em Potosi, no Missouri, alega tê-lo assassinado. O nome do sujeito é Frank Spoel e ele tinha só vinte e dois anos na época. Fui eu que cuidei do caso.

— Nunca gostei do nome Frank — disse ele, olhando para as linguiças italianas no meu prato. — Quando criança, li *...E o vento levou* e havia um personagem chamado Frank, que tinha mau hálito. Não sei por que esse detalhe ficou na minha cabeça, mas sempre me lembro disso quando ouço esse nome. Por que você ainda está interessado nessa história?

— Você já teve algum caso com o qual ficou obcecado, do qual se lembra o tempo todo, mesmo depois de muitos anos?

— Tive muitos casos, Roy.

— É, eu sei, mas depois de todos esses anos percebi que este caso ainda me perturba. Quero dizer, tenho a sensação de que existe algo mais profundo, algo importante, esperando por mim, sabe? Não estou falando daquela merda tipo *Law & Order*, mas sim de justiça, da sensação de que, se falhei, seria para sempre.

Ele pensou por alguns instantes.

— Acho que sei do que está falando... Depois que fui para o Departamento de Polícia de Nova York nos anos noventa, trabalhei por um tempo na Narcóticos. Foi na época em que cooperávamos com os federais, combatendo os Westies em Hell's Kitchen e os rapazes de Gotti. Não dava nem tempo de ficar entediado. A ex de um dos chefões irlandeses, uma jovem chamada Myra, nos disse que estava pronta para abrir o bico se lhe déssemos proteção. Combinei de encontrá-la num bar na West 43rd Street chamado Full Moon. Fui até lá com um colega, Ken Finley, que acabou morrendo num tiroteio com uns caras da Nicarágua em Nova Jersey um ano depois. Aí a moça apareceu, pedimos bebidas e expliquei para ela o que o programa de proteção à testemunha envolvia, se ela estava pronta para trabalhar com a gente. Aí ela disse que precisava ir ao banheiro, e eu esperei. Minha equipe e eu aguardamos por uns dez minutos, mais ou menos, até que suspeitamos de que havia algo errado. Pedi à garçonete que fosse ao banheiro das mulheres e a procurasse, mas ela não estava lá. Falei então com o gerente e fizemos uma busca. Nada, cara. Não havia janelas no local e a única saída era privada abaixo ou pela ventilação, por onde não passava nem um bebê. Não conseguíamos entender o que estava acontecendo: nossa mesa era ao lado do banheiro, então a teríamos visto, caso tivesse saído. Além disso, o lugar estava quase vazio e mais ninguém havia entrado ou saído do banheiro naquele meio-tempo.

— Que história... E você acabou descobrindo o que aconteceu?

Ele fez que não com a cabeça.

— Talvez eu não quisesse pensar mais naquilo. Fico arrepiado até hoje. Foi como se ela tivesse desaparecido no ar, a apenas alguns centímetros de mim, e eu não fiz nada. Ela nunca foi encontrada, nem viva, nem morta. Por anos fiquei martelando o cérebro para tentar entender como aquilo podia ter acontecido. Todo policial deve carregar um peso desses nas costas, Roy. Talvez você não devesse pensar tanto no seu.

Depois de acompanhar Jim até a casa dele, voltei ao estacionamento onde havia deixado o carro. Ao passar pela livraria McNally Jackson, vi um pequeno cartaz anunciando que a Dra. Laura Westlake faria uma palestra ali na tarde de quarta-feira, ou seja, dali a três dias. Eu não ousaria abordá-la em um ambiente privado, então pensei que talvez conseguisse trocar algumas palavras com ela depois da sessão de autógrafos. O fato de ter visto aquele cartaz foi como um sinal para mim, por isso resolvi arriscar.

Não havia foto alguma no cartaz; então, naquela noite, tentei encontrar uma na internet. Eu me lembrava vagamente dela — uma moça alta, magra e autoconfiante que respondeu a todas as minhas perguntas com tranquilidade na ocasião — mas eu não conseguia formar uma imagem do seu rosto na minha cabeça. Encontrei algumas fotografias recentes e as estudei por um tempo, notando sua testa ampla, o olhar frio e a expressão facial austera. Sob muitos aspectos não era uma mulher bonita, mas eu conseguia entender por que Richard Flynn ficara tão perdidamente apaixonado por ela.

Três meses atrás, a pedido de John Keller, consultei os arquivos do Departamento de Polícia do Município de West Windsor e fiz cópias dos documentos do caso Wieder. Agora, fui ao Departamento de Polícia de Princeton e perguntei sobre o caso Simmons, de quando Derek foi acusado de assassinar a mulher. Richard Flynn mencionou o caso apenas superficialmente em seu manuscrito, alegando que soubera dos detalhes por Laura Baines. Não havia nada de mal em dar uma olhada no arquivo. O assassinato ocorreu em 1982, alguns anos depois da minha mudança para a delegacia de West Windsor.

Falei pelo telefone com o Delegado Brocato, que eu já conhecia dos velhos tempos, de quando trabalhamos juntos, e ele me deixou dar uma olhada nos arquivos sem fazer muitas perguntas. Um cara na recepção me deu um crachá de visitante e de lá segui para o porão, onde ficavam os arquivos, junto à sala de provas.

No que dizia respeito à disposição dos arquivos, nada havia mudado desde o tempo em que eu trabalhava lá. Um policial já idoso, Val Minsky, que eu também conhecia, colocou uma velha caixa de papelão nos meus braços e me levou até uma sala improvisada, onde havia uma mesa com uma luminária, uma velha máquina Xerox, duas cadeiras e algumas estantes vazias. Ele me disse para levar o tempo que fosse necessário com os papéis que pedi e me deixou sozinho, depois de ressaltar que não era permitido fumar.

Durante a hora seguinte, enquanto eu lia o arquivo, falei para mim mesmo que o relato de Flynn, embora curto, foi preciso.

Derek Simmons não havia admitido a culpa e o veredicto fora de inocência por motivo de insanidade, após o resultado dos exames conduzidos por Joseph Wieder. Depois de ter sido levado pela polícia, Simmons havia sido mantido na Prisão Estadual de Nova Jersey e em seguida transferido para o Hospital Psiquiátrico de Trenton, onde aconteceu o incidente que provocou sua amnésia.

Um ano depois, tendo se recuperado fisicamente, Simmons foi transferido para o Hospital Psiquiátrico de Marlboro, de onde foi liberado após dois anos.

Foi Joseph Wieder quem emitiu o laudo que levou à decisão do juiz de transferir Simmons para Marlboro e depois liberá-lo. Após sua liberação sob supervisão, restava apenas um documento no arquivo: em 1994, o juiz deu uma ordem para que a supervisão fosse encerrada, também com base numa avaliação especializada.

Anotei os nomes dos outros dois especialistas que, junto a Wieder, assinaram o laudo que tirou Simmons da prisão em 1983: Lindsey Graff e John T. Cooley.

Foi então que notei uma lista de números de telefone.

Simmons não foi preso de imediato; na verdade, só foi detido oito dias após a morte da mulher. A lista continha os registros das chamadas telefônicas feitas e recebidas na residência da família Simmons no período que ia de uma semana antes do assassinato até a prisão de Derek. Fiz uma cópia da lista e a guardei na minha pasta.

Um dos meus amigos que trabalhou no caso de Simmons, Nicholas Quinn, morreu de infarto nos anos noventa. O outro cara que cuidou da papelada provavelmente entrou para o departamento depois da minha saída. Seu nome era Ian Kristodoulos.

Devolvi a caixa com os papéis ao oficial Minsky, que me perguntou se eu havia encontrado o que estava procurando.

— Ainda não sei — respondi. — Você conhece o Detetive Kristodoulos, um dos homens que trabalhou no caso? Eu conhecia o outro, Quinn, mas ele morreu há uns quinze anos.

— Claro que conheço. Ele foi transferido para o Departamento de Polícia de Nova York uns cinco anos atrás.

— Sabe me dizer como consigo o número de telefone dele?

— Só um segundo.

— Muito obrigado, Val.

— Tudo por um amigo.

Minsky deu alguns telefonemas, ponteados por piadas sobre esposas infiéis e mães bêbadas, o tempo todo piscando para mim como se tivesse um tique nervoso. Até que finalmente seu rosto vermelho e enrugado revelou uma expressão de triunfo e ele anotou um número de celular num post-it e me deu.

— Aparentemente, ele ainda não se aposentou. Está no 67º Distrito no Brooklyn, na Snyder Avenue. Aqui está o número.

Salvei o número de Kristodoulos na memória do meu celular, agradeci a Minsky e fui embora.

* * *

Marquei de me encontrar com Ian Kristodoulos naquela tarde num café próximo ao Prospect Park e, nesse meio-tempo, tentei rastrear os dois especialistas.

Depois de uma longa pesquisa on-line, acabei descobrindo uma psiquiatra chamada Lindsey Graff, que atendia num consultório na cidade, na East 56th Street. Havia um site na internet com informações sobre o consultório, além de uma breve biografia da Sra. Graff. A probabilidade de eu ter encontrado a pessoa certa era de noventa e nove por cento — entre 1981 e 1985, Lindsey Graff trabalhou como especialista no Instituto Médico Legal, passando depois a dar aulas na Universidade de Nova York por seis anos. Ela abriu a clínica com dois colegas em 1988.

Telefonei para o consultório e tentei marcar hora, mas a assistente me disse que a Sra. Graff estava com a agenda cheia até meados de novembro. Falei que tinha um problema especial, por isso gostaria de conversar com a Sra. Graff pelo telefone. Deixei meu número e ela disse que daria o recado.

Eu ainda não tinha conseguido descobrir o paradeiro de John T. Cooley quando cheguei ao encontro com Kristodoulos naquela tarde. O homem era baixo e parrudo, com cabelos negros, um tipo daqueles cuja barba de um dia parece crescer uma hora depois de passar a gilete. Durante a hora seguinte, ele me contou com um tom de voz nada amigável o que se lembrava do caso Simmons.

— Esse foi meu primeiro caso importante — falou. — Eu estava no departamento havia um ano e meio e só tinha lidado com coisas pequenas até então. Pedi a Quinn para ser seu parceiro quando aconteceu. Sabe como é, você nunca esquece seu primeiro caso de homicídio, assim como não esquece a primeira namorada. Mas aquele calhorda do Simmons conseguiu se livrar.

Kristodoulos disse nunca ter duvidado de que Derek Simmons havia assassinado a mulher, motivado por uma traição por parte dela. Simmons parecia não ter problema mental nenhum, mas era bastante ardiloso, por isso o resultado do exame psicológico deixou todos no departamento enojados.

— As provas eram concretas; então, se elas fossem apresentadas no tribunal, ele teria sido sentenciado à prisão perpétua sem direito a liberdade condicional, sem dúvida alguma. Mas não havia nada que nós pudéssemos fazer. A lei é assim: ninguém pode passar por cima do veredicto dos especialistas. Ele foi levado para o hospital e saiu de lá em uns dois anos. Mas sei que Deus não estava cochilando, porque algum cara deu uma pancada na cabeça dele quando estava no hospital e daí em diante ele realmente perdeu as estribeiras, pelo que ouvi dizer. A lei foi mudada um ano depois, em 1984, quando o sujeito que tentou assassinar o presidente Reagan foi considerado inocente por motivo de insanidade, e então o Congresso aprovou a Lei de Reforma da Defesa por Insanidade.

Depois que me despedi de Kristodoulos e voltei para casa, continuei tentando rastrear Cooley, sem sucesso. Lindsey Graff não me ligou, mas eu não tinha muita esperança mesmo de que o fizesse.

Por volta das dez da noite, enquanto eu assistia a um velho episódio de *Two and a Half Man*, Diana me telefonou.

— Você me prometeu que faria aquele favor que eu pedi — disse ela depois de trocarmos os cumprimentos usuais. Fazia duas ou três semanas desde a última vez que tivemos contato.

Lembrei do que ela estava falando: eu havia ficado de dar entrada no pedido de um certificado de uma empresa para a qual ela havia trabalhado anos atrás; Diana precisava disso para seu pedido de aposentadoria. Balbuciei uma desculpa e prometi cuidar disso no dia seguinte.

— Só liguei para checar — falou. — Não tem pressa. Talvez eu possa voar até aí por uma semana, mais ou menos, e cuidar disso por conta própria nos próximos dias. Você está bem?

Toda vez que eu ouvia a voz dela, tinha a sensação de que nós havíamos nos separado alguns dias antes. Falei para ela que estava bem, que pegaria o certificado, e que simplesmente havia me esquecido disso e me lembrado agora. Foi então que entendi por que ela estava me ligando de verdade e perguntei:

— Matt telefonou para você, não foi?

Ela não disse nada por alguns segundos.

— Aquele tagarela não tinha o direito de...

— Roy, isso é mesmo verdade? Não há dúvida alguma? Já procurou uma segunda opinião? Tem alguma coisa que eu possa fazer por você?

Eu me senti constrangido, como se Diana tivesse descoberto algo vergonhoso sobre mim. Falei que nunca seria capaz de aceitar sua pena. E que achava que passar anos com um zumbi que não lembrava nem o próprio nome não seria a melhor coisa que poderia lhe acontecer.

— Di, não quero falar sobre isso. Nem agora, nem nunca.

— Eu gostaria de passar um ou dois dias aí. Não tenho mais nada para fazer a não ser preencher esse maldito requerimento, e até isso pode esperar.

— Não.

— Por favor, Roy.

— Estou morando com outra pessoa, Di.

— Você nunca falou nada disso até agora.

— Ela se mudou para cá na semana passada. Faz dois meses que nos conhecemos. Seu nome é Leonora Phillis e ela é de Luisiana.

— Leonora Phillis de Luisiana... Você poderia muito bem ter dito Minnie Mouse da Disneylândia. Não acredito em você, Roy. Sempre morou sozinho desde que nos separamos.

— Estou falando sério, Di.

— Por que está fazendo isso, Roy?

— Tenho que desligar agora. Sinto muito. Vou providenciar o certificado, prometo.

— Estou indo para aí, Roy.

— Não faça isso, Di. Por favor.

Desliguei o telefone, me deitei no sofá, apertando as pálpebras até doer e meus olhos começarem a marejar.

Casais inter-raciais não eram comuns no início dos anos setenta, nem mesmo no nordeste. Eu me lembro dos olhares que nos lançavam quando íamos a um bar, alguns deles hostis, outros ultrajados. Havia também olhares coniventes, como se Diana e eu tivéssemos nos apaixonado um pelo outro só para provar alguma coisa. Nós dois tivemos que lidar com isso, mas pelo menos eu tive o consolo de nunca precisar passar o Natal com meus sogros em Massachusetts. Só que depois perdi tudo ao me afundar na bebida. Quando ficava bêbado, eu não era só grosseiro; era cruel de verdade. Eu gostava de insultá-la, de culpá-la por tudo, de dizer coisas que eu sabia que a magoariam profundamente. E, mesmo depois de todo esse tempo, quando eu me lembrava de como eu me comportava naqueles tempos, ainda sentia o estômago revirar de nojo de mim.

Esquecer tudo aquilo seria a única coisa boa que a doença me traria: eu deixaria de pensar naqueles anos, pois não lembraria sequer que eles existiram.

Consegui parar de beber três anos após o divórcio, depois de muitas reuniões do AA, uma parada numa clínica em Albany e duas recaídas. Mas eu sabia que continuava sendo alcoólatra e que seria alcoólatra até o fim da vida. Eu sabia que, no momento em que entrasse num bar e pedisse uma gelada ou um Jack Daniel's, jamais conseguiria parar. Algumas vezes me senti tentado a fazer isso, principalmente depois de me aposentar, quando passei a pensar que nada mais tinha importância. Mas toda vez dizia a mim mesmo que aquele seria o pior tipo de suicídio possível; existiam outras maneiras, mais rápidas e limpas.

Eu me vesti e saí para um passeio no parque a uns cem metros da minha casa. Ficava numa ladeira e, no meio, havia uma grande clareira com bancos de madeira nos quais eu gostava de me sentar. Dali dava para ver as luzes da cidade — eu tinha a impressão de estar flutuando acima dos telhados.

Fiquei lá por cerca de meia hora, observando as pessoas que passeavam com seus cães ou pegavam um atalho para o ponto de ônibus no sopé da ladeira. Depois voltei lentamente para casa, questionando se não havia feito a coisa mais imbecil do mundo quando disse a Diana para não vir.

Quatro

Na quarta-feira, cheguei à livraria McNally Jackson às 4h45 da tarde, quinze minutos antes do início do evento. Laura Baines havia publicado, menos de um mês antes, seu novo livro sobre hipnose, e a palestra daquela tarde fazia parte de sua turnê promocional. Comprei um exemplar do livro e me sentei no andar de baixo. Quase todos os assentos estavam ocupados.

Pela manhã, eu havia parado na empresa onde Diana trabalhou para pedir o certificado. Eles prometeram me enviar o documento por e-mail no dia seguinte, então mandei uma mensagem para Diana dizendo que o problema estava resolvido. Mas ela não respondeu. Seu celular devia estar desligado.

Laura tinha uma aparência melhor do que nas fotos da internet e demonstrava experiência em falar em público. Ouvi sua palestra com interesse, embora estivesse agitado, tentando imaginar quantos segundos ela demoraria para me mandar para aquele lugar depois que soubesse quem eu era e por que eu estava ali.

Ela encerrou a palestra e, após uma breve sessão de perguntas e respostas, uma fila se formou para os autógrafos. Fui a última pessoa a lhe entregar um exemplar e ela olhou para mim, com uma expressão inquisitiva.

— Freeman, Roy Freeman — falei.

— Para Freeman, Roy Freeman — disse ela com um sorriso e então autografou o livro.

— Obrigado.

— Eu é que agradeço. Por acaso é psicólogo, Sr. Freeman?

— Não. Sou um ex-detetive de polícia, da Homicídios. Investiguei a morte do professor Joseph Wieder quase trinta anos atrás. A senhora provavelmente não se lembra de mim, mas eu a interroguei na época.

Ela me olhou fixamente, abriu a boca para dizer algo, mas logo mudou de ideia, passando a mão esquerda pelos cabelos. Olhou ao redor e constatou que eu era a última pessoa na fila de autógrafos. Colocou a tampa em sua caneta-tinteiro e a guardou na bolsa, que estava na cadeira ao seu lado. Uma mulher de meia-idade com os cabelos pintados de roxo assistia a tudo a alguns passos de distância.

— Acho que vou dar uma voltinha com o Sr. Freeman — disse à mulher de cabelo roxo, que olhou para ela, espantada.

— Tem certeza...

— Tenho certeza absoluta. Ligo para você amanhã. Tchau.

Ajudei-a a colocar a capa de chuva, ela pegou a bolsa e saímos. Já havia escurecido e o ar tinha cheiro de chuva.

— Debbie é minha agente — disse ela. — Às vezes se comporta como a mamãe ursa, sabe? Gostou da palestra, Sr. Freeman?

— Foi muito interessante, de verdade.

— Mas não foi por isso que veio, certo?

— Vim com a esperança de falar com a senhora por alguns instantes.

— Normalmente não concordo em falar com ninguém depois de uma palestra, mas, de certa forma, é como se eu o estivesse esperando.

Estávamos passando pelo Zanelli's Cafe e ela aceitou meu convite para entrar. Ela pediu uma taça de vinho tinto e eu um café.

— Estou ouvindo, Sr. Freeman. Depois que concordei em falar com um repórter sobre esta história há alguns meses, me dei conta de que o carteiro sempre toca duas vezes. Sabia que encontraria alguém que me perguntaria sobre uma época que há muito ficou para trás. Chame de intuição feminina. Sabia que Richard Flynn tentou escrever um livro sobre o caso Wieder?

— É, eu sei. Eu li o trecho do manuscrito. John Keller, o mesmo repórter, me deu uma cópia. Mas algo aconteceu nesse meio-tempo e foi por isso que eu quis falar com você.

Contei a ela sobre Frank Spoel e sua versão do que aconteceu naquela noite. Ela ouviu atentamente, sem me interromper.

— O repórter provavelmente não acreditou em mim quando falei que não estava envolvida num relacionamento amoroso com Richard Flynn — disse ela —, nem com o professor Wieder, claro. Mas, enfim, o que este homem falou parece bater com o que aconteceu, não é mesmo?

— Dra. Westlake, eu não acho que Frank Spoel tenha matado o professor. Alguém que tinha a chave da casa entrou enquanto ele estava lá. O professor ainda estava vivo àquela altura.

A pessoa quase deu de cara com Spoel, que conseguiu escapar pela janela no último momento. Repito: o professor ainda estava vivo. Spoel só queria dar uma lição nele. Mas, quando um homem já está inconsciente no chão e alguém atinge fortemente sua cabeça com um taco de beisebol, isso significa que esta pessoa queria matá-lo. Enfim, a tal pessoa que apareceu não chamou uma ambulância. Por quê? Acredito que ela tenha agido como uma predadora oportunista, tirando proveito da situação. Wieder estava desacordado no chão, a janela estava aberta, então era possível que alguém tivesse entrado ali, espancado o professor e fugido. Tal pessoa teria sido acusada de homicídio.

— E o senhor quer me perguntar se eu era essa pessoa, a predadora oportunista, como colocou?

Não respondi, por isso ela foi em frente:

— Sr. Freeman, eu não estive na casa do professor naquela noite. Fazia algumas semanas que não ia lá.

— Dra. Westlake, aquela amiga sua, Sarah Harper, forneceu um falso álibi para a senhora e mentiu para nós. E a senhora também. John Keller conversou com ela e me passou as anotações dele. Harper agora está no Maine, mas pode testemunhar, se necessário.

— Eu suspeitei de que o senhor soubesse disso. Sarah era um ser humano muito frágil, Sr. Freeman. Se a tivessem pressionado um pouco mais naquela época, ela teria cedido na mesma hora e contado a verdade. Assumi esse risco quando lhe pedi que dissesse a vocês que estávamos juntas. Mas eu estava tentando não aparecer nos jornais, não ser assediada pela imprensa.

Não queria que surgissem os mais diferentes tipos de insinuações maliciosas sobre o professor e mim. Apenas isso. Não estava com medo de ser acusada pelo homicídio, mas simplesmente tentando evitar um escândalo.

— Então para onde foi naquela tarde, depois da aula? Richard Flynn afirma em seu manuscrito que a senhora não esteve com ele. E provavelmente não estava com seu namorado, Timothy Sanders, caso contrário você teria pedido a ele que testemunhasse...

— Naquela tarde estive numa clínica em Bloomfield, onde fiz um aborto — disse ela, abruptamente. — Engravidei de Timothy quando ele estava prestes a viajar para a Europa. Contei a novidade quando ele voltou, mas Timothy não pareceu nem um pouco animado. Eu quis resolver o problema antes de ir passar o período das festas de fim de ano em casa, pois minha mãe certamente perceberia o que estava acontecendo. Nem cheguei a contar a Timothy aonde eu estava indo, simplesmente fui à clínica sozinha. Cheguei tarde em casa e tive uma discussão terrível com Richard Flynn. Ele não era de beber muito, mas acho que estava bêbado. Flynn havia passado a noite com o professor e alegou que ele havia lhe contado que nós dois éramos amantes. Fiz as malas e fui para a casa da Sarah. De qualquer jeito, eu já estava planejando me mudar daquela casa depois das festas. Entende por que não quis contar a vocês onde estive naquele dia e por que pedi a Sarah que dissesse que estávamos juntas? Eu estava grávida, as pessoas vinham fofocando sobre um caso amoroso entre mim e o professor, e com isso a imprensa poderia ter estabelecido uma conexão entre...

— O repórter, Keller, chegou à conclusão de que você roubou o manuscrito de Wieder e o publicou com seu próprio nome.

— Que manuscrito?

— O do seu primeiro livro, publicado cinco anos depois. Flynn escreveu que você lhe contou sobre um livro muito importante no qual Wieder estava trabalhando, uma obra revolucionária, algo sobre as conexões entre os estímulos e as reações mentais. Na verdade, este foi o tema do seu primeiro livro, não foi?

— É, foi, mas eu não roubei o projeto do professor — disse ela, balançando a cabeça. — O manuscrito sobre o qual você está falando nem existia, Sr. Freeman. Eu dei ao professor um esboço da minha dissertação e os capítulos iniciais. Ele ficou bastante animado com a minha ideia e me passou outros materiais, sendo que depois disso as coisas começaram a se misturar um pouco e ele passou a ver aquilo como um projeto próprio. Eu encontrei a carta que ele enviou a uma editora, na qual afirmava que o manuscrito estava pronto para ser submetido à apreciação deles. Na verdade, ele nem tinha um projeto de livro real, apenas aqueles capítulos do meu trabalho e uma mistura incoerente de trechos de seus antigos livros...

— Posso perguntar quando e como a senhora encontrou a carta da qual está falando?

Ela deu um gole no vinho, pigarreou e disse:

— Acho que ele havia me pedido para colocar alguns dos seus documentos em ordem, sem saber que a carta para a editora estava entre eles.

— E quando foi isso? A senhora acabou de dizer que não ia à casa do professor fazia algum tempo.

— Bem, eu não consigo me lembrar de quando encontrei a carta, mas este foi o principal motivo pelo qual comecei a evitar visitá-lo. Ele havia brigado com as pessoas com quem vinha trabalhando e não estava em condições de se concentrar em terminar outro livro. Ao mesmo tempo, ele queria impressionar a universidade onde planejava começar a trabalhar no ano seguinte. Ele queria voltar à Europa por um tempo.

— E que universidade era essa?

— Cambridge, acho...

— Quem eram essas pessoas misteriosas para quem ele vinha trabalhando?

— Bem, elas não eram assim tão misteriosas quanto o professor gostava de dar a entender. Pelo que sei, ele colaborava com o departamento de pesquisas de uma agência militar, que queria estudar os efeitos a longo prazo dos traumas psicológicos sofridos por indivíduos forçados a agir sob circunstâncias extremas. No verão de 1987, seu contrato expirou, ponto final. Mas o professor às vezes tendia a fazer dramalhões. De certa forma, gostava de acreditar que estava sendo pressionado por aquela agência, que estava envolvido em todo tipo de negócios secretos e era ameaçado por saber demais. Talvez fosse uma maneira inconsciente de compensar o fato de que, verdade seja dita, sua carreira estava em declínio. Uns dois anos antes da tragédia, os programas de entrevistas na rádio e na televisão e as entrevistas para os jornais haviam se tornado mais importantes para ele do que sua carreira científica. Ele ficava lisonjeado quando as pessoas o reconheciam na rua, e, na universidade, se sentia superior aos outros professores. Em outras palavras, ele havia se tornado um astro. Mas estava deixando de lado a parte realmente importante do seu trabalho, e isso teve uma consequência: ele não tinha mais nada de novo a dizer e havia começado a perceber isso.

— Mas Sarah Harper...

— Sarah tinha problemas sérios, Sr. Freeman! Não pense que ela tirou um período sabático porque o professor foi assassinado. Nós moramos juntas por um ano e eu a conhecia bem.

— Certo, então o livro que a senhora publicou não era o projeto de Wieder?

— Mas é claro que não! Publiquei meu livro quando consegui terminá-lo, depois da tese de doutorado. Hoje considero sua concepção um tanto mal-ajambrada, e fico espantada pela notoriedade que ele recebeu na época.

— Mas o primeiro capítulo do seu livro é cem por cento igual ao capítulo enviado pelo professor a uma editora. Keller conseguiu uma cópia do material enviado a eles pelo professor. A senhora disse que viu o material.

— É porque ele tinha roubado o material de mim, já disse.

— Então Wieder estava prestes a roubar seu trabalho... Por que não tentou fazer algo? Quando encontrou a cópia da carta, o material já havia sido enviado à editora. Se não tivesse sido assassinado, Wieder provavelmente teria publicado o livro sob seu próprio nome. O livro que a senhora escreveu, na verdade.

— Se eu acusasse uma figura importante como ele de fraude intelectual, provavelmente me taxariam de paranoica. Eu não era ninguém. Ele era um dos psicólogos mais renomados do país.

Ela estava certa. Mas, por outro lado, tratava-se de uma pessoa bastante determinada, e era do trabalho de sua vida que estávamos falando, uma oportunidade de ser reconhecida como a melhor. Para mim, não era difícil imaginar o que ela teria feito caso alguém tentasse prejudicá-la de um jeito ou de outro, principalmente em relação à sua carreira.

— Tudo bem, vamos voltar então à noite em que o professor foi assassinado. Depois que a senhora discutiu com Flynn e foi embora, ele permaneceu em casa?

Ela não respondeu de imediato.

— Não — acabou respondendo. — Ele pegou o casaco e saiu de casa antes de mim.

— E a senhora se lembra de que horas eram?

— Eu cheguei em casa por volta das oito e ele chegou imediatamente depois das dez. Acho que saiu de novo por volta das onze.

— Então ele teria tido tempo de voltar a West Windsor por volta da meia-noite.

— Teria.

— Ele chamou um táxi antes de sair?

— Provavelmente. Não me lembro.

— Ele discutiu com o professor naquela noite?

— Não me lembro muito bem... Ele parecia bastante zangado. Saiu batendo a porta depois que eu falei que, se o professor me pedisse para ir para a cama com ele, eu provavelmente iria, mas que ele nunca me pediu. Eu estava falando a verdade. No início, achei divertido ver que Richard estava apaixonado por mim, mas logo aquilo se tornou cansativo. Ele me tratava como se eu o tivesse traído ou algo assim. Eu queria colocar um fim naquilo de uma vez por todas. Infelizmente, não consegui. Ele me importunou por um bom tempo, mesmo depois de ambos deixarmos Princeton.

— Havia papéis espalhados por todos os lados e as gavetas estavam abertas, como se o assassino ou alguma outra pessoa estivesse procurando por algo às pressas. Mas isso não pode ter sido obra de Spoel, pois ele fugiu pela janela depois de ouvir alguém na porta da casa. Tudo bem, talvez fosse Flynn, que teria tempo para voltar até lá. Mas, se fosse ele, por que estaria interessado naqueles papéis?

— Não sei, Sr. Freeman. Eu contei tudo de que me lembro.

— Quando ele ligou para a senhora no ano passado, ele confessou alguma coisa? Disse alguma coisa que a senhora não sabia sobre o que aconteceu naquela noite?

— Não, não exatamente. Ele estava irritado e o que dizia não fazia muito sentido. Tudo o que consegui entender foi que ele estava me acusando de estar envolvida na morte de Wieder e que eu o havia usado para alcançar meu objetivo sórdido. Deu mais pena do que medo.

Em nenhum momento ela se lamentou pelo trágico fim de Flynn nem pela morte do professor. Sua voz era seca e analítica e imaginei que seus bolsos estavam cheios de respostas cuidadosamente preparadas.

Saímos do bar e eu a ajudei a pedir um táxi. Eu tinha quase esquecido o livro autografado na mesa, mas ela havia sorrido e observado que esse não era o tipo de leitura apropriado para os clientes de um lugar como aquele.

— O que pretende fazer agora sobre essa história toda? — ela me perguntou antes de entrar no carro.

— Não faço a menor ideia — respondi. — Provavelmente nada. Depois que Spoel confessou, seu advogado tentou reabrir o caso, sem sucesso. Ele será executado daqui a duas semanas: fim de papo. Parece que o caso vai continuar arquivado.

Ela pareceu aliviada. Nos cumprimentamos com um aperto de mão e ela entrou no táxi.

Verifiquei meu telefone e vi que havia recebido uma mensagem de texto de Diana. Dizia que ela chegaria na noite seguinte e me deu o número do voo. Respondi que a buscaria no aeroporto, parti para o estacionamento onde tinha deixado o carro e voltei para casa.

Na manhã seguinte me deparei com o número de telefone quase por acaso.

Eu havia feito uma cópia da lista das ligações realizadas e recebidas no telefone de Derek Simmons antes e depois do assassinato de sua mulher e decidi dar uma olhada nela. Havia vinte e oito no total, listadas em cinco colunas: número, endereço, número do proprietário da linha, data e duração da chamada.

Um dos endereços me pareceu familiar e chamou minha atenção, mas o nome não me dizia nada: Jesse E. Banks. A ligação durou quinze minutos e quarenta e um segundos. Foi então que me lembrei de qual era aquele endereço, por isso verifiquei mais algumas outras coisas. Era óbvio que, naquela época, em

1983, aquele nome e o endereço não tinham sido relevantes para a investigação, mas para mim eram muito importantes. Já em dezembro de 1987, quando comecei a investigar a morte de Wieder, nem passou pela minha cabeça relacionar um caso ao outro, quando um deles tinha acontecido quatro anos antes.

Nesse momento tudo ficou claro para mim. Eu me lembrei da expressão usada por Derek Simmons quando ele interrompeu nossa conversa, o que me deixou intrigado na ocasião, e verifiquei alguns detalhes na Wikipédia.

Passei as duas horas seguintes amarrando todos os detalhes dos dois casos, o de Simmons e o de Wieder, e tudo começou a se encaixar. Liguei para um assistente do Gabinete da Procuradoria do Condado de Mercer e nos encontramos para uma longa conversa, com todos os meus papéis sobre a mesa. Ele telefonou para o Delegado Brocato, passou todos os detalhes e então fui para casa.

Eu tinha uma Beretta Tomcat calibre 32, que guardava no armário no andar de baixo. Tirei-a da caixa, verifiquei a trava de segurança e o gatilho, e inseri o cartucho que continha sete balas. Aquele fora um presente de despedida do departamento quando me aposentei, e eu nunca havia usado a arma. Enxuguei o óleo com um pano e coloquei a arma no bolso do casaco.

Estacionei perto da delegacia e esperei ao volante por dez minutos, dizendo a mim mesmo que ainda tinha tempo de mudar de ideia, de dar meia-volta, de esquecer aquela coisa toda. Diana chegaria ao aeroporto em poucas horas e eu já havia reservado uma mesa num restaurante coreano perto de Palisades Park.

Mas aquilo era algo que eu não podia ignorar. Saí do carro e segui em direção à casa no fim da rua. Uma velha canção de Percy Sledge ressoava sem parar na minha cabeça: "The Dark End of the Street." A arma no meu bolso ficava batendo contra o meu quadril a cada passo, me dando a sensação de que algo de ruim iria acontecer.

Subi os degraus de madeira e toquei a campainha. Derek Simmons abriu a porta alguns segundos depois e não pareceu nem um pouco surpreso em me ver.

— Oi, você de novo... Entre.

Ele deu meia-volta e desapareceu corredor adentro, deixando a porta aberta.

Eu o segui e, quando entrei na sala de estar, reparei que havia duas malas grandes e uma bolsa de viagem perto do sofá.

— Vai a algum lugar, Derek?

— Luisiana. A mãe da Leonora morreu ontem e ela tem de continuar lá para o enterro e para vender a casa. Disse que não queria ficar lá sozinha, então pensei que uma mudança de ares não me faria mal. Quer café?

— Obrigado.

Ele entrou na cozinha, preparou o café e voltou com duas canecas grandes, colocando uma delas à minha frente. Então acendeu outro cigarro e me estudou com a expressão vazia de um jogador de pôquer tentando adivinhar que cartas seu oponente tinha na mão.

— O que quer de mim dessa vez? — perguntou ele. — Está com um mandado no bolso ou só feliz em me ver?

— Eu já disse que me aposentei faz anos, Derek.

— Nunca se sabe, cara.

— Quando recuperou a memória, Derek? Em 1987? Antes disso? Ou nunca perdeu a memória e simplesmente fingiu o tempo todo?

— Por que está me perguntando isso?

— "Agora está na hora de jogar bola. Obrigado, senhoras e senhores, por sua cooperação." Você disse que estava no estádio quando o locutor disse isso, depois dos oito minutos do público aplaudindo de pé a homenagem feita a Thurman Lee Munson, que morreu num acidente de avião em Ohio. Mas isso foi em 1979, Derek. Como sabe que em 1979 você esteve no Bronx, no estádio, e que ouviu o anúncio com os próprios ouvidos?

— Eu te falei que depois do acidente eu precisei aprender tudo sobre mim mesmo e...

— Porra nenhuma, Derek. Uma coisa dessas não pode ser aprendida, só lembrada. Você escrevia um diário em 1979? Escreveu sobre o episódio no estádio? Eu acho que não. E outra coisa: por que telefonou para Joseph Wieder na manhã em que supostamente encontrou o corpo da sua mulher? Quando realmente o conheceu? Quando e como combinou com ele para que desse sua opinião de especialista a seu favor?

Por um tempo ele apenas ficou ali parado, fumando e me observando atentamente, sem dizer uma só palavra. Estava calmo, mas as rugas no seu rosto pareciam um pouco mais profundas do que eu me lembrava. Ele então perguntou:

— Está com uma escuta, cara?

— Não.

— Posso checar?

— Vou te mostrar que estou limpo.

Levantei, ergui as lapelas do casaco, desabotoei lentamente a camisa e virei.

— Está vendo, Derek? Não tem escuta nenhuma.

— Tudo bem.

Eu me sentei de novo no sofá e esperei que ele começasse a falar. Eu tinha certeza de que ele esperava há muito tempo para contar a história toda a alguém. E também tinha certeza de que, depois de deixar a cidade, ele nunca mais voltaria. Eu já havia cruzado com inúmeros sujeitos como ele. Chega uma hora em que você sabe que o homem à sua frente está preparado para contar a verdade, e, nesse momento, é como se você ouvisse um clique, como quando acerta a combinação de um cofre. Mas não dá para apressar as coisas. Você precisa deixar que elas corram naturalmente.

— Você é um baita de um policial... — Ele fez uma pausa. — Como descobriu que eu falei com Wieder pelo telefone naquela manhã?

— Eu olhei a lista de chamadas. Wieder tinha acabado de comprar a casa, e a linha telefônica ainda não havia sido transferida para o nome dele. O antigo dono, um sujeito chamado Jesse E. Banks, havia falecido e a casa foi vendida por uma imobiliária. Os policiais que verificaram as chamadas chegaram a um beco sem saída, por isso deixaram aquela pista de lado. Mesmo que tivessem encontrado o nome de Wieder, isso não teria nenhuma relevância para o caso na época. Ainda assim, você foi descuidado. Por que ligou para Wieder do telefone de casa, Derek? Não havia nenhum orelhão por perto?

— Eu não queria sair de casa — disse ele, apagando o cigarro que fumara até o filtro. — Estava com medo de ser visto. E eu precisava falar com o cara logo. Eu não sabia se eles me prenderiam no ato quando a patrulha chegasse lá.

— Você a matou, não foi? Sua mulher, digo.

Ele fez que não com a cabeça.

— Não, não matei minha mulher, embora ela merecesse. Foi exatamente como falei: eu a encontrei lá deitada numa poça de sangue. Mas eu sabia que ela andava me traindo...

Durante a meia hora seguinte, ele me contou a seguinte história:

Depois de ser internado num hospital psiquiátrico durante o último ano do ensino médio, sua vida desmoronou. Todos achavam que ele era louco e seus colegas de turma passaram a evitá-lo quando retornou. Ele desistiu da ideia de fazer faculdade e conseguiu um trabalho braçal. Seu pai juntou suas coisas e deu o fora. Como sua mãe havia morrido quando ele era muito jovem, ficou completamente sozinho e por cerca de dez anos viveu como um robô, recebendo tratamento médico. Disseram-lhe que teria de tomar remédios pelo resto da vida, mas os efeitos colaterais eram terríveis. Por fim, acabou deixando de se medicar.

Então ele conheceu Anne, nove anos depois de concluir o ensino médio, e tudo mudou, pelo menos no início. Ele se apaixonou por ela e ela parecia ter se apaixonado por ele. Segundo Simmons, Anne havia crescido num orfanato em Rhode Island e saído de lá aos dezoito anos. Ela dormiu na rua, se misturou com algumas gangues e aos dezenove anos de idade se tornou prostituta em Atlantic City. Estava no fundo do poço quando conheceu Derek no estacionamento de um motel em Princeton, onde ele estava consertando o sistema de aquecimento.

Anne foi morar na casa de Derek e os dois se tornaram amantes. Cerca de duas semanas depois, dois capangas armados apareceram na porta de sua casa e disseram que a garota lhes devia dinheiro. Derek não disse nada. Foi ao banco, sacou cinco mil dólares, todas as suas economias, e lhes deu o dinheiro. Os caras pegaram a grana e disseram que a deixariam em paz depois disso. Cerca de dois meses depois, antes do Natal, Derek pediu Anne em casamento e ela aceitou.

Segundo Derek, por um tempo as coisas pareceram correr bem, mas dois anos depois tudo começou a ir para o buraco. Anne enchia a cara e o traía sempre que tinha chance. Não mantinha relacionamentos, e sim uma série de encontros sexuais casuais com estranhos, e ela não parecia se importar se Derek descobriria ou não. Em público, Anne mantinha as aparências, mas quando os dois estavam a sós ela mudava o tom: insultava e humilhava Derek, chamando-o de louco e fracassado, e brigava com ele pela vida miserável que levavam e por ele não conseguir ganhar mais dinheiro. Ela o acusava de não lhe proporcionar uma vida mais interessante e constantemente ameaçava abandoná-lo.

— Ela era mesmo uma vagabunda, cara. Quando falei para ela que queria ter filhos, sabe o que ela disse? Que não queria ter retardados como eu. Foi isso que ela disse para o cara que a pegou num estacionamento e se casou com ela. Por que eu aguentava essas coisas todas? Porque não tinha escolha: eu era louco por ela. Anne podia ter feito o que quisesse e mesmo assim eu não a teria largado. Na verdade, eu sempre tive medo de que ela me trocasse por algum babaca. Quando andava pela rua, tinha a sensação de que todo mundo estava rindo de mim. Quando conhecia outros caras pela cidade, sempre me perguntava se eles tinham trepado com ela. E, mesmo assim, eu não conseguia dar um pé na bunda dela.

Mas, segundo Derek, depois de um tempo o comportamento dela mudou e ele percebeu que alguma coisa tinha acontecido. Anne estava se vestindo melhor, usando maquiagem. Havia parado de beber e parecia mais feliz do que nunca. E começou a ignorar Derek completamente. Voltava para casa tarde e saía de manhã cedo, assim os dois mal se viam e mal se falavam. Ela nem se dignava mais a discutir com ele. Não demorou muito para que ele descobrisse o que estava acontecendo.

— Vou direto ao ponto — disse Derek. — Eu a segui e a vi entrar num quarto de hotel com um sujeito mais velho. Acredite se quiser, mas não toquei no assunto com ela. Apenas rezei para que ele a largasse e para que tudo terminasse. Eu me lembrava de como tudo era horrível quando eu estava sozinho, antes de conhecer Anne.

— Quem era o sujeito?

— Joseph Wieder. Ele era rico, poderoso e famoso. E não tinha nada melhor para fazer do que se meter com a minha esposa, uma mulher uns trinta anos mais nova que ele. Nunca descobri ao certo como diabos os dois foram acabar juntos. Um monte de professores e alunos da universidade costumavam ir ao café onde ela trabalhava, então provavelmente foi assim que se conheceram. Eu era um pouco maluco, é verdade, mas não idiota. Sabia que Wieder faria o possível para evitar se envolver num escândalo.

Assim, na manhã da morte da mulher, Derek ligou para o professor, cujo número de telefone ele havia encontrado previamente ao vasculhar as coisas de Anne. Ele lhe contou sobre o assassinato e disse que a polícia provavelmente tentaria fazer dele um bode expiatório, dadas as circunstâncias. Derek disse que colocaria Wieder na confusão, pois sabia que os dois eram amantes. Falou também que havia sido internado num hospital psiquiátrico muito tempo antes, então seria moleza para Wieder dar um jeito de ele ser considerado inocente por motivo de insanidade e enviado a um hospital psiquiátrico forense.

Por fim, Derek foi preso, acusado de assassinar a mulher. Depois de ser declarado legalmente louco, foi enviado ao Hospital Psiquiátrico de Trenton. Wieder o visitou muitas vezes, alegando ter um interesse profissional no caso. Ele prometeu que, em três meses, Simmons seria transferido para o Hospital de Marlboro, em condições muito melhores. Mas, antes que isso pudesse acontecer, Simmons foi atacado em Trenton por um dos outros pacientes.

— Quando saí do coma, não reconheci ninguém e não sabia como havia terminado no hospital. Não conseguia nem lembrar meu próprio nome. Eles fizeram todo tipo de exame em mim e chegaram à conclusão de que eu não estava forjando minha amnésia. Realmente não conseguia me lembrar de nada. Para mim, Wieder se tornou um médico amigável e cuidadoso, comovido pela terrível situação em que eu me encontrava. Ele falou que me trataria de graça e faria com que me transferissem para Marlboro. Fiquei emocionado com sua generosidade. Permaneci em Marlboro por alguns meses, sem recobrar a memória. Claro, depois comecei a descobrir alguns fatos: quem eu era, quem eram meus pais, qual escola frequentei, coisas do gênero. Nada do que descobri foi bom: a morte da minha mãe, o hospital psiquiátrico, um trabalho miserável, uma mulher infiel e uma acusação de homicídio. Desisti de querer saber mais. O cara que eu era não passava de um fracassado. Decidi recomeçar quando saísse dali. Wieder era quem dava as cartas no grupo de médicos que concordou em me libertar. Eu não tinha para onde ir, por isso ele arrumou um lugar para eu ficar, não muito longe de onde ele morava, e me deu um trabalho como faz-tudo em sua casa. A casa parecia boa, mas era velha e as coisas precisavam de manutenção. Não sei se você sabe, mas a amnésia retrógrada só faz a gente se esquecer de coisas relacionadas à própria identidade, não o restante, não suas habilidades. Você não esquece como se anda de bicicleta, mas não consegue se lembrar de quando aprendeu, se é que você me entende. Sendo assim, eu sabia como consertar coisas, mas não fazia ideia de quando diabos tinha aprendido aquilo.

Segundo Derek, na sua opinião, Joseph Wieder era um santo. Ele se certificava de que Derek tomasse seus remédios, pagava-lhe um salário caprichado todo mês pelos consertos que fazia, levava-o para pescar e os dois passavam a noite juntos pelo menos uma vez por semana. Certa vez Wieder o levou à universidade e o hipnotizou, mas não lhe contou o resultado da sessão.

Numa noite em meados de março de 1987, Derek estava em casa, mudando de um canal para outro à procura de um filme para assistir. Depois de um tempo, ele se deparou com uma reportagem no NY1 sobre um sujeito do Condado de Bergen que havia se matado. Ei, esse é Stan Marini, falou para si mesmo ao ver a foto do sujeito na tela. Estava prestes a mudar de canal quando se deu conta de que Stan era um dos funcionários da equipe de manutenção quando Derek trabalhou para a Siemens. Stan se casou mais ou menos na mesma época que ele e se mudou para Nova York.

Derek também entendeu o que aquilo significava: estava se lembrando de algo que ninguém lhe dissera e que não lera em lugar algum.

— Foi igual ao que acontece lá no Texas quando procuram petróleo e o líquido sai jorrando do chão. Uma tampa de tudo o que estava enterrado na minha cabeça foi levantada, e então: *bang*! Tudo foi voltando à superfície. Não consigo nem descrever a sensação, cara. Era como assistir a um filme com a velocidade cem vezes acelerada.

Naquele momento, sua vontade foi telefonar de imediato para o homem que via como seu benfeitor, mas achou que já era tarde para incomodá-lo. Com medo de esquecer aquelas coisas de novo, pegou um caderno e começou a anotar tudo que lhe vinha à cabeça.

De repente, Derek fez uma pausa na história, se levantou e perguntou se eu queria ir ao quintal. Eu preferia continuar onde estava, porque não sabia se ele tinha uma arma escondida em algum lugar, mas também não queria irritá-lo, por isso o segui. Ele tinha quase a mesma altura que eu e era bem mais forte. Em uma luta corporal, minha única chance seria usar a arma que carregava no bolso.

Segui Derek até um quintal malconservado, com tufos de grama brotando dos remendos de terra e fragmentos de paralelepípedos, com um balanço enferrujado no meio. Ele respirou fundo, inalando o ar quente da tarde, depois acendeu outro cigarro e continuou com a história, sem me olhar nos olhos.

— Eu me lembrei de tudo como se tivesse acontecido ontem: como conheci Anne, como foi bom no início, mas que depois ela começou a me trair, sobre como descobri que ela estava tendo um caso com aquele maldito professor universitário, sobre o modo como ela me fez de idiota, e depois o que aconteceu naquela manhã, a conversa com Wieder, minha prisão, minha pena no hospital. Analisei os rótulos dos remédios que Wieder tinha receitado para mim, e fui a um farmacêutico e perguntei ao sujeito se aquilo era para amnésia. Ele me disse que os comprimidos eram para gripe e indigestão. O cara que durante anos pensei ser meu amigo e benfeitor na verdade era só um carcereiro com medo de que um dia eu me lembrasse do que realmente tinha acontecido. Ele me manteve por perto para poder ficar de olho em mim, sabe como é? Cara, eu senti como se minha cabeça estivesse explodindo... Por alguns dias não cheguei nem a sair de casa e, quando Wieder foi me fazer uma visita, eu disse que estava com dor de cabeça e só queria dormir. Quase lamentei ter me recuperado da porra da amnésia.

— Wieder percebeu alguma coisa?

— Acho que não. Estava com a cabeça voltada para seus próprios problemas. Eu não era nada mais que um móvel velho para ele. Na verdade, acho que me tornei invisível. Ele não tinha mais medo de que eu dissesse ou fizesse algo. Queria ir para a Europa.

— E então você o matou.

— Eu cheguei a pensar em fazer isso, depois que recuperei a memória, mas não queria terminar na cadeia nem no manicômio. Naquele dia eu tinha esquecido minha caixa de ferramentas na casa dele. Eu tinha consertado a descarga no banheiro do andar de baixo mais cedo e nós almoçamos juntos. Como eu tinha um trabalho para fazer na manhã seguinte bem cedo, perto de onde eu morava, decidi ir à casa de Wieder para pegar as ferramentas. Antes de tocar a campainha, dei a volta na casa até o quintal e vi que as luzes da sala estavam acesas. Ele estava sentado à mesa com aquele estudante, Flynn.

— Você viu o sujeito de quem lhe falei, Frank Spoel?

— Não, mas, pelo que você me disse, provavelmente fiquei a um passo de esbarrar com ele. Voltei para a frente da casa, destranquei a porta e vi a caixa de ferramentas perto do cabideiro; Wieder provavelmente a tinha encontrado no banheiro e a deixou ali para mim. Peguei as ferramentas e fui embora. Ele nem chegou a perceber que eu estive lá. Os dois estavam conversando na sala de estar.

Ele fez uma pausa, e prosseguiu:

— No caminho de casa, falei para mim mesmo: se acontecer alguma coisa, aquele cara será o principal suspeito. Ele está apaixonado por aquela garota que o velho está perseguindo, então isso seria um motivo. Fui ao bar por volta das onze, só para que pudesse ser visto ali e ter um álibi. Bati papo com o dono, que me conhecia. Ele estava se preparando para fechar. Eu sabia que ele não usava relógio, nem tinha um na parede. Antes de sair, falei: "Ei, Sid, já é meia-noite. Acho melhor eu ir nessa." Quando deu seu depoimento, ele disse que era meia-noite, sem lembrar que fui eu quem disse a hora, sabe como é? Enfim, eu ainda não sabia o que iria fazer. Era como um sonho: não consigo descrever. Eu não tinha certeza se o rapaz tinha ido embora; o tempo ainda estava ruim e achei que Wieder talvez o tivesse convidado para passar a noite. Eu tinha um cassetete de couro, que havia encontrado alguns meses antes no porta-luvas de um carro que estava consertando. Não sei se você já manejou um, mas é uma tremenda arma.

— Tive um nos anos setenta.

— Pois é, fui até lá, destranquei a porta e entrei. As luzes ainda estavam acesas na sala, e, quando me aproximei, vi o professor deitado no chão, com sangue para todos os lados. Ele parecia estar bem mal: o rosto estava arrebentado, todo inchado e machucado. As janelas estavam escancaradas. Fechei as janelas e apaguei todas as luzes. Eu tinha levado uma lanterna.

Ele se virou para mim.

— Eu tinha certeza de que Flynn havia feito aquilo. Achei que os dois tinham discutido depois que fui embora e começaram a brigar. Quando você dá uma surra daquelas em alguém, é porque está pronto para assumir o risco de matar, né? Basta um golpe mais forte e *pou*! Fim de papo! Bem, eu não sabia o que diabos fazer. Uma coisa era bater no cara que tinha me feito de palhaço e fingido ser meu amigo depois de foder minha mulher e me colocar no manicômio, para depois me tirar de lá e ser meu carcereiro, mas outra coisa era golpear um cara caído no chão, mais morto que vivo. Sabe, acho que eu teria ido embora e deixado o professor lá, ou então chamado uma ambulância, quem sabe... Mas foi então que, na hora em que me inclinei sobre ele, com a lanterna acesa ao meu lado, ele abriu os olhos e olhou para mim do chão. E eu vi aqueles olhos, e me lembrei de como o segui naquela noite em que Anne entrou no quarto do hotel, como subi as escadas e grudei o ouvido na porta, igual a um imbecil. Como se já não soubesse o que estava acontecendo lá dentro, tive de me aproximar e ouvir o cara trepando com ela. Eu me lembrei daquela vagabunda, que ria de mim e me chamava de impotente, depois que eu a tirei das ruas. E aquele foi o estopim, cara. Peguei o porrete e dei uma pancada nele, com força. Tranquei a porta, joguei o porrete no lago e fui para casa. Antes de ir dormir, pensei em Wieder caído ali, morto, coberto de sangue, e tenho de confessar para você que a sensação foi boa. Não me senti nem um pouco culpado pelo que tinha feito, ou melhor, por terminar o que alguém havia começado. Voltei à casa dele pela manhã e o resto você já sabe. Só fui saber que Flynn não foi o sujeito que o espancou quando você apareceu aqui alguns dias atrás. Enfim, até aquele repórter aparecer aqui, nem cheguei a pensar muito nisso. Para mim, a coisa toda estava morta e enterrada. E foi isso, cara.

— Wieder morreu duas horas depois, pelo menos foi o que disse o médico-legista. Você poderia ter salvado a vida dele se tivesse chamado uma ambulância.

— Sei o que disseram, mas ainda tenho certeza de que ele morreu no ato. De qualquer jeito, não importa mais.

— Antes de deixar a casa, você abriu as gavetas e espalhou alguns papéis pelo chão, tentando insinuar um roubo?

— Não, cara, eu simplesmente fui embora.

— Tem certeza?

— Tenho, absoluta.

Pensei um pouco se deveria forçar a barra.

— Sabe, Derek, estive pensando... Você nunca descobriu quem matou sua mulher naquela noite...

— Isso mesmo, nunca descobri.

— E isso não o incomodou?

— Talvez sim. E daí?

— O amor da sua vida estava caído no chão numa poça de sangue e a primeira coisa que você fez foi ligar para o amante dela e pedir que salvasse seu traseiro. Você ligou para o 911 oito minutos *depois* de conversar com Wieder. É um pouco estranho, não acha? Só por curiosidade: o professor acreditou de verdade em você? Vocês dois conversaram, cara a cara, sobre o assassinato?

Ele tirou o maço de cigarro de dentro do bolso e viu que estava vazio.

— Tenho outro maço em algum lugar na oficina — falou, apontando para a varanda envidraçada.

— Espero que não esteja pensando em fazer uma besteira — falei, e ele olhou para mim, surpreso.

— Ah, você quer dizer... — ele falou e começou a rir. — Não acha que estamos velhos demais para brincar de caubói? Não tem arma nenhuma aqui, não se preocupe. Nunca segurei uma arma na vida.

Quando ele foi à oficina, coloquei a mão direita no bolso e lentamente soltei a trava da arma com o polegar. Depois a engatilhei e a mantive firme na mão. Trabalhei como policial por mais de quarenta anos, mas nunca precisei atirar em ninguém.

Pelo vidro, vi Derek vasculhar sua bancada de trabalho, onde havia todo tipo de objeto. Em seguida ele se curvou e começou a revirar uma caixa. Alguns momentos depois, ele voltou segurando um maço de Camel entre o polegar e o indicador da mão direita.

— Viu? Pode tirar a mão do bolso. Tem uma arma aí, não tem?

— É, tem.

Ele acendeu um cigarro, colocou o maço no bolso e me lançou um olhar intrigado.

— E agora? Espero que não pense que eu vá repetir tudo isso para um policial. Um policial de verdade, digo.

— Sei que não faria isso.

— Mas acha que matei Anne, não acha?

— Sim, eu acho que você a matou. Na época, os investigadores pesquisaram o passado dela em busca de alguma pista. Eu li o relatório. Ela não era prostituta, Derek. Antes de conhecer você, ela trabalhou como garçonete num bar em Atlantic City por uns dois anos, num lugar chamado Ruby's Cafe. Todos a descreveram como uma moça simpática, honesta e inteligente. Provavelmente tudo estava na sua cabeça: estou falando dos capangas que lhe pediram dinheiro, o passado problemático dela, as trepadas com um monte de homens e o modo como ria de você pelas costas. Não era de verdade, cara, você inventou isso tudo. Nem mesmo tenho certeza se ela teve um caso com o professor. Talvez só tenha pedido ajuda a ele. Quando recuperou a memória, seus pesadelos também voltaram, não foi?

Ele olhou direto nos meus olhos, passando a ponta da língua lentamente sobre o lábio inferior.

— Acho que está na hora de você ir, cara. Não é da minha conta o que você pensa ou deixa de pensar. Tenho que terminar de fazer as malas.

— Está na hora de jogar bola, Derek, certo?

Ele apontou o dedo indicador da mão esquerda para mim, dobrando o polegar para dar a forma de uma pistola.

— Você foi bem esperto, estou falando sério.

Ele me acompanhou até a porta.

— Derek, quando Leonora partiu para a Luisiana?

— Umas duas semanas atrás. Por que a pergunta?

— Por nada. Tchau.

Senti seu olhar às minhas costas até eu chegar à esquina, onde virei e saí de seu campo de visão. Derek não parecia saber que nos dias de hoje as coisas eram feitas sem fios. Tudo o que bastava era um lápis especial no bolso interno do seu casaco.

Poucos minutos depois, enquanto saía da Witherspoon Street com meu carro, ouvi as sirenes da polícia. Em algum lugar num documento sobre Simmons, lembrei, estava escrito que seu pai se mudara para outro estado anos atrás e desaparecera. Eu me perguntei se alguém havia verificado essa história na época. Ele me disse que Wieder o havia hipnotizado em determinado momento. Será que o professor tinha descoberto do que seu paciente realmente era capaz? Como diabos podia ter dado a chave de casa a um maluco desses? Ou será que tinha certeza de que sua amnésia era irreversível e que Simmons continuaria sendo uma bomba sem um detonador? Mas o detonador estava presente o tempo todo.

A caminho do aeroporto, me lembrei do título do livro de Flynn e do labirinto de espelhos distorcidos que costumava encontrar nos parques de diversão quando eu era garoto — tudo o que você via quando entrava lá era verdadeiro e falso ao mesmo tempo.

Estava escurecendo quando peguei a Turnpike. Comecei a pensar no fato de que ia ver Diana novamente e no que isso resultaria. Estava nervoso como se aquele fosse nosso primeiro encontro. Eu me lembrei da arma — tirei-a do bolso, coloquei a trava e a escondi no porta-luvas. No fim, havia encerrado minha vida de policial sem precisar usar a arma contra ninguém, e falei para mim mesmo que aquilo era uma coisa boa.

Sabia que acabaria esquecendo tudo sobre aquele caso, assim como esqueceria as outras histórias que deram forma à minha vida, histórias que provavelmente não eram melhores nem piores que as de qualquer outra pessoa.

Pensei que, se tivesse de escolher apenas uma de minhas lembranças, uma história da qual me lembraria até o fim, uma que o Dr. A nunca seria capaz de tirar de mim, então gostaria de me lembrar desta viagem calma, silenciosa e cheia de esperança rumo ao aeroporto, sabendo que veria Diana novamente, e que talvez ela resolvesse ficar.

Vi Diana sair pelo portão de desembarque e percebi que carregava apenas uma pequena mala, o tipo de bagagem de mão que você leva numa viagem bem curta. Acenei para ela, que retribuiu o gesto. Alguns segundos depois nos encontramos ao lado de uma livraria e lhe dei um beijo na bochecha. A cor de seus cabelos estava diferente, ela usava um perfume novo e um casaco que eu nunca tinha visto antes, mas o modo como sorriu para mim foi o mesmo de sempre.

— Só trouxe isso? — perguntei, pegando a mala.

— Contratei uma caminhonete para trazer o resto das minhas coisas na semana que vem. Vou passar um tempo aqui, então é melhor você dizer àquela sua rapariga para dar o fora, e rápido.

— Está falando de Minnie Mouse? Ela me deixou, Di. Acho que ainda ama aquele outro cara, o tal de Mickey.

Caminhamos até o estacionamento de mãos dadas, entramos no carro e saímos do aeroporto. Ela me contou sobre nosso filho, sua mulher e nossa neta. Ouvindo sua voz enquanto eu dirigia, senti todas as lembranças que tinha da história policial que vinha me obcecando pelos últimos meses serem descamadas, uma a uma, sumindo de vista pela estrada, como as páginas de um velho manuscrito sendo levadas pelo vento.

Epílogo

A história de Derek deu tanto o que falar que seus ecos chegaram até uma cidadezinha no Alabama. Danna Olsen me telefonou alguns dias depois, quando eu estava a caminho de Los Angeles para uma reunião com um produtor de TV. Eu também tinha um encontro com John Keller, que recentemente havia se mudado para a Costa Oeste e alugado uma casa no Condado de Orange, na Califórnia.

— Alô, Peter — disse ela. — Aqui quem fala é Danna Olsen. Se lembra de mim?

Respondi que sim e nós trocamos algumas palavras antes que ela fosse ao ponto.

— Eu menti para você antes, Peter. Eu sabia onde o restante do manuscrito estava, eu o tinha lido antes da morte de Richard, mas não quis dá-lo a você nem a ninguém. Eu estava com raiva. Ao ler tudo, percebi o quanto Richard amava Laura Baines. Mesmo que ele parecesse irado com ela, na minha cabeça não havia dúvida de que ele morreu amando aquela mulher.

Não foi honesto da parte dele fazer isso. Eu me senti como um cavalo velho que é mantido por perto só porque ele não sabia mais o que fazer. Eu cuidei dele e aguentei todas as suas excentricidades, e, acredite em mim, não foram poucas. Ele passou os últimos meses de vida escrevendo aquele livro, comigo bem ao seu lado. Me senti traída.

Eu estava em algum ponto da Rosewood Avenue, em West Hollywood, diante do restaurante onde deveria encontrar o sujeito.

— Sra. Olsen — falei —, dadas as recentes circunstâncias, isto é, a prisão de Simmons, eu não acho que...

— Não estou ligando para fechar negócio — disse ela, deixando as coisas bem claras logo de início. — Eu já imaginava que o manuscrito não lhe interessaria muito como agente. Mesmo assim, o último desejo de Richard era ser publicado. Além da história com Baines, você sabe o quanto ele queria ser escritor e acho que teria ficado em êxtase se você tivesse aceitado seu projeto. Infelizmente, ele não viveu para ver isso, mas agora percebo que seria uma boa ideia mandá-lo para você mesmo assim.

Eu não sabia o que dizer. Estava claro que não iria me deparar com uma história policial real, uma vez que a premissa, ou seja, toda a teoria de Flynn, acabara de ser frustrada pelos últimos acontecimentos, que provavam que a imaginação do autor havia embelezado os fatos. John Keller teve uma longa conversa telefônica com Roy Freeman, o detetive aposentado que se tornou uma estrela na mídia — "EX-DETETIVE SOLUCIONA MISTÉRIO DE ASSASSINATO OCORRIDO HÁ VINTE E OITO ANOS" — e que havia se mudado temporariamente para a casa da ex-mulher em Seattle para fugir dos repórteres. John me enviou um e-mail no qual explicava rapidamente que não existia qualquer mistério remanescente na história.

Mas eu não podia dizer isso a ela, pois já sabia muito bem.

— Seria ótimo se eu pudesse dar uma olhada nele — falei, acenando para o produtor, que andava em direção ao restaurante, o rosto quase totalmente coberto por um enorme par de óculos de sol verdes que o faziam parecer um grilo gigante. — Você ainda tem o meu endereço de e-mail, não tem? Volto para casa amanhã e vou separar um tempo para ler.

O produtor me viu, mas não se dignou a apressar o passo nem a retribuir meu aceno. Parecia calmo e indiferente, uma atitude pensada para ressaltar sua importância.

A Sra. Olsen confirmou que tinha meu endereço de e-mail e que me mandaria o manuscrito imediatamente.

— As últimas semanas foram difíceis para ele, Peter, e acho que isso transparece nos capítulos finais do manuscrito. Há coisas ali que... Mas, enfim, você vai ver do que se trata.

Naquela noite me encontrei com John Keller, que me buscou no hotel. Ele estava bronzeado e ostentava uma barba de duas semanas, que lhe caía bem.

Jantamos num restaurante japonês chamado Sugarfish na West 7th Street, que, segundo John, era o lugar da moda, e onde ele havia reservado uma mesa. Os garçons se aproximavam a cada cinco minutos, trazendo-nos pratos diferentes cujo conteúdo eu era incapaz de identificar.

— Mas, quem diria! — exclamou Keller quando lhe contei da minha conversa com Danna Olsen. — Veja só que coisa! Se ela tivesse lhe dado o manuscrito naquela época, você não teria me colocado nessa história, eu não teria procurado Freeman e ele não teria desenterrado aqueles velhos arquivos. E provavelmente nunca teríamos descoberto a verdade sobre o caso.

— Por outro lado, eu teria um livro para vender — falei.

— Um livro que não contaria a verdade.

— E quem se importaria com isso? Quer saber de uma coisa? Richard Flynn levou azar até o fim. Mesmo depois de morto, perdeu sua chance de publicar um livro.

— Esse é um modo de ver as coisas — disse ele, levantando seu copo de saquê. — A Richard Flynn, o azarado.

Brindamos à memória de Flynn e ele me contou com entusiasmo sobre sua nova vida e sobre como estava feliz em trabalhar na televisão. O piloto da série que fora convocado para coescrever recebeu boas críticas e ele esperava emplacar pelo menos mais uma temporada. Fiquei feliz por ele.

Ainda não li o manuscrito. Encontrei-o em minha caixa de entrada quando voltei para Nova York. Imprimi as 248 páginas em Times New Roman, fonte tamanho 12, com espaçamento duplo, e as guardei numa pasta sobre a minha mesa. Venho mantendo-as ali, como aqueles monges da Idade Média que costumavam manter crânios humanos como lembrança de que a vida é curta e passageira, e que depois da morte vem o julgamento.

É bem possível que Richard Flynn estivesse errado até o fim. Laura Baines provavelmente roubou o manuscrito do professor e o deixou morrer, caído no chão, mas não foi sua amante. Derek Simmons errou ao pensar que Richard Flynn escapara pela janela após dar uma surra em Wieder. Joseph Wieder errou ao achar que Laura Baines e Richard Flynn tinham um relacionamento. Todos erraram e enxergaram apenas suas próprias obsessões pelas janelas através das quais tentaram ver, janelas essas que na verdade nada mais eram que espelhos.

Um grande escritor francês disse certa vez que a lembrança das coisas passadas não é necessariamente a lembrança das coisas como aconteceram. Acho que ele estava certo.

Agradecimentos

Gostaria de expressar minha gratidão a todo mundo que me ajudou com este livro.

Minha agente literária, Marilia Savvides, da Peters, Fraser & Dunlop, não só pescou rapidamente minha história do meio da pilha, mas também me ajudou a polir o manuscrito mais uma vez, fazendo um grande trabalho. Obrigado por tudo, Marilia.

Francesca Pathak da Century e Megan Reid da Emily Bestler Books editaram o texto, um processo que não poderia ter corrido mais suave e prazerosamente. Trabalhar com elas foi um privilégio. Sou também agradecido às maravilhosas equipes da Penguin Random House UK e Simon & Schuster US. Francesca e Megan, também agradeço a vocês por todas suas sábias sugestões — elas enriqueceram o manuscrito e o fizeram brilhar.

Rachel Mills, Alexandra Cliff e Rebecca Wearmouth venderam o livro para o mundo inteiro no espaço de poucas semanas — e que inesquecível festa aquele período foi para todos nós! Obrigado, moças.

Meu bom amigo Alistair Ian Blyth me ajudou a velejar pelas águas tormentosas da língua inglesa sem me afogar, e não foi tarefa fácil. Obrigado, cara.

Deixei a pessoa mais importante para o fim: minha mulher, Mihaela, a quem este livro é dedicado, na verdade. Não fosse por sua confiança em mim, eu provavelmente teria abandonado a literatura há muito tempo. Ela sempre me lembrou de quem eu sou e a que domínio eu realmente pertenço.

E meu agradecimento final a você, leitor, que escolheu este livro dentre muitos outros. Hoje em dia, como Cícero dizia, as crianças não obedecem mais a seus pais e todo mundo está escrevendo um livro.

Nota do autor

Caro leitor

Nasci numa família de ascendência romena, húngara e alemã e cresci em Fagaras, uma cidadezinha no sul da Transilvânia, na Romênia. Escrevo histórias desde os dez anos, embora tenha feito uma porção de coisas diferentes antes de decidir, três anos atrás, jogar meu chapéu do outro lado do riacho e me tornar escritor em tempo integral.

Publiquei meu primeiro conto em 1989 e meu primeiro romance, *The Massacre*, dois anos depois. Foi um imenso sucesso na época, vendendo mais de cem mil exemplares em menos de um ano. Foi seguido poucos meses depois por outro best-seller, *Commando for The General*, um thriller político passado na Itália. Publiquei quinze livros na Romênia antes de deixar o país e me instalar no estrangeiro quatro anos atrás.

Com este romance, meu primeiro em inglês, escrevi o primeiro rascunho entre fevereiro e maio de 2014, revisei o manuscrito quatro ou cinco vezes antes de mandá-lo para uma dúzia de agentes literários que o rejeitaram, sem me dizer por quê. Reescrevi de novo duas vezes e decidi vender para uma pequena editora.

Robert Peett, fundador e gerente da Holland House Books, em Newbury, respondeu muito rapidamente, dizendo-me que tinha adorado meu livro, mas que devíamos nos encontrar e ter uma conversa antes de fecharmos negócio. Nos encontramos duas semanas depois e ele me disse, enquanto tomávamos café, que o livro talvez fosse bom demais para a sua editora — não tinha meios para pagar um adiantamento, a distribuição não seria espetacular e assim por diante. Fiquei me perguntando se ele não estaria tirando onda com a minha cara. Ele me perguntou por que eu não mandara o manuscrito a agentes literários. Eu lhe disse que havia mandado e fora rejeitado muitas vezes. Ele me convenceu a tentar de novo.

Isso foi numa quinta-feira. No dia seguinte mandei o manuscrito para mais três agentes britânicos, um deles Marilia Savvides, da Peters, Fraser & Dunlop. Ela me pediu o manuscrito inteiro dois dias depois e se ofereceu pelo telefone para me representar após três dias. Encontrei-me com Marilia e ela me disse que o projeto ia ter grande repercussão. Aí eu estava caminhando nas nuvens, mas ainda um pouco cético. Mas ela tinha razão e em menos de uma semana recebemos ofertas extraordinárias de mais de dez países. Agora eu não estava mais cético, mas um tanto assustado, porque tudo estava acontecendo rápido demais. Deus o abençoe, Robert Peett, por sua sinceridade e bondade! O manuscrito foi vendido em quase quarenta países até agora.

A ideia deste livro começou a germinar três anos atrás, numa conversa com minha mãe e meu irmão mais velho, que me visitaram em Reading, onde eu morava na época. Eu lhes contei que me lembrava do enterro de um jogador de futebol, que tinha morrido muito jovem num acidente de carro quando eu era criança. Eles disseram que eu era um bebê na época e não poderia ter ido ao cemitério com eles. Eu continuei, dizendo que podia lembrar que o caixão estava aberto e havia uma bola de futebol sobre o peito do jogador morto. Eles disseram que o detalhe era correto, mas eu provavelmente soubera daquilo através deles, ou do meu pai, depois que eles compareceram ao enterro juntos. "Mas você definitivamente não estava lá conosco", minha mãe acrescentou.

Era apenas uma história tola sobre a imensa capacidade da mente humana de maquiar e até mesmo falsificar suas lembranças, mas plantou a semente do meu romance. E se realmente nos esquecemos do que aconteceu a certa altura e criamos uma memória falsa sobre um acontecimento? E se nossa imaginação fosse capaz de transformar a chamada realidade objetiva em algo diferente, em nossa própria realidade separada? E se alguém não é meramente um mentiroso, mas sua mente é capaz de reescrever um dado acontecimento, como um roteirista e diretor de cinema comprimidos em uma só pessoa? Pois bem, *O livro dos espelhos* é sobre isso, exceto que se trata de um assassinato cometido na Universidade de Princeton no fim dos anos oitenta.

Eu diria que o meu livro não é um mistério policial do gênero *whodunit* (quem matou?), mas um *whydunit* (por que matou?). Sempre achei que depois de trezentas páginas os leitores devessem receber algo mais do que saber quem matou Fulano, Beltrano ou Sicrano, por mais sofisticado e surpreendente que fosse o desenrolar da trama. Sempre pensei também que um autor deveria aspirar descobrir aquele lugar mágico de histórias caracterizadas por um forte sentido de mistério, mas, ao mesmo tempo, com um verdadeiro toque literário.

E.O. Chirovici

Este livro foi composto na tipologia Adobe Garamond Pro,
em corpo 13/18,85, e impresso em papel off-white
no Sistema Cameron da Divisão Gráfica
da Distribuidora Record.